펜던트
PEN DANT

펜던트 3
선우인 판타지 장편 소설

초판 1쇄 찍은 날 § 2005년 3월 19일
초판 1쇄 펴낸 날 § 2005년 3월 28일

지은이 § 선우인
펴낸이 § 서경석

편집장 § 문혜영
편집책임 § 유경화
편집 § 서지현

펴낸곳 § 도서출판 청어람
등록번호 § 제1081-1-89호
등록일자 § 1999. 5. 31
어람번호 § 제1-0588호

주소 § 경기도 부천시 원미구 심곡1동 350-1 남성B/D 3F (우) 420-011
전화 § 032-656-4452   팩스 § 032-656-4453
http://www.chungeoram.com
E-mail § eoram99@chollian.net

ⓒ 선우인, 2005

ISBN 89-5831-427-3 04810
ISBN 89-5831-424-9 (세트)

선우인 판타지 장편 소설

PENDANT

FANTASY FRONTIER SPIRIT

펜던트

3

황금의 심장

도서출판
청어람

Contents

【제1화】
와이번을 길들여라!

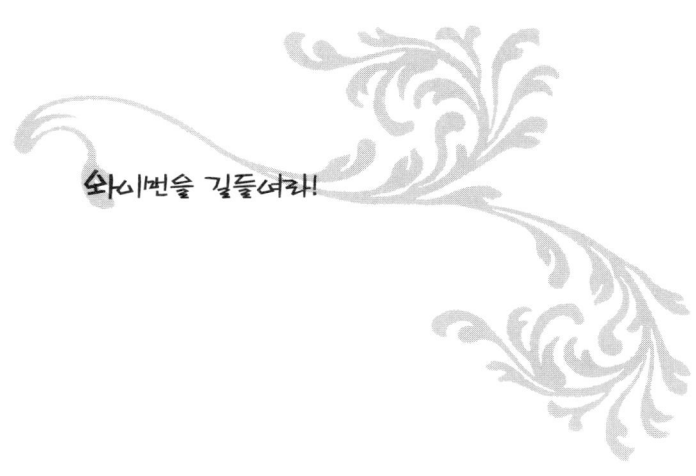

와이번을 길들여라!

느긋하게 말이나 마차를 타고 털레털레 산길을 지나는 여행이라면 좋겠지만 안타깝게도 내게는 시간이 없었다. 오늘까지 포함해서 달랑 이 주. 그 안에 와이번인지 뭐시기를 길들여야 하는 것이다.

내 임무(?)가 와이번을 길들이는 것이라는 말을 듣고 레오폴드와 라힐은 아연실색했지만, 어쩐 일인지 납득하고 따라와 주었다.

'한데 라힐이야 자기네 영지라서 그렇다지만 레오폴드는 왜 따라오는 거야?'

자기 말로는 내가 다른 사람의 도움을 받는지 어쩌는지를 확인해야 한다지만, 그 속내를 나로서는 알 수가 없었다. 게다가 라힐 쪽은 자기네 영지로 돌아가야 하는 일인데도 어쩐지 기운이 없는 듯 같았다. 무언가 생각하는 것 같기도 하고, 이따금씩 쓸쓸한 표정을 짓는 것이 무언가 있는 게 아닌가 싶었지만 나나 레오폴드에게 말할 종류의 것은 아닌 모양이었다. 무슨 일이 있는 거냐고 물으면 그저 난감한 표정을 지으며 '아무것도 아닙니다' 라고 말하는 것이다.

"준비됐어?"

세리나의 물음에 나는 고개를 끄덕이며 그녀를 바라보았다. 그에 세리나는 싱긋 웃으며 눈앞의 허공을 향해 손바닥을 펼쳤다.

"그럼 연다!"

그녀의 손바닥 앞으로 펼쳐진 마법진의 형상이 일그러지며 소용돌이치기 시작했다. 주위의 공기가 빨려 들어가듯 가벼운 바람이 불었다.

'원래 알고 있던 장소를 여는 것과 좌표만 알고 있는 곳을 열어 보이는 것은 다른가 보지?

소용돌이의 중심이 열리며 풍경이 펼쳐지고 있었다. 녹지로 둘러싸인 커다란 마을과 그 중심에 솟아 있는 높다란 성의 모습에 세리나는 힐끗 나를 향해 눈짓했다. 그에 나는 라힐을 돌아보며 물었다.

"여기가 맞아?"

"예……."

라힐은 무거운 목소리로 대답하며 고개를 끄덕였다. 그러자 소용돌이가 점점 더 커지며 구멍이 넓어지고 있었다. 세리나는 마을의 중앙로로 게이트를 연결할 생각인지 허공에서 내려다보는 듯했던 영상이 점차 아래로 내려갔다.

"아, 세리나 그쪽으로 연결하면……!"

"우와아아!"

소용돌이 안쪽의, 그러니까 영지의 대로를 걷던 사람들이 게이트를 발견하고 비명을 질렀다. 그들의 입장에서 보자면 이상하게 생긴 빛무리가 하늘에서부터 내려오는 것이다. 하나 세리나는 그에도 아랑곳없이 게이트의 바닥이 영지의 대로와 닿는 듯하자 게이트를 완전히 연결시켰다.

"자."

먼저 들어가라는 듯이 손을 내미는 세리나의 모습에 나는 어깨를 늘어뜨리며 게이트 안쪽으로 들어갔다. 얇은 빛무리를 통과한 바깥쪽은 파베르 가의 영지, 그것도 시내에 펼쳐진 대로의 한복판이었다.

'이런 곳으로 게이트를 연결시키면 어쩌자는 거예요!'

사람들의 시선이 모아지는 것은 물론이거니와 시 경비대까지… 웅? 경비대?!

"으악!"

저편에서 중무장을 한 경비대가 달려오고 있었다. 틀림없이 대로 한복판에서 일어난 소동에 누군가 신고를 한 것이 분명하다. 이미 레오폴드가 빠져나오고 라힐이 나온 게이트에서는 마지막으로 세리나가 모습을 드러내고 있었다.

"웬 소란입니까? 당신들은 대체 누구요?"

선두에 선 경장을 걸친 기사가 말하자 뒤에 있던 라힐이 앞으로 나섰다.

"오랜만입니다, 라세르 경."

"아… 라힐 도련님? 라힐 도련님이십니까?"

기사의 얼굴에 화색이 돌며 라힐의 어깨를 잡았다. 그는 라힐의 말대로 오랜만에 라힐을 보는 것인 듯 찬찬히 그의 얼굴을 뜯어보았다.

"잘 오셨습니다. 이것이 정말 몇 년 만인지… 왕궁에서부터 기별이 오기는 했습니다만, 이렇게 빨리 오실 줄은……."

"누님과 아버님은 잘 계십니까?"

라힐의 물음에 기사는 순간이었지만 안색을 흐렸다.

"아가씨께서는 잘 계십니다만, 영주님께서는… 많이 쇠약해지셨습니다. 지금은 사람의 얼굴을 알아보지 못할 정도시지요."

"…여전하신가요?"

라힐의 물음에 라세르 경은 어두운 얼굴로 말끝을 흐렸다.

"그렇지요… 하지만 지금은 아가씨께서 영지의 전권 대리인으로서 사실상의 안주인 노릇을 하고 계십니다. 예전 같은 일은……."

라세르 경과 라힐의 대화에 레오폴드는 슬쩍 내 곁으로 다가와 속삭였다.

"뭐라고 그러는 거야? 무슨 소리인지 알겠어?"

"글쎄. 난들 알아?"

내가 어깨를 으쓱하며 레오폴드에게 말하자 라세르라는 사람과 대화를 나누던 라힐이 돌아보았다. 라힐은 나와 레오폴드를 보며 라세르 경을 소개했다.

"이쪽은 저희 영지의 기사단장인 라세르 경입니다. 이쪽은 레플리카 양과 올해 저와 함께 기사 서훈을 받게 된 페오도르 경입니다."

"페오도르라면… 공작가의 자제 분이시군요. 이거 축하드립니다."

라세르 경의 말에 레오폴드는 축하받을 정도의 일이 아니라는 식으로 대답했지만, 나는 기사 서훈을 앞당겨 준다는 말에 눈을 빛내던 레오폴드의 모습을 기억하고 있었다.

'별일 아니기는~ 거기에 목숨 걸고 있었으면서…….'

가소롭다는 듯이 쳐다보는 내 눈길에 등 뒤가 따가웠는지 레오폴드가 고개를 돌려 나를 쳐다보았지만 나는 태연한 얼굴로 고개를 돌렸다.

“저기, 라이든 평원이라는 곳은 어디에 있는 거지요? 당장 가보고 싶은데요.”

내 물음에 라세르 경은 레오폴드에게서 시선을 떼어 나를 쳐다보았다.

“그렇다면 페오도르 경이 아닌 아가씨께서 라이든 평원으로 가시는 겁니까?”

“그렇기는 한데… 저 남자인데요.”

내가 대답하자 라세르 경은 약간 머쓱한 얼굴로 라힐을 돌아보았다. 라힐은 나를 레플리카 양이라고 소개했던 것이다. 무표정한 라힐의 모습에 라세르 경은 조금 머뭇거리며 내게 말했다.

“그, 그렇습니까. 제가 실수를… 이거 죄송합니다.”

뒤에서 레오폴드가 게슴츠레한 원망의 눈길로 나를 쳐다보고는 있었지만, 현재의 내가 남자인 것은 분명한 사실인 것이다. 처음 속인 쪽이 나이긴 하지만 어떻게 될지 확실치 않은 상황에서 여자라고 속일 생각은 없었다. 그에 라세르 경은 분위기를 바꾸려는 듯 라힐에게 말했다.

“도련님께서 돌아오신다는 소식에 아가씨께서 여러 가지 것들을 준비하고 계십니다. 벌써 돌아오신 것을 알면 비명을 지르시겠군요.”

그 모습이 눈에 선하다는 듯이 피식 웃으며 하는 라세르 경의 말에 라힐의 굳었던 표정이 조금 풀렸다.

“누님은 여전하신가 보군요. 괜히 제가 돌아와서 분란을 일으키게 되는 것이 아닌가 싶습니다.”

“분란이라뇨! 그런 식으로 말씀하시면 안 됩니다. 아가씨께서 그 말을 들으시면 무어라 하시겠습니까?”

"…하지만 누님을 위해서는 제가 이곳으로 돌아오지 않는 것이 나았을 겁니다."

라힐은 한숨을 쉬며 저택 쪽에서 다가오는 마차를 바라보았다. 라세르 경과 라힐의 대화를 듣고 경비대의 누군가가 영지의 성으로 달려가이 사실을 알린 모양이다. 라힐과 그 일행을 맞기 위해 달려오는 마차에 나는 멍하니 시선을 돌렸다.

"라힐!"

톤이 높은 여자의 목소리에 나는 눈을 동그랗게 뜨며 저택의 현관 홀로 이어지는 커다란 계단을 바라보았다. 붉은 금발의 여인이 긴 머리칼을 출렁이며 계단을 뛰어 내려오고 있었던 것이다. 그에 라힐의 어깨가 크게 흔들리는 것 같았지만 그는 천천히 입술을 깨물며 앞으로 발을 내디뎠다.

"오래간만입니다, 어머님……."

'에? 엄마라고? 누나 아니고?'

상당히 젊은 여자였기에 나는 영락없이 누나인 줄로만 알았던 것이다. 레오폴드도 약간 당황한 듯이 라힐과 그 어머니를 쳐다보았지만 곧 납득한 듯이 시선을 돌렸다. 라힐의 어머니는 그 커다란 눈에 눈물을 글썽이며 라힐을 바라보고 있었다.

"라힐… 정말 늠름하게 커주었구나. 내게 매달리며 응석을 부렸던 때가 엊그제 같은데……."

라힐을 끌어안으려는 듯이 양팔을 벌리고 다가오자 라힐의 어깨가 굳어지는 것 같았다. 그가 조금 뒤로 물러섰다고 생각하는 순간, 계단의 위쪽에서 젊은 여자의 목소리가 들려왔다.

"라힐… 라힐 파베르… 너 맞는 거니?"

가느다란 목소리에 어머니라는 사람을 앞에 두고 위축되는 듯싶었던 라힐의 표정이 돌변했다. 라힐은 급히 계단의 위쪽으로 시선을 돌렸다.

"누님?"

"내 목소리는 잊지 않은 모양이구나? 이 무정한 녀석!"

익살스럽게 말하며 라힐과 같은 블루블랙의 머리 색에 검은 눈동자를 가진 단아한 미인이 내려왔다. 그녀의 시선이 한순간 현관 홀의 중앙에 서 있던 라힐과 우리들을 지나 영주관의 안주인에게 닿자, 싸늘하게 가라앉았다.

"어머님도 계셨군요. 아버님께서 찾으시는 것 같던데……."

"아… 그, 그랬었지? 내가 또 깜박하고 말았구나. 금방 가마. 라힐, 있다가 또 보자꾸나."

그녀는 그렇게 말하며 다시 계단을 올라 위쪽으로 사라졌다. 너무 급히 돌아갔기에 나는 잠시 당황한 눈으로 그녀의 모습을 쫓았다.

'대체 이게 무슨 일이야? 어쩐지 분위기가 이상한걸?'

라힐의 누나라는 사람은 조금 싸늘해진 분위기를 무마시키려는 듯 우리들을 돌아보았다.

"서찰은 받아보았습니다. 저는 라힐의 누나인 리렐 파베르라고 합니다. 편찮으신 아버님을 대신하여 영주의 전권을 대행하고 있기 때문에 궁금하신 일이나 필요한 것이 있다면 제게 말씀해 주십시오."

"아버님께서는… 많이 편찮으신 겁니까?"

라힐의 물음에 리렐은 책망하는 듯한 눈빛으로 그를 쳐다보며 말했다.

"직접 얼굴을 보여 드리렴. 너를 많이 보고 싶어하셨어."

"예……."

라힐이 고개를 끄덕이자 리렐은 만족한 듯이 우리를 돌아보았다.

"파베르 가에 잘 오셨습니다. 거리 때문에 며칠은 걸리리라 생각했는데 단숨에 날아오셨군요. 서찰을 받은 지 얼마 되지 않아 급히 준비한 터라 미흡한 것이 있을지 모르겠습니다만, 부디 너그러운 마음으로 이해해 주시기 바라겠습니다."

부드러운 미소를 띠우며 하는 말에 라힐은 한 발 뒤로 물러서 레오폴드와 나를 리렐에게 소개시켰다.

"누님, 이쪽은 공작가의 자제 분이신 페오도르 경입니다. 이쪽은 서찰에서 언급되었던 레플리카 양이고요."

"레오폴드 페오도르라고 합니다."

"아, 세르티드 레플리카입니다."

꾸벅 고개를 숙이며 말하자 리렐은 살짝 웃었다.

"두 분께서 함께 오셨군요. 동생이 보낸 편지로 두 분에 관해서는 약간이나마 들어왔답니다. 아무튼 반가워요. 어려워 말고 편히 머물러 주세요."

라힐이 편지에 무어라고 쓴 것인지는 모르겠지만, 격식을 차리지 않은 편한 말에 나는 고개를 끄덕였다. 레오폴드는 힐끗 라힐을 쳐다보기만 했을 뿐, 별다르게 언짢은 기색을 보이지는 않았다. 이런 데까지 따라와서 까다롭게 굴었다면 핀잔을 줄 생각이었는데 일단은 안심이었다.

'그나저나… 그 어머니라는 사람은 소개도 시켜주지 않고 그런 식으로 올려 보내다니… 그거 굉장히 결례 아닌가? 하지만 라힐이나 라

힐의 누나도 당연한 듯이 그렇게 하고 있고⋯⋯.'

어떤 상황인지는 알 수 없지만 그 어머니라는 사람이 타힐과 리렐의 친어머니는 아닐 것 같았다. 자신의 친모를 그런 식으로 대할 리가 없잖은가. 더군다나 오랜만에 뵙는 상황에 말이다. 라힐은 우리를 돌아보며 말했다.

"두 분⋯ 저는 아버님을 뵙고 오겠습니다. 먼저 숙소로 들어가 주십시오."

"아, 예⋯⋯."

"마음대로 해. 오래간만의 해후일 테니까."

레오폴드의 퉁명스러운 말에 라힐은 슬며시 웃으며 먼저 계단을 올라갔다. 이제 라힐은 레오폴드의 저런 태도에 많이 익숙해진 모양이었다.

'내 생각이지만, 저거 받아주는 건 라힐밖에 없을 거다.'

눈매를 좁히며 레오폴드를 흘겨보자 레오폴드는 뭐냐는 듯이 나를 보고는 리렐 쪽으로 고개를 돌렸다. 리렐은 후후 하고 작게 웃어 보이며 계단 쪽으로 발을 옮겼다.

"두 분의 숙소는 라힐의 방에서 그리 떨어지지 않은 곳으로 마련했어요. 집사인 허바트가 여러모로 신경을 썼는데 마음에 드셨으면 좋겠군요."

"아가씨!"

이층의 복도 한 끝에서 앞치마를 두른 여자 하나가 시종으로 보이는 소년과 함께 급히 달려왔다. 그녀는 나와 레오폴드를 보고는 조금 놀란 듯이 멈추어 섰다. 우리가 와 있는 줄은 몰랐던 것이다.

"무슨 일이지?"

"아, 예. 저어……."

하녀가 우리를 의식하여 쉽사리 말을 꺼내지 못하자 리렐은 짐작되는 일이 있는 것인지 눈살을 찌푸렸다.

"알았다. 패트릭, 손님들을 준비된 방으로 모시거라."

하녀의 곁에 있던 열두 살 남짓한 소년을 향해 말하자 소년의 몸이 크게 굳어졌지만 리렐은 상관치 않고 우리들을 돌아보았다.

"급한 일이 생겨서 잠시 실례하겠습니다."

살짝 고개를 숙여 보이는 것에 엉겁결에 마주 고개를 숙이자 리렐은 소년을 남기고는 하녀와 함께 사라졌다. 멀어지는 리렐의 모습에 얼굴이 굳어진 소년은 우리의 시선을 의식하고는 우물쭈물 입을 열었다.

"저어… 패, 패트릭이라고 합니다. 손님들을 위한 방은 이쪽입니다. 짐은……."

라힐과 레오폴드, 그리고 나는 짐은 아무것도 가지고 오지 않았다. 너무나 급작스럽게 파베르 가의 영지로 떠난 탓도 있었지만, 말을 통한 여행이 아니었기에 따로 짐을 챙기는 것을 잊어버렸던 것이다.

"짐은 가지고 있지 않다. 방은 어디지?"

하대하는 것이 익숙한 레오폴드의 말에 패트릭은 퍼뜩 정신이 든 듯이 몸을 곧추세웠다.

"이, 이쪽입니다!"

소년의 안내에 우리는 영주관의 서재를 지나 라힐의 방 근처에 있다는 숙소로 들어갔다. 라힐의 누나인 리렐의 말대로 신경 쓴 구석이 눈에 보이는 방이었다. 수도의 귀족이 온다고 해서 그런지, 이것저것 신경을 쓴 모양이다.

'뭐… 그래 봐야 귀족은 레오폴드 정도고 난 그냥 손님이지만.'

누가 사용해도 상관은 없는 것인지, 소년은 붙어 있는 두 개의 방을 안내해 주고는 재빨리 도망쳐 버렸다. 우리를 대하는 것이 어지간히 어려웠던 모양이다.

'방을 안내해 주라 했다고, 정말로 방만 안내하고는 도망치냐? 다른 것도 좀 가르쳐 주지…….'

레오폴드와 나는 어이없다는 듯이 패트릭의 뒷모습을 바라보고는 고개를 저었다. 레오폴드는 패트릭이 사라지고 주위가 조용해지자 내게 말했다.

"아까 그 사람 말이야……."

"누구?"

내가 그를 돌아보며 묻자 레오폴드는 어딘가 내키지 않는다는 표정으로 내게 말했다.

"왜 그 어머니라는 사람. 그 사람 라힐의 친어머니가 아니야."

"에… 그래? 어쩐지 젊더라니."

내가 대답하자 레오폴드는 미간을 찌푸렸다.

"이런 건 본래 본인이 이야기하지 않으면 안 되는 거겠지만, 녀석의 성격으로는 이런 말을 꺼내기도 뭐할 테고… 네가 괜히 실수하지 않을까 해서 말하는 거야."

'내가 실수할 게 뭐가 있다고…….'

레오폴드의 말에는 나는 슬쩍 녀석을 째려보았지만 녀석은 눈치채지 못하는 것 같았다.

"내가 아직 어렸을 때, 파베르 가는 굉장한 스캔들로 시끄러웠던 적이 있었어. 그때나 지금이나 스캔들 같은 것은 귀담아듣지 않던 내게도 들려올 정도였으니까. 그 때문에 라힐의 누나는 파혼당하고, 라힐은 오데른 백작가에 맡겨졌다고 들었어. 라힐로서는 그때 이후로 집에 돌아온 것이 아마 처음일 거야."

레오폴드는 귀담아듣지 않았다면서 꽤나 소상히 알고 있었다. 정말 스캔들에 관심이 없었던 거냐고 묻고 싶었지만, 물으나마나 길길이 날뛰며 아니라고 할 것이 뻔하니 묻지 않았다. 레오폴드는 약간 거북한 표정을 얼굴에 담고 있었다. 이런 이야기를 꺼낸다는 것이 라힐에게 미안한 것인지 레오폴드는 신중한 어조로 말했다.

"그 여자에게 조작된 것이 아닐까 생각하지만… 파베르 가에는 꽤나 치명적인 스캔들이었어. 라힐이 파베르 가를 떠나는 것으로 일단락 지어졌지만… 지금도 조심할 수밖에 없을 거야."

"무슨 소문이었는데?"

내가 묻자 레오폴드는 힐끗 주위를 돌아보고는 말했다.

"남매가 정을 통했다는 소문."

"엑?! 말도 안 돼!"

내가 기겁을 하며 소리치자 레오폴드는 좀 조용히 하라는 듯이 나를 흘겨보았다.

"밤마다 라힐이 누나인 리렐의 방으로 들어간다는 이야기였어. 새어머니였던 그 여자의 고발로 알려진 일이었지만, 생각해 볼 것도 없이 가당치도 않은 모함이야. 저 녀석의 어디를 봐서 그럴 위인으로 보이냐? 더군다나 그에 곁들여서 더 신빙성있는 소문도 나돌았고."

"무슨……?"

그러자 라힐은 찡그리며 말했다.

"라힐의 방에 매일 밤 그 새어머니라는 여자가 찾아와서 라힐이 그 누나의 방으로 도망친 거라고 말이야. 라힐이 나보다 한두 살 정도 연상이니까 그때 라힐은 아마도 열두 살 정도였을 거야. 그러니 누나의 방으로 도망친 것이 맞는 거지. 리렐은 라힐보다 여섯 살 연상이고 말이야. 아무튼 공공연한 비밀처럼 그런 소문이 퍼졌어. 다들 쉬쉬하며 그런 말들을 떠들어댔지. 가장 크게 피해를 본 사람은 당연히 라힐의 누나인 리렐이었지만, 동생이 자신의 방에서 잔 것을 인정했을 뿐 그 이상의 말은 하지 않았다고 들었어. 말해 봤자 라힐이나 파베르 가에 좋지 않았을 테니 입을 다물었던 거겠지."

"그럼 라힐은 계속 오데른 백작가에서 자란 거야?"

"그럴 거야. 자신 때문에 누나가 파혼까지 당했으니 영지로 돌아올 수 없었겠지. 그 여자가 이곳에 남아 있는 상황이라면 더 더욱."

어째서 그 여자가 그런 일까지 벌이고도 이곳에서 쫓겨나지 않은 것인지 이해가 되지 않았다. 동시에 라힐이 그 여자에게 경계 어린 눈길을 보낸 것이나, 라힐의 누나인 리렐이 싸늘한 눈빛을 보낸 것이 이해가 되기도 했다.

"아무튼 이런 상황이니까 혹시라도 실수하지 않게 잘해. 라힐에게는 오래간만에 돌아온 집일 테니까."

"알았어."

내가 보기에는 나보다 레오폴드가 말실수할 가능성이 더 많다고 생각되었지만 녀석의 생각은 다른 모양이었다. 레오폴드는 그 소문에 대해 혹시라도 라힐에게 아는 체는 하지 말라고 했다. 주변어 그다지 알리고 싶은 것은 아닐 테니 말이다. 그러다 레오폴드는 무엇이 생각났는지 나를 보며 물었다.

"그런데… 그 천족의 여자는? 아까 너와 무슨 말을 하던 것 같았는데… 그대로 돌아간 거야?"

"응? 아니, 그 라이든 평원이 어떤지 좀 살펴봐 달라고 부탁했어. 그 정도는 상관없잖아."

"뭐, 그렇지……."

파베르 가의 영지까지 동행했던 세리나는 내 부탁으로 먼저 라이든 평원을 살펴보러 갔던 것이다. 그 라세르 경이나 라힐의 누나인 리렐의 반응을 봐서는 하루 이틀 정도는 붙잡아둘 기세여서 세리나에게 부탁할 수밖에 없었다.

"그런데 말이야, 레오폴드."

방으로 들어가 내부를 살피던 레오폴드는 문가에 서 있는 나를 향해 고개를 돌렸다.

"왜?"

"와이번이 뭐야?"

"뭐?!"

레오폴드가 황망하다 못해, 황당하다는 표정으로 나를 쳐다보는 것을 보고 나는 눈살을 찌푸렸다.

"왜? 모르면 안 되는 거야?"

"아니, 안 된다기보다는… 나도 책에 그려진 삽화 정도밖에는 본 적이 없으니까……."

뭐야, 그럼 레오폴드도 모르는 거네 뭐. 시온은 즐거움은 나중을 위해 미뤄두는 것이 좋다는 말로 이야기를 해주지 않는 것이다. 트레스는 물어보면 우물쭈물하거나 하고, 세리나와 오웬은 어딘가 키득거리고 있고…….

'어차피 라이든 평원으로 가면 볼 수 있을 테니까. 기왕이면 말처럼 생긴 거였으면 좋겠는데… 그런데 어떻게 길들여야 하는 거야?

내가 내 긴 머리칼을 만지작거리며 생각에 잠긴 동안 레오폴드는 자신이 묵을 방을 정한 모양이었다. 그런대로 마음에 든 것인지 테라스로 통하는 유리문을 열고는 나를 불렀다.

"세틴… 저기 좀 봐. 내가 따로 설명할 필요가 없을 것 같은데?"

"뭘 보라는 거야?"

파베르 가의 성은 영지의 가장 높은 곳에 세워져 있었고, 고작 삼층이라고는 해도 시가지가 내려다보이는 위치에 발코니가 있었다. 테라스의 발코니로 나와 있는 레오폴드는 시가지가 아니라 그 너머로 보이는 산지를 가리켰다.

"아래가 아니라 앞을 보라고, 저 산 위를 날아다니는 것들을 말이야."

"산 위?"

어리둥절한 얼굴로 고개를 들자 그의 말대로 산 위를 날아다니는 새와 비슷한 무리가 눈에 들어왔다. 마치 시체 위를 날아다니는 까마귀 떼처럼 가물가물한 무언가가 어른거리는 것을 보고 나는 레오폴드에게 고개를 돌렸다.

"보이기는 하지만 뭔지 모르겠어."

"…대충 크기만 봐도 떠오르는 게 있잖아."

크기라… 그러고 보니 상당히 크기는 큰 것 같았다. 저 산 위에 그림자가 지는 것을 보면……. 헉… 저, 저거… 드래곤이라 불리는 그 무엇과 닮았다!

"설마… 저거 용?"

―그럴 리가 있어!

레스트레온의 고함에 나는 순간 귀를 틀어막았다.

"왜 소리를 지르고 그래요!"

—와이번 따위와 우리 종족을 혼동하지 마라! 그건 쥐와 인간을 같다고 말하는 것과 같아!

헤에… 모양은 어째 비슷한 것 같은데…….

내가 미심쩍은 표정으로 펜던트를 내려다보자 곧장 불만의 목소리가 터져 나왔지만, 나는 즉각 펜던트를 목에서 빼내서 발코니 밖으로 내밀었다.

"계속 소리 지르면 이거 떨어뜨려요."

—뭐라고? 이 녀석……!

주르륵하고 내 손에서 펜던트가 흘러내렸다. 물론 사슬을 손가락에 걸어두었기에 바로 떨어지지는 않았지만 내 손가락 아래에서 펜던트가 위태롭게 흔들렸다.

—뭐, 뭐야 너! 우리는 잘못없잖아!

"왜에~ 왕이란 사람이 와이번 어쩌구 할 때는 와이번이 뭔지 가르쳐 주지 않았어요? 내가 물어봤는데?"

내 물음에 펜던트의 종속자들은 일순간 꿀 먹은 벙어리마냥 조용해졌다.

"왜 아무 말이 없어요?"

—그, 그게…….

—좋은 게 좋은 거라고, 그 일만 해결되면 일단은 왕국의 보호를 받을 수 있는 거잖아. 너도 그곳에 머물고 싶다고 생각했고.

오래간만에 듣는 오웬의 애교 섞인 목소리에 나는 차갑게 웃었다.

"저런 괴물을 길들이는 것이?"

—…….

—큭! 그 정도 일이 뭐가 문제라고 그러는 거냐! 와이번 따위, 손아귀에 힘을 주는 것만으로도 목을 부러뜨릴 수 있어!

"나는 없애는 것이 아니라 길들이라는 소리를 들었단 말이에요! 게다가 그딴 괴물과 동고동락을 해야 하는 소녀의 심정을 이해나 하는 거예요?"

펜던트의 검은 보석을 들여다보며 악을 쓰자 시온의 기가 차다는 목소리가 들려왔다.

—소녀는 무슨…….

"…십 분 뒤에 뵈요."

내 인내심을 시험하는 마지막 말에 나는 냅다 발코니 밖으로 펜던트를 집어 던졌다. 지금의 나는 시온의 힘을 빌린 터라 펜던트는 한줄기 은광처럼 성 밖으로 달아났다. 레오폴드가 그를 보고 끄악 하고 소리치며 나를 말리기 위해 달려오는 것이 보였지만, 이미 펜던트는 내 손을 떠난 뒤였다. 나는 멀어지는 종속자들의 비명을 들으며 앞머리를 뒤로 넘겼다.

"…돈을 그렇게나 받아먹고 이딴 걸 시켰단 말이지? 국왕님과 함께 이틀 후에 뵙자고… 대신 나리들."

이 주 후까지 기다릴 필요도 없다. 이렇게 된 이상, 수단과 방법을 가리지 않고 복수해 주지! 나를 우습게 본 것을 후회하게 해주겠어!

지금 이플리트는 왕궁에 상주하면서 주요 관직의 공무원들을 감시하고 있었다. 내 돈을 꿀꺽 하고 날라 버린 국왕의 소재를 파악하는 것은 물론, 나한테 떽떽거리던 고위 간부들의 약점을 잡아내려는 것이다. 뇌물을 먹는 인간만큼 뒤가 구린 녀석들은 없다고! 잘만하던 내 돈을 돌려받는 것을 포함하여 귀찮게 이의를 제기하는 인간들의 입을 다물게 할 수 있다.

'흥! 여자 관계까지 모조리 다 폭로해 주겠어!'

복수심에 활활 타오르는 내 모습에 레오폴드는 천천히 뒤로 물러서 소위 '안전거리'를 확보하는 것이 보였다. 하지만 너도 나와 동행한 이상 한 배를 타야 해!

정확히 십 분이라는 시간이 흐른 뒤에 펜던트는 내 앞에 나타났다. 발코니에서 다시 안으로 들어가는 내 발치에 떨어져 있었던 것이다.

'진짜 대단한 기능이라니까.'

분명 성 밖의 저 언덕 너머로 떨어지는 것을 이 두 눈으로 똑똑히 보았는데도 고작 십 분 만에 내 앞에 나타난 것을 보면 참 편리한 목걸이라는 생각이 들었다. 펜던트에 무슨 발이 달린 것도 아닐 테고 말이다. 눈매를 좁히며 펜던트를 주워 들자 단박에 불평의 소리가 쏟아졌다.

─세티인! 대체 무슨 원수가 졌다고……!

─왜 이렇게 난폭해진 거야!

"간단히 말하면 기분이 나빠져서 그렇고, 어렵게 말하면 스트레스가 막 임계점을 돌파했어요."

봄날에 이는 바람처럼 상큼한 미소를 띠며 그렇게 말하자 펜던트 안의 종속자들의 목소리가 잠잠해졌다. 지금 나는 성안의 계단을 내려가는 중으로 마을로 갈 생각이었다. 와이번을 사육(?)하자면 묶어둘 줄이 필요했고, 지금 내가 가지고 있는 것은 펜던트뿐인 것이다. 뭐, 여기에 돈이고 옷이고 다 들어 있기는 하지만 말이다.

아무 말 없이 둘 다 나가 버리면 결례가 될 것 같아 레오폴드에게는 남아서 나에 대해 잘 말해 달라고 이야기해 두었다. 투덜거리기는 했지만 싸늘한 미소를 지으며 부탁하자 식은땀을 흘리며 들어주었다.

"후후후. 드래곤을 닮은 그 괴물딱지를 길들여야 한다 이거지… 멀리서 보았는데도 크기가 그 정도면……."

대략, 나의 상상이었지만 그 크기로 봐서는 소나 말 같은 것을 움켜쥐고 나는 것도 가능할 듯싶었다. 만약 내 예상대로 소나 갈을 물고 날아오르는 것이 가능하다면… 사람이야 두말할 것도 없는 것이다.

'길들이는 것보다 생포하는 게 문제로군.'

일단 오늘은 와이번을 생포하여 성까지 끌고 올 생각이었다. 파베르 가에 폐를 끼치고 싶은 생각은 없었지만, 한시가 급하니 어쩔 수 없다.

내가 이런 생각을 하며 계단을 내려오는데, 무언가 구정물 같은 것을 뒤집어쓴 남자가 얼굴을 구기며 계단 아래쪽의 문을 통해 현관 홀로 걸어오는 것이 보였다.

"망할 것들이! 나를 뭐라고 생각하고… 음?"

그 사내의 시선 끝에 내가 있었으므로 나는 무표정한 얼굴로 그를 마주 보았다. 계단을 터벅터벅 내려오는 내 모습에 남자는 한순간 멍청한 표정을 짓더니, 곧 기분 나쁜 웃음을 흘렸다.

'뭐야?'

나는 가볍게 눈매를 좁히며 남자를 쳐다보았다. 남자는 나를 놓칠세라 빠른 걸음으로 내 앞에 섰다.

"어딜 가는 중이신가?"

남자의 말에 나는 힐끗 그의 차림새를 바라보았다. 아무리 봐도 이 성에서 일을 하는 사람의 옷차림은 아니었다. 그렇다고 검을 차고 있지 않으니 기사도 아닌 것 같았다. 내가 그를 물끄러미 바라보다 비켜

서 돌아가려 하자 남자는 나를 계단의 난간 쪽으로 몰았다.

"누구시죠?"

내 물음에 남자는 인상을 구겼다. 싸늘한 어조로 묻는 내 말이 마음에 들지 않았던 모양이다.

"하나같이 건방지긴! 이리 와!"

내 손목을 잡고 끌고 가려던 것 같았지만 나는 뒤로 피하며 드러난 그의 가슴 한복판을 발로 차버렸다. 계단 위였기 때문에 운신의 폭은 좁았지만 종속자들의 힘을 빌리고 있던 상태라 그리 어려울 것도 없었다. 손을 쓰지 않고 발을 쓴 것은, 그가 뒤집어쓴 것이 무엇인지 알 수 없었기 때문이다.

"우억!"

타액을 흘리며 홀 한복판에 나가떨어지는 것을 나는 눈살을 찌푸리며 쳐다보았다. 남자는 홀의 바닥에 떨어진 채로 정신을 잃은 것인지 눈을 뜨지 않았다.

"뭐야, 기절했나?"

내가 중얼거리자 그때만을 기다리고 있었던 것인지 오웬이 말했다.

―아니, 기절한 체하는 거야.

거, 근성없는 놈일세. 별로 상관하고 싶은 인물도 아니었으므로 나는 그를 비켜 총총히 성의 현관을 나섰다. 누군지는 별로 궁금하지도 않았지만, 라힐의 누나인 그 리렐이라는 사람의 인상을 봤을 때 저런 인간이 나돌아다니도록 내버려 둘 것 같지 않은데 저 인간은 뭔지 모르겠다.

내가 밖으로 나오자 알아보는 사람들은 아까 라세르 경과 함께 있었던 기사들이나 경비병들이었지만, 나는 그들에게 대충 둘러대고 성 밖으로 나왔다. 말이라도 한 필 빌려서 타고 가면 좋겠지만 아쉽게도 나는 아직까지 말을 탈 줄 모른다. 이런 내가 와이번을 탈 수 있을지는… 진정으로 미지수.

성은 시가지에서 조금 떨어진 곳에 위치하고 있었다. 나는 터덜터덜 도개교를 건너 아래로 내려다보이는 마을을 향해 내려갔다. 막 비탈길을 내려가는 내 앞의 공간이 일그러지며 빛이 새어 나왔다.

"세틴!"

세리나의 밝은 목소리에 잠시 뒤로 물러섰던 나는 멈추어 섰다. 세리나가 일그러진 공간의 틈으로 불쑥 모습을 드러낸 것이다.

"세리나, 와이번은 찾아봤어요?"

"찾아보고 말 것도 없었는데 뭐. 산 위에 와이번의 둥지가 있더라. 하지만 그 위까지 올라갈 필요는 없을 거야. 아래쪽으로 사람의 그림자가 보이면 덮쳐 오니까."

"수는 어느 정도 돼요?"

내 물음에 세리나는 잠시 생각하는 듯하더니 내게 말했다.

"대략 삼사십 정도?"

"으음… 동료애가 깊지 않았으면 좋겠는데……."

하나를 꾀어낸다고 하더라도 다른 녀석들 수십이 몰려들면 곤란한 것이다. 그렇다고 그 많은 와이번들을 일일이 죽여 버릴 수도 없고 말이다.

"그러고 보니… 이상하네요. 이렇게 가까이에 사람이 사는 영지가 있는데 이쪽으로는 내려오지 않을까요?"

내 물음에 세리나는 고개를 잠시 갸웃했다.

"글쎄… 하지만 그리 많이 오지는 않을걸? 이 영지 규모에 비해 병사가 많고, 훈련이 잘되어 있는 것 같았으니까. 내려온데도 금방 잡혀서 죽겠지. 아무래도 와이번은 하늘을 날아서 오니까."

하긴… 성벽의 바깥쪽은 너른 들판에 가까웠다. 하늘을 날아 습격하는 몬스터라면 성벽의 파수꾼에게 들키고 마는 것이다. 나는 나름대로 납득하며 세리나와 함께 시가지로 내려왔다. 일단은 단단한 밧줄을 구입하고, 그 다음에는 미끼로 쓸 소나 말 같은 것을 살 생각이었다.

영지 근처에 목장이 없어서인지 소든 말이든 상당히 가격이 비쌌다. 나는 산을 올라갈 것을 생각해서 튼실한 말을 골랐다. 말에게는 미안한 일이었지만 어차피 죽을 녀석이었기 때문에 통통한 녀석을 고른 것이다.

'부, 부디 성불해라……'

나는 커다란 말의 눈동자에 죄책감을 느끼며 녀석을 끌고—말 주인이 나를 이상하게 쳐다봤다—사람이 없는 한적한 곳으로 들어갔다.

"세리나, 그… 와이번이 있다는 산맥 쪽으로 게이트를 열어줘요."

"당장 가게?"

"예."

내가 결심한 얼굴로 고개를 끄덕이자 세리나는 군말 않고 게이트를 열었다. 마법적인 기세를 느낀 말이 투레질을 하며 뒤로 물러섰지만 나는 녀석을 억지로 끌고 안으로 들어갔다. 내 어깨에는 가게에서 구입한 튼튼한 밧줄이 걸쳐져 있었다.

나는 말고삐를 단단히 쥐고 산기슭으로 보이는 언저리를 조심스럽게 걸었다. 나무가 우거진 산이라기보다는, 바위와 돌들이 잔뜩 깔린 곳이었다. 상당히 지대가 높은지 공기가 싸늘하게 느껴졌다.

'아니, 이건 기분 탓인가?'

산길은 좌우로 틀어지며 깊은 절벽으로 이어지고 있었다. 그 절벽의 꼭대기에 와이번의 둥지가 있는 것인지 멀리 와이번의 모습이 눈에 들어왔다. 저 커다란 그림자는… 실로 오금이 저리는 광경이다.

'쥬라기 공원의 시조새 같애……'

딱 외딴 섬에서 살아남기 위해 살인마를 처치하러 가는 주인공의 심정이었다. 한 마리도 무서운데 여러 마리가 하늘을 휘젓고 날아다니는 모습을 보니 참으로 감격스럽다 못해 두려웠다. 내가 멀거니 하늘을 올려다본 채 움직일 줄을 모르자 시온이 입을 열었다.

─안 가냐? 오늘 안에 잡아들인다며?

"저거 인간의 힘으로 잡을 수 있는 거 맞아요?"

내 불신 섞인 물음에 샤이시스가 대답했다.

─뭐… 하다 보면 되겠지.

그 대답 성의없다는 거 알죠? 관심없으면 그냥 관심없다고 말해요!

내가 망설이는 눈으로 와이번을 올려다보자 세리나가 내 어깨를 잡았다.

"내가 잡아줄까?"

"진짜요?"

내가 두 눈을 빛내며 묻자 세리나는 싱긋 웃으며 말했다.

"날 한 달간 꺼내준다고 약속하면."

"…우선은 제가 해보도록 하지요."

어깨에 걸어놓은 밧줄이 갑자기 천근만근으로 무거워지는 느낌이었다.

일단 나의 계획은 이랬다. 말고삐를 근처 나무나 바위에 묶어두고 그것을 공격하기 위해 지상으로 내려온 와이번을 잡자는 것이다. 간단한 계획이었지만 문제는 내려온 와이번이 한 마리가 아니거나, 덧붙여서 그 한 마리가 아닌 와이번이 나를 발견하고 우르르 몰려들지도 모른다는 데에 있었다.

"어쩌죠?"

내가 수심이 가득 담긴 눈으로 펜던트를 바라보며 묻자 종속자들이 조용해졌다. 도와줄 생각이 없다는 걸까? 아니면 아까 세리나의 말을 듣고 자신들도 비슷한 제의를 하려는 걸까. 나는 묘하게 침묵을 고수하는 펜던트의 종속자들을 내려다보다 설명서를 꺼내 들었다. 어떻게든 통용될 수 있는 펜던트의 사용법이 없을까 해서였다.

'그런 게 있을 리가 없지……'

종이를 펼쳐서 뚫어져라 쳐다보아도 보이는 것은 백지뿐이었다. 기왕이면 백과사전 같은 설명서를 만들어주지 않고!

"아!"

문득 떠오른 생각에 나는 화색이 돌며 설명서를 내려다보았다. 펜던트를 이용한 그럭저럭 괜찮은 아이디어가 떠오른 것이다. 즉각 설명서 안에서 그 내용을 확인하니 가능할 것 같았다.

"좋아!"

나는 회심의 미소를 지으며 설명서를 접었다.

생각 같아서는 피 한 양동이를 말한테 부어놓고 싶었지만, 그딴 걸 들고 왔다가는 피 냄새에 내가 먼저 공격받을 것 같아서 관뒀다. 현재 말은 그나마 별로 있지도 않던 나무의 가지에 고삐가 묶여 있는 상태였다. 이놈의 말이 소란스럽게 굴면 자기 목숨이 위태롭다는 것을 아는 것인지, 히힝거리던 것이 어쩐지 조용히 서 있었다.

바위의 그늘 밑에 숨어서 그것을 지켜보던 나는 조그마한 돌멩이를 집어 말의 발치를 노리고 슬쩍슬쩍 던져 보았다.

"암마, 울어! 소란을 떨어야지 와이번이 오지!"

내 재촉에도 말은 고개를 저으며 뒤로 물러설 뿐이었다. 저 눈치 빠른 놈.

"이그! 잘만 하면 너도 살고, 나도 와이번을 잡을 수 있단 말이야! 오늘로 실패면 넌 데려가지 않고 여기다 그냥 묶어두고 간다! 얼른 울지 못해?!"

아래의 자갈을 주워서 던지며 다시 재촉을 하자 말이 크게 울며 하늘을 쳐다보았다.

'응?'

와이번이었다. 와이번이 크게 날개를 저으며 내려오고 있었던 것이다. 내가 말의 고삐를 나무에 바싹 묶어두었기 때문에 함부로 덤벼들다간 나무의 굵은 가지에 몸이 부딪치게 된다. 말은 와이번을 보고는 미친 듯이 발을 구르며 고개를 젓고 있었다. 도망치고 싶은 것 같았지만, 고삐는 단단히 나무에 묶여 있었다.

나는 펜던트를 거머쥐고 여차하면 달려나갈 태세로 와이번을 바라보았다. 와이번은 말이 도망치지 못할 상태라는 것을 알아차린 것인지 서두르지 않고 천천히 날개를 퍼덕이고 있었다. 어느 정도 지능이 있는 녀석이라면 말과 함께 기수가 어딘가에 있을 거라고 생각하겠지만, 녀석은 그 정도까지는 아닌 모양이었다.

레스트레온은 저것을 드래곤과 비교하지 말라고 했지만 어딘가 비슷한 느낌이다. 물론 저쪽이 훨씬 목도리 도마뱀을 닮은 겼 같았지만 말이다.

'조금만 더 가까이…….'

펜던트가 어느 정도의 거리까지 통용되는 것인지 알지 못하는 이상

되도록 가까운 거리를 잡을 필요가 있었다. 얇을 것 같은 피막 날개가 천천히 펄럭이는 것을 보고 나는 문득 고개를 들었다. 내 위로 검은 그림자가 드리워지고 있었던 것이다.

"윽, 들켰다!"

내 뒤쪽에서 날아온 모양인지 와이번의 검은 그림자가 시커멓게 내 위로 펼쳐졌다. 무서운 기세로 나를 향해 달려드는 놈의 날개 바람에 내 머리칼이 휘날렸다.

'저놈이! 함께 바위에 부딪칠 생각인가!'

나는 급히 머리를 숙이며 몸을 옆으로 틀고, 펜던트를 앞으로 내밀었다. 와이번의 두 발이 나를 움켜잡을 듯하며 내 위를 스치고 지나갔다.

"들어가라!"

내 날카로운 목소리에 반응하여 펜던트의 동공이 번쩍였다. 나를 스쳐 바위에 부딪칠 것 같던 와이번의 발이 방향이 틀어지며 펜던트의 동공으로 끌려 들어가고 있었다. 갑작스러운 상황에 놀란 것인지 퍼덕이는 와이번의 모습에 나는 날아가지 않으려 버티며 펜던트를 앞으로 내밀었다.

키에에에에엑!

찢어질 듯한 비명을 지르며 빨려 들어가는 와이번의 모습에 나는 안도의 한숨을 쉬며 펜던트를 쥐었던 팔을 내렸다. 그런데…

─세틴!

시온의 커다란 고함 소리에 나는 기겁하며 자리에서 몸을 일으켰다. 말보다는 내 쪽의 소란이 와이번의 시선을 더 끌었던 모양이었다. 하늘을 가득 메우며 날아오는 와이번의 모습에 나는 급히 주위를 둘러보

있다.

"넷, 다섯… 으으, 일곱 마리!"

—거기에 두 마리 추가해. 더 오고 있다.

이미 펜던트로 돌아간 세리나의 목소리에 나는 몸을 사리며 뒤로 물러섰다. 와이번은 다른 녀석에게 빼앗길세라 앞 다투어 하강하고 있었다. 이거 미치겠네!

"한 마리면 충분하단 말이야!"

내가 고함을 쳤지만 와이번이 내 말에 대꾸해 줄 리도, 내 말을 듣고 물러날 리도 없다. 다만 미친 듯이 내게로 달려들 뿐이다. 날개 바람에 흙먼지가 튀어 오르고 나무의 잔가지들이 부딪치며 딱딱거리는 소리를 냈다. 나는 튀어 오르는 흙먼지에 한쪽 팔로 얼굴을 가리며 지면에 붙듯 몸을 날렸다.

크와아아아악!

등줄기를 스치는 서늘한 감각에 머리를 바닥에 처박으며 시온의 검을 꺼냈다. 내 머리 위를 스치고 지나가는 검은 그림자의 모습에 즉각 몸을 일으키자 다른 놈들이 괴성을 토해내며 날아드는 것이 보였다.

"큭!"

나는 검을 물리며 펜던트를 앞으로 내밀었다.

"들어가라!"

내 앞에 닿을 듯 가까워진 와이번을 향해 소리치자 펜던트의 동공에서부터 생겨난 빛이 와이번을 휘감았다. 달려든 것은 두 마리였지만 빨려든 것은 한 마리뿐이었다. 역시 거리가 가깝지 않으면 펜던트 안으로 집어넣는 것은 무리인 모양이다. 간신히 날갯짓으로 펜던트의 영향에서 벗어난 와이번은 놀란 듯이 상공으로 날아올랐다.

오른손의 펜던트를 풀어 목에 걸고 왼손에 쥐어져 있던 검을 오른손으로 옮겨 잡았다. 수가 많기는 하지만 상대하지 못할 정도는 아니었다. 이번의 공격으로 그것을 확실히 알 수 있었다.

'조금… 시험해 볼까?'

힐끗 펜던트를 내려다보자 내 시선을 눈치챈 듯이 종속자들의 목소리가 잦아들었다. 종속자들의 힘이 어느 정도인지 확인하고 싶어하는 내 의중을 알아차린 것이다. 뭐, 의중까지는 아니라도 꺼내고 싶어한다는 생각 정도는 말이다.

"제1조 2항에 의거 나 세르티드 레플리카는 종속자……."

잠시 망설이는 내 목소리에 와이번의 날갯짓 소리가 겹쳐졌다. 시간이 없다! 내 시선이 무심코 펜던트의 보라색 돌로 향했다.

"…아리시네스 펠리오카를 불러들이겠습니다!"

―끄아악!!

―어째서!

―왜 그놈인 거냐!

즉각 반발하는 무리의 목소리가 터져 나왔지만 그런 걸 일일이 신경 썼다가는 신경이 남아나지 않는다. 보랏빛 조각이 단번에 펜던트 안에서 떨어지며 사람의 형상으로 변하였다. 바닥에 닿을 듯 긴 머리칼을 늘어뜨린 인간의 형상에 나는 멀거니 그를 바라보았다.

'여자야… 남자야……?'

망토인지, 로브인지 알 수 없는 헐렁한 의복을 걸친 채 아리시네스는 몸을 일으키고 있었다. 그러자 와이번은 이상한 술수를 쓴다고 생각되는 나를 내버려 두고 유영하듯 아리시네스의 상반신으로 자신의 발톱을 내뻗었다.

"으아아……!"

당황한 내가 아리시네스…(이름이 너무 길다)의 팔을 잡아당길 찰나 그의 옷자락이 펄럭이며 무언가 검은 물체가 치솟았다.

투학!

검은 창날이 와이번을 꿰뚫으며 공중에 붉은 핏방울이 흩뿌려졌다. 아리시네스는 그것을 피하지 않은 채 고스란히 뒤집어쓰며 나를 돌아보았다.

"대가는……?"

힉… 언제 들어도 소름 끼치는 목소리다. 늘어진 보랏빛 머리카락 때문에 얼굴까지는 확인할 수 없었지만 충분히 창백한 피부였다. 나는 조금 그에게서 물러서며 말했다.

"하, 하루 자유 시간 추가요."

내가 말하자 아리시네스는 조용히 고개를 돌렸다. 거절인가? 내가 물끄러미 바라보자 그는 고개를 돌린 상태로 조용히 대답했다.

"나쁘지 않아……."

쉰 것인지 틀어진 것인지 예의 그 목소리로 대답하며 아리시네스는 위를 올려다보았다. 그의 겉옷이 조금 벌어지며 그의 가느다란 팔과 손가락이 드러났다.

'목소리를 들어보면 확실히 여자라고 하기는 뭐한데 저 팔을 보면…….'

그의 손바닥 위에는 검은 구체가 떠올라 있었다. 어린아이의 주먹만 한 구체는 금속성의 광택을 띠며 꿈틀거리고 있었다. 정체가 무엇인지 상상하기도 싫었지만 아리시네스는 조용히 그것을 든 손을 들어 올려 보았다.

"…모든 자에게 공평한 안식을. 저 어리석은 신의 피조물에게
도……."

비웃는 듯한 그의 목소리가 속삭이자 검은 구체가 꿈틀거렸다. 분사
되듯 사방으로 검은 줄기가 솟구치며 머리 위의 와이번들을 도륙했다.
수십 줄기와 수십 가닥의 검은 창이 와이번의 몸을 꿰뚫고 그 육신을
찢었다. 불과 한순간, 그가 말하는 틈이 있던 것뿐이었다. 우리의 머리
위로 날던 십여 마리의 와이번이 그야말로 순식간에 도륙된 것이다.
나는 멍하니 그를 바라보며 중얼거렸다.

"어떻게……."

내가 중얼거리자 아리시네스는 나를 돌아보았다. 그 얼굴에 떠오른
무표정이 나를 화나게 했다.

"피를… 뒤집어써 버렸잖아요! 다른 방법도 있었을 텐데! 실력도 충
분하면서!"

발끈한 목소리로 소리치자 머리카락 사이로 드러난 그의 입꼬리가
슬며시 위로 올라갔다.

"피를 흘린다는 것은… 살아 있다는 증거다. 생명의 증거… 좋지 않
은가……?"

"피비린내가 뭐가 좋아!"

내가 바락바락 소리를 지름에도 아리시네스는 도통 듣고 있는 것 같
지 않았다. 대체… 머리 속에 뭐가 들어 있는 거야, 이 마족은?

계곡 아래에 피 냄새며 살덩어리들이 마구 흩뿌려져 있음에도 봉우
리 위의 와이번들은 덤벼들 기미가 보이지 않았다. 아리시네스가 흘리
고 있는 죽음의 기적을 알아차리고 먼저 몸을 사리는 것이다. 그에 아
리시네스는 봉우리 위쪽을 바라보며 히죽 웃었지만 그 이상의 행동을

하지는 않았다.

'먼저 덤비지 않는 녀석은 살려준다… 이건가?'

그나마 나은 면모였지만… 내 꼴이… 피를 홀랑 뒤집어썼으니 온몸이 끈적끈적했다. 더군다나 피 냄새는 둘째 치고라도 주변의 풍경이 끔찍스러운 것이다. 그나마 인간이 아니라서 다행이었지만, 인간 이외의 생명체라도 저렇게 찢어발겨져 있는 것이 기분 좋게 느껴질 리 없다. 한데 아리시네스는 그런 살덩어리들에게 가까이 다가가 무언가를 하고 있는 것 같았다.

그가 살덩어리 가까이로 가서 멈추어 서자 나는 그가 무엇을 하나 싶어 고개를 빼고 쳐다보았다. 무언가 검은 것이 그의 옷자락을 스치며 밖으로 나왔다.

"그게 뭐 하는……."

무심코 목소리를 낸 순간 그의 옷자락이 흔들리며 아리시네스의 검은 구체가 엿보였다. 그의 옷 속에 감추어진 구체가 촉수 같은 것을 내뻗어 내장을 흡수하고 있었던 것이다. 그것을 목격한 내가 얼어붙은 듯이 굳어지자 펜던트 속의 세라나가 말했다.

―…뭔지 묻지 않는 것이 좋을걸?

의미심장한 그녀의 목소리에 나는 상당히 떨떠름한 시선으로 아리시네스를 쳐다보았다. 그는 어렴풋이 내 목소리를 들은 것인지 나를 돌아보았다.

"왜……."

"이, 이제부터 자유 시간 하라고요. 저는 할 일이 있어서 이만."

가볍게 손을 들어 올리며 돌아서자 무언가 피 웅덩이를 밟는 듯한 소리가 뒤에서 들려왔다. 작별을 고했던 아리시네스가 나를 따라오는 것이다.

"뭐, 뭐예요!"

내가 질겁을 하며 소리치자 아리시네스는 히죽 웃으며 말했다.

"…인간의 곁이 좋아. 재료도 구하기 쉽고……."

…재료? 내 이마에서 천천히 식은땀이 흘렀다. 모든 것을 감수하고 라도 저 마족을 펜던트로 돌려보내고 싶다는 생각이 모락모락 피어오 르고 있었다. 하지만……!

'방금의 검은 창(내지는 촉수)이 빠를까. 내 입이 빠를까…….'

당연히 구체 쪽이다! 생각할 것도 없고, 판단을 내릴 겨를 따위도 없 다! 이런 내 공포심을 아는지 모르는지 아리시네스는 히죽거리며 내 곁에 섰다.

"갈까?"

계속 동행할 생각이십니까! 당신? 말아주십시오오오오오! 순간 뒤도 돌아보지 않고 도망치고픈 마음이 일었지만 내 몸은 그와는 반대로 마 을을 향해 걸어가고 있었다. 나는 싸한 눈길로 파베르 가의 영지와 성 을 바라보며 걸었다.

'미안해, 라힐… 네 영지가 잘못되더라도… 나는… 도, 도울 수 없 을 것 같다…….'

그 생각을 한 순간 아리시네스가 히죽 웃은 듯이 보인 것은… 역시 착각이겠지?

【제2화】
때로는 여자가 더 무섭다

때로는 여자가 더 무섭다

 나는 뒤늦게 나무에 묶어놓았던 말을 찾아보았지만, 남은
것은 끊어진 말고삐뿐이었다. 내가 그 소란을 떠는 동안에 고삐를 끊
고 달아난 모양이다. 은근히 말이 아닌 내가 미끼가 된 것이 아닌가 하
는 생각이 들어 약이 올랐지만 도망친 말은 찾을 길이 없었다.

 터덜터덜 언덕을 올라 성문에 다가가자 성의 문지기는 묘한 눈길로
나를 쳐다보면서도 들어가는 것을 허락해 주었다. 성의 뜰은 비교적
한산한 모습이었다. 핏물에 흠뻑 젖은 모습 때문에 사람들이 쳐다보는
것이 보였지만 끝끝내 무시하고 앞으로만 걸었다.

 성의 정원을 가로질러 현관으로 들어서는데, 무언가를 힘겹게 옮기
고 있는 여자가 보였다. 아까 리렐과 함께 사라졌던 하녀였다. 마른 빨
래로 보이는 것들을 광주리에 가득 담아 옮기고 있었던 것이다. 그녀
는 우리를—우리라기보다는 나겠지만…—보고 반갑게 맞으려다가 광주

리를 떨어뜨렸다.

"그, 그 모습은……?"

"누군가가 싸우는 데에 끼어들어서 말이죠. 곁에 서 있기만 했는데 이 꼴이 되어서……."

그렇게 말하며 슬쩍 아리시네스를 올려다보았지만 긴 머리카락에 가려진 탓에 표정을 볼 수가 없었다. 하녀는 주춤거리면서도 내게 다가오며 물었다.

"다… 다치신 것은……."

"아뇨. 이건 사람의 피가 아니에요."

멋쩍은 얼굴로 말하자 하녀는 안심한 듯이 가슴을 쓸어내렸다. 그러면서 그녀는 슬쩍 내 곁에 선 아리시네스를 쳐다보았다. 멀뚱히 서 있는 아리시네스의 모습에 호기심이 인 모양이었다. 사실 저 마족의 모습에는 호기심보다는 경계심이 더 느껴지지만.

"저어… 이분은 아까 함께 오신 분이 아니신데……."

관심이 있는 듯한 그녀의 눈길에 나는 얼른 그를 돌아보며 대답했다.

"제가 아는 사람이에요. 여기서 만나게 되어서… 그런데 그거 무거워 보이는데요. 도와드릴까요?"

무거워 보이는 광주리에 내가 그렇게 묻자 하녀는 고개를 저었다.

"그랬다가는 제가 꾸지람을 들을 거예요. 금방 목욕물하고 새 옷을 준비해 드릴 테니 방에서 기다리고 계세요."

빙긋 웃으면서 하는 말에 무심결에 고개를 끄덕이자 그녀는 바쁘게 광주리를 들고 현관으로 들어갔다. 이 저택 안에서 한가한 것은 나나 레오폴드 정도일 것 같았다. 광주리를 들고 부지런히 안으로 들어가 버린 그녀의 모습을 나는 멀거니 쳐다보다 아리시네스 쪽으로 고개를 돌렸다. 엉?

"어, 없다?!"

어디에도 아리시네스의 모습이 보이지 않았다.

'밖으로 나간 건가?'

힐끗 펜던트의 동공을 들여다보자 아리시네스의 모습이 비쳐 보였다. 그의 뒤로 보이는 성벽이나 건물의 모양새를 봐서는 성의 어딘가 같았다.

'기왕이면 밖으로 나갈 것이지……'

가볍게 눈살을 찌푸렸지만 딱히 무슨 짓을 할 것 같지는 않… 다고 여기고 나는 성 현관을 지나 홀의 계단 위로 올라갔다. 와이번을 붙잡는 것까지는 내 마음대로 한다고 해도 와이번을 길들이는 장면은 레오폴드나 라힐에게 보여야 할 것 같았기 때문이다. 게다가 되도록이면 빨리 목욕을 하고 싶었다.

─그냥 내버려 둬도 될까요?

에레타의 걱정스러운 목소리가 들려왔기에 다시 한 번 펜던트의 동공을 들여다보았지만 괜찮을 것 같았다. 뒤뜰의 어딘가를 거닐고 있는 것 같았으니까. 대살육전을 벌인다면야 모든 것을 제쳐 두고 말리러 가겠지만 현 상태를 봐서는 그런 끔찍스러운 일은 벌이지 않을 것 같았다.

방으로 돌아가 펜던트에서 옷을 꺼내고 있는데 방문을 두드리는 소리가 들려왔다. 열어보니 아까의 아가씨가 다른 하녀들과 함께 목욕물을 데워서 가지고 온 것 같았다. 칸막이와 함께 커다란 수건과 옷을 놓아두는 것을 보고 나는 고맙다고 말하고는 문을 닫았다.

'헤에~ 욕탕은 없는 건가? 있을 것도 같지만……'

아리시네스의 일도 있고 해서 후다닥 몸을 씻고 옷을 갈아입었다.

피 묻은 옷은 테이블 위에 올려두어 달라는 말이 있었기에 테이블 위에 올려놓고 밖으로 나왔다.

―세틴, 뒤로 누가 온다.

샤이시스의 말에 나는 몸을 돌려 뒤를 돌아보았다. 라힐이 헐떡거리며 달려오고 있었다.

"돌아오셨다는 말을 들었습니다. 와이번을 잡으러 가신다는 말을 들었는데… 다친 곳은 없으신 겁니까?"

"예. 그 일 때문에 라힐한테 부탁하고 싶은 것이 있었는데……."

나는 겸연쩍은 표정을 지으며 생각해 두었던 것을 라힐에게 털어놓았다. 그는 내 말을 듣고 당황스러워하면서도 수긍해 주었다.

"알겠습니다. 대신에… 레오폴드와 함께 저도 그 안에 들어가 있어도 괜찮은 거겠지요?"

"에… 괜찮겠지만. 사실 레오폴드도 안으로 들어오라고는 하고 싶지 않은데… 꼭 안으로 들어오지 않아도 문에 구멍 같은 것을 뚫어놓으면 안을 들여다볼 수 있잖아요."

내 말에 라힐은 힐끗 내 얼굴을 쳐다보았다.

"저도 그렇지만, 페오도르 경도 뒤에서 지켜보는 입장만은 하고 싶지 않을 겁니다. 세틴님의 실력을 의심하는 것은 아닙니다만… 모든 일에는 만약이라는 것이 있으니까요."

라힐은 그렇게 말하며 나를 앞서 성큼성큼 걸어갔다. 어딘가 마음이 상한 듯한 그의 모습에 나는 그에게 받았던 물건을 떠올렸다.

"라힐!"

내 부름에 라힐은 천천히 몸을 돌려 나를 바라보았다. 펜던트에서 내가 목걸이를 꺼내자 그는 조금 당혹스러운 듯이 나를 쳐다보았다.

"지금 꺼내주실 필요는……."

"다시 만나게 되면 돌려주겠다고 말했었잖아요. 그때 하려던 말 뭐였어요?"

"그건……."

라힐은 머뭇거리며 내 손바닥 위에 올려진 소켓을 바라보았다. 그때였다.

"라힐……!"

가느다란 여자의 목소리에 라힐은 퍼득 놀란 듯이 고개를 들었다. 라힐의 어머니라는 사람이 나타난 것이다. 그녀는 라힐을 발견하고 반가운 듯이 다가오다 내 손바닥 위에 올려진 물건을 바라보고는 힐끗 나를 쳐다보았다. 그녀의 시선에 라힐은 내 손에서 소켓을 받아 들고는 이렇게 말했다.

"주워주서서 감사합니다. 잃어버린 줄로만 알았기에……."

"아… 예."

라힐은 그것을 재빨리 자신의 호주머니 속에 감추듯 집어넣었다. 기민한 시선으로 그 모습을 살피던 그녀는 다정한 어머니인 양 살며시 라힐의 팔을 잡았다. 그런 그녀를 바라보는 라힐의 눈길에는 혐오라기보다는 두려움이 깃들어 있었다.

"네가 없는 시간 동안 많이 적적했단다. 라힐, 그동안 네가 지내왔던 이야기를 해주렴. 타지에서 지내면서 무언가 힘든 일이 있었던 것은 아니겠지?"

그녀의 다정한 목소리에 내가 멀거니 라힐과 그녀를 쳐다보자 내 시선을 의식한 것인지 라힐은 뒤로 물러서며 그녀의 손에서 팔을 뺐다.

"어머님께서 흥미를 가지실 만한 일은 없었습니다."

"라힐!"

그녀가 날카로운 목소리로 라힐을 부르자 한순간 라힐의 어깨가 떨리는 것 같았다. 라힐의 얼굴이 굳어지자 그녀는 다시 표정을 풀면서 나긋한 목소리로 말했다.

"손님 앞에서 나를 망신 줄 참이니?"

"그건……."

"…고된 여행으로 피곤해진 것이겠지. 그렇지? 너는 곧잘 앓아눕고는 했으니까 말이다."

그녀의 손이 라힐의 뺨에 닿을 듯하자 라힐은 굳은 얼굴로 뒤로 물러섰다. 그의 시선이 내게로 와 닿는 것을 보고 내가 멀거니 그를 마주 보자 그는 정신이 든 듯 그녀의 손을 뿌리쳤다.

"라힐! 이게 무슨……!"

"…어머니의 말씀대로 피곤해진 모양입니다. 아직 공무 중으로 할 일이 남아 있으니 먼저 물러가겠습니다. 세틴님……."

그가 내민 손에 내가 고개를 끄덕이며 다가오자 라힐이 내 손을 잡았다. 나는 다소 놀란 시선으로 그를 쳐다보았지만 라힐은 나를 돌아보지 않고 앞만 보며 걷고 있었다. 그의 손에 이끌려 뒤따라 걸으며 나는 힐끗 고개를 돌려 라힐의 어머니를 바라보았다. 그녀는 새하얀 얼굴 위로 어떤 표정을 떠올리다 나와 눈이 마주치고는 고개를 돌렸다.

'손바닥이… 땀에 젖었어. 그만큼 라힐에게는 어려운 상대인 건가? 그 여자가?'

확실히 미인이기는 하지만 딱히 라힐이 어려워할 만한 이유가 있을 것 같지는 않았다. 나이가 그리 많지 않으니 새어머니일 테고, 확실히 태도가 좀 이상하긴 하지만…….

'설마… 그런 건 아니겠지.'

문득 떠오른 생각을 부정하며 나는 앞서 걷고 있던 라힐의 뒷모습을 바라보았다. 복도를 지나 그녀가 나타났던 곳과 어느 정도 거리가 멀어졌다고 생각이 되자 라힐은 걸음을 멈추었다.

"제 모습이 이상해 보였겠군요."

"그야… 별로 편해 보이지는 않았지만……."

"나중에… 전부 다 말씀드릴 테니, 지금은 잊어주시지 않겠습니까?"

나를 돌아보며 하는 말에 나는 멋도 모르고 고개를 끄덕여 버렸다. 왠지 그렇게 하지 않으면 안 될 듯한 분위기였던 것이다. 내 대답에 라힐은 안심한 듯이 고개를 돌렸다. 지금은 내게 얼굴을 보이고 싶지 않은 모양이었다.

"…무슨 일인지는 모르겠지만, 내가 도울 수 있는 일이라면 도와줄게요. 아무것도 묻지 않을 테니까."

한 발 앞으로 나와 라힐의 팔을 붙잡으며 말하자 그는 조금 놀란 듯이 나를 돌아보았다.

"예… 기억해 두겠습니다."

시선을 늘어뜨리는 그의 모습에 나는 가만히 그를 바라보았다. 내가 라힐에 대해서 좀 더 알고 있었다면 다른 말로 위로해 줄 수도 있겠지만, 지금의 내가 할 수 있는 말은 그 정도였다.

내가 라힐에게 부탁한 것은 와이번을 풀어놓을 수 있는 지하의 넓은 공간이었다. 밖으로 빠져나가려 할 테니 창이 있어서는 안 되고, 도망치지 못하게 하기 위해서 문은 강철로 된 것이 달려 있어야만 했다. 다행스럽게도 라힐은 지하에 그렇게 사용할 수 있는 방이 있다고 말했다.

―과연…….

지하의 넓은 공간에 이르자 감탄한 듯이 시온이 중얼거렸다. 견고한 기둥과 높은 천장이 이어져 있는 성의 지하는 내가 생각했던 것보다 넓었다. 지하가 상당히 깊고, 천장이 높았기 때문에 내가 곤란한 듯이 라힐을 돌아보자 그는 지하의 한 복도에 이르러 안으로 걸어갔다.

"사실, 이곳은 전쟁이 일어났을 때에 예배당으로 쓰이던 곳입니다. 지금은 사용하지 않지만, 그때 사용되었던 방이 여러 개 남아 있지요. 지금은 전혀 사용하고 있지 않지만요."

예배당이라고는 하지만 복도의 끝에 다다른 곳에는 단단한 한짝의 철문이 버티고 있었다. 상당히 오랫동안 관리를 하지 않은 듯, 문을 열자 끼이익 하는 귀에 거슬리는 소리와 함께 경첩에서 녹이 떨어졌다. 등불을 든 라힐은 먼저 안으로 들어가 여기저기에 불을 밝혔다.

"이곳이라면 어딘가 무너지거나 부서질 염려는 없을 겁니다. 웬만한 공격에도 버틸 수 있도록 설계되어 있으니까요."

기름을 붓고 불을 붙인 곳에 빛이 밝혀졌다. 곧 예배당의 일부가 은은한 불빛 속에 모습을 드러냈다.

―세틴, 이 정도 불빛으로 되겠어? 좀 더 밝은 쪽이 좋잖아.

오웬의 말에 나는 가볍게 예배당 안을 둘러보았다. 예배당이라고 해서 긴 의자가 잔뜩 늘어서 있을 줄 알았는데 그건 아닌 모양이었다. 그냥 아무것도 없이 넓은 방 앞에 제단이 놓여 있고, 그 제단 앞에 여신상과 그를 떠받드는 듯한 두 개의 작은 신상이 놓여 있었다.

"와이번이 몸을 부딪친다고 해서 부서지거나 하는 건 아니겠지?"

벽과 기둥을 두드려 보며 하는 레오폴드의 말에 라힐은 그런 일은 없다는 듯이 단언했다.

"웬만한 주문이 이 안에서 터져도 천장이 무너져 내리거나 하는 일은 없을 겁니다."

"흠……."

'그래도 만약을 대비하는 것이 좋겠지.'

나는 가볍게 펜던트를 부여잡으며 계약의 말을 중얼거렸다.

"제1조 2항에 의거 나 세르티드 레플리카는 종속자 트레스 파월, 에레타 에레트레스를 불러들이겠습니다."

내 말에 펜던트에서 두 개의 조각이 떨어져 내렸다. 한 명은 성의 천장이 무너져 내렸을 때를 대비해서고, 다른 한 명은 누군가 다쳤을 때를 대비하기 위해서였다. 펜던트 안에서 나온 두 사람은 잠시 어지러운 듯 주위를 둘러보다가 천천히 몸을 일으켰다.

"부탁해요, 두 분."

"조심하세요."

에레타의 말에 나는 고개를 끄덕이고는 예배당의 중앙에 가서 섰다. 내 신호에 트레스는 라힐과 레오폴드를 예배당의 한쪽 구석, 그러니까 기둥 뒤로 몰았다. 혹시라도 있을 위험과 내게 방해가 되지 않게 하기 위함이었다.

"좋아……."

나는 심호흡을 하며 펜던트를 앞으로 내밀었다.

"나와라!"

흰 기류가 펜던트의 동공에서부터 솟아났다. 전에 철 궤짝이나 옷가방 등을 끄집어냈을 때와는 다른 모습에 나는 바짝 긴장하여 펜던트를 내려다보았다. 펜던트의 동공 안에서 예의 와이번이 기류에 뒤엉켜 밖으로 끄집어내어지고 있었다. 와이번은 그 기류에 저항하듯 크게 날개를 휘저으며 괴성을 질렀다.

키에에에에엑!

예배당 안으로 가득 울리는 비명 소리에 나는 미간을 찌푸리며 어깨에 걸쳐 두었던 밧줄을 풀어내었다. 예배당은 천장이 그리 높지 않아서 와이번이 날기에는 적당치 않다.

"기… 기분 탓인지도 모르겠지만, 전보다 커 보이는 듯한……."

―기분 탓이야! 기분 탓!

단호히 말하는 오웬의 음성에 나는 눈가를 찡그리며 와이번을 노려보았다. 튕겨 나가듯 펜던트에서 내쳐졌던 와이번은 천천히 뒤를 돌아 나를 바라보고 있었다. 그 목도리 도마뱀을 닮은 거대한 눈동자에 내 모습이 비쳤다.

"기, 기분 탓이겠지요?"

―물론이다! 펜던트에 그런 능력이 있었다면 이 몸이 모를 리가 없지!

시온의 목소리에 신뢰도가 반으로 떨어지고 있었다. 아무리 봐도 좀 커진 것 같아아아!

정면에서 나를 발견한 와이번은 나를 향해 고개를 쭉 뻗으며 날개를 퍼덕였다. 날아오르려는 듯 강풍이 일며 천장에 달린 쇠로 된 샹들리에가 삐그덕거렸다.

"우와앗!"

거센 바람에 눈을 뜰 수조차 없다. 양팔로 눈을 가리며 주춤할 찰나 와이번이 나를 향해 달려들었다.

―세틴!

세리나의 고함에 나는 정면을 노려보았다. 크게 벌려진 와이번의 이빨이 나를 노리고 달려들었다.

"큭!"

반사적으로 내뻗은 손이 녀석의 커다란 송곳니를 붙잡았다. 손으로 엉겨붙는 타액에 나는 눈살을 찌푸렸지만 손을 놓을 수는 없었다. 손을 놓았다가는 머리부터 송두리째 녀석의 입 안으로 빨려 들어갈 것 같았다.

―세틴!

앞으로 달려드는 녀석에 밀려 내 등이 벽에 부딪쳤다. 크게 울부짖는 와이번의 이빨이 나를 물기 위해 발버둥 쳤지만, 엉겁결에 위로 맞물리는 이빨마저 잡아버렸다.

"으엑! 어떡해요!"

―뭘 어떡해! 놔!

"그럼 물리잖아요!"

―그럼 그대로 있던가!

"몰인정해!"

―이게 몰인정의 문제냐!

시온이 기가 막히다는 듯이 소리치는 사이, 무언가 이상한 소리가 내 귓가를 울려왔다. 무언가 우지직 하고 갈라지는 듯한 소리가 들리는 것이…

"부, 부서진다!"

내가 등을 대고 있던 벽에 균열이 일더니 그대로 무너져 버린 것이다. 내가 균형을 잃었음은 말할 것도 없고, 와이번마저 밀던 힘을 이기지 못해 나와 함께 예배당 바깥으로 튕겨져 나갔다.

"으윽……!"

와이번의 날개 소리가 가까이서 들리고 있었다. 박쥐의 그것을 닮은 얇은 날개가 끊임없이 푸드득거리고 있었다. 나는 잽싸게 몸을 일으켜 바닥에 떨구어졌던 밧줄을 주워 들었다. 무너진 벽의 잔해에 뒤엉킨 와이번의 상태는 나보다 못한 편이었다.

'힘을 빌리면 육체의 상태도 좋아지는 건가?'

아직 확신을 갖지 못한 추측에 나는 잠시 머뭇거리며 밧줄을 풀어냈다. 녀석이 정신을 차린 것인지 덮여 있던 돌 가루들이 후드득 바닥으로 떨구어졌다.

─세틴!

"알고 있어요!"

바닥을 박차며 내뻗은 손이 와이번의 등에 솟은 돌기 같은 것을 잡았다. 내가 그의 등으로 올라타며 풀어낸 밧줄을 와이번의 목 언저리에 휘감자, 그것의 낌새를 느낀 와이번이 미친 듯이 요동치기 시작했다.

"우, 우와악!"

─세, 세틴! 목에다 휘감았잖아! 그 상태에서 밧줄을 잡아당기면……!

세리나의 다급한 고함에 밧줄을 잡아당기려던 손을 놓치며 녀석의 뿔(?)을 잡았다. 마구 몸을 휘두르는 녀석의 발광에 내 가벼운 몸이 휘둘리고 있었다.

"으아아아아!"

내가 필사적으로 엉겨붙자 와이번은 거세게 날개를 휘저으며 마침내 날아오르기 시작했다. 예배당 밖의 통로는 예배당과 천장의 높이가 달랐던 것이다. 어두운 통로 위로 와이번의 검은 몸체가 떠오르자 예배당의 부서진 벽을 통해 다급히 불빛이 들어오는 것이 보였다. 트레스와 라힐들이 빛을 밝히는 것이다.

—세틴! 천장과 부딪친다!

"으악!"

몸을 낮추며 와이번의 등짝에 바짝 몸을 가져가자, 와이번의 날개가 천장에 부딪치며 통로 안쪽을 울렸다. 어떻게 간신히 날아오를 정도는 되지만 와이번이 운신하기에는 이 통로가 턱없이 좁은 것이다.

—세틴! 양다리로 와이번의 허리를 조여! 그걸로 상체를 움직여……

"내 다리가 그렇게 길 리 없잖아요! 절대 부족이라고요!"

늘씬한 말의 허리라면 모를까, 와이번을 상대로는 어림도 없다! 내가 시온처럼 껑충하게 키가 크더라도 그건 불가능한 것이다.

"좀 얌전해지란 말이야!"

한 손으로 와이번의 뿔을 잡고 다른 손으로 밧줄을 잡아당기자 목이 졸리는지 와이번은 숨이 막히는 소리를 내며 벽에 몸을 부딪쳤다. 쿵 하는 소리가 나며 와이번의 몸체가 크게 흔들리자 나는 그만 와이번의 등에서 튕겨져 나갈 뻔했다. 생각 같아서는 와이번의 등에 몸을 묶고 싶었지만 이놈이 그럴 만한 짬을 주지 않는다.

"세틴! 성을 다 부술 생각이야!"

아래쪽에서 분위기 파악을 못한 레오폴드가 그렇게 소리를 지르고 있었다. 서서히 혈압이 올라 열을 받고 있던 나는 힐끗 녀석을 내려다보며 소리쳤다.

"시끄러워!"

쿠웨에에에엑!

순간 와이번이 커다랗게 울부짖으며 레오폴드들이 있는 곳으로 머리를 돌렸다. 새빨갛게 충혈된 녀석의 눈동자가 레오폴드들을 향하는 것을 보고 나는 눈을 크게 떴다.

"응? 자, 잠깐!"

키에에에에……!

찢어질 듯한 괴성과 함께 와이번이 날개를 펼치며 낮게 날아가기 시작했다. 아래에서 그 광경을 지켜보던 레오폴드 녀석이 목을 움츠리며 나를 향해 악을 썼다.

"세틴! 다, 당장 그만두게… 으아악!"

"자, 잠깐! 내가 시킨 게 아니야!"

내 고함 소리 위로 와이번의 포효가 겹쳐지고 있었다. 트레스와 에레타 역시 이 상황에 당황한 것인지 아니면 와이번의 등 위에 있는 나를 생각한 것인지 공격을 하지 않았다.

"으아악! 멈추라고 했잖아!"

하나 와이번은 내 말 따위는 안중에도 없었다. 순간 눈에서 불똥이 이는 듯한 기분을 느끼며 나는 손아귀에 마나를 모아 와이번의 머리를 내리찍었다.

"가만히 좀 있어!"

퍼학!

주먹으로 머리를 가격하자 무언가 잘못 맞은 것인지 한번도 들어본 적이 없는 소리가 울렸다. 내가 어리둥절한 얼굴로 와이번을 내려다보는 찰나 와이번의 몸이 크게 기울어졌다.

'이, 이 패턴은…….'

내가 싸한 얼굴로 와이번을 내려다보자 펜던트 속의 시온이 말했다.

―…기절했어.

"역시이이이이!"

나는 무서운 속도로 와이번과 함께 바닥으로 추락했다.

통로가 그리 높지 않은 것이 천만다행이었다. 와이번과 나는 바닥을 구르며 벽에 충돌했지만, 와이번의 날개만 부러졌을 뿐 나는 멀쩡했다. 물론 어딘가 부러진 곳이 없었다 뿐이지 여기저기가 상당히 아팠다. 삭신이 쑤신다는 것은 바로 이런 때를 두고 하는 말인 것 같다.

"괘, 괜찮으십니까?"

라힐이 와이번의 아래에서 비틀거리며 기어나오는 나를 바라보며 말하자 나는 파리한 얼굴로 그를 올려다보았다. 그의 얼굴은 내 안색만큼이나 창백했다.

"별로 괜찮기는 하지만……."

부스스 몸을 일으키는 내게서 돌 가루가 후드득 바닥으로 떨어졌다. 통로의 벽과 충돌하며 멈추어졌기 때문에 벽의 한쪽이 무너져 버렸던 것이다. 내가 미안하다는 듯이 라힐을 돌아보자 라힐은 괜찮다는 듯이 웃었다.

"너 정말로 멀쩡한 거냐?"

"그래."

레오폴드의 목소리에 퉁명스럽게 대답하며 나는 옷에 묻은 흙먼지를 대충 털어냈다. 에레나는 기절한 와이번을 살피고 있었다. 그녀는 와이번의 머리는 치유해 주지 않았지만 부러진 두 날개의 상처는 치료해 주었다. 와이번의 상처를 치료하는 것은 와이번을 길들이는 것에는 속하지 않는다고 레오폴드가 허락해 주었던 것이다.

'뭐, 그게 아니라도 여차하면 에레타의 능력을 내가 빌리면 그만이

지만······.'

나는 와이번이 기절한 틈을 타서 녀석의 몸에 밧줄을 둘러 내 몸을 걸칠 손잡이를 단단하게 만들었다. 안장 같은 것이 있으면 좋겠지만, 안타깝게도 그런 것은 없는 것이다.

"맹수라서 길들이기가 여의치 않네요. 방금 때린 걸로 나를 무슨 원수 보듯이 하지 않았으면 좋겠는데······."

—아니, 이런 종류는 상하 관계가 확실하니까 누가 강자인지를 보여주는 편이 좋지. 일단 와이번은 드래곤··· 한테는 꼼짝도 하지 못하니까.

레스트레온을 칭하듯 샤이시스가 내게 말하자 세리나가 물었다.

—그럼 레스트레온의 능력을 빌리면 되잖아.

—무리, 절대 무리야. 세틴이 드래곤 피어를 사용할 수 있겠어? 단지 기운만으로 제압하는 거라면 나나, 시온의 능력만으로도 가능할 텐데······.

오웬이 안 된다는 식으로 말하자 나는 물끄러미 트레스를 바라보았다.

"드래곤 피어가 뭔데요?"

"드래곤이 내뿜는 기운··· 요컨대 살기 같은 것을 말하는 겁니다."

살기라··· 그게 어떻게 내는 거더라··· 확실히 내가 레스트레온의 힘을 빌린다고는 해도 드래곤 정도의 살기를 내뿜는 것은 무리일 것 같았다. 내가 어디 그런 걸 해봤어야지.

—그리고 보니··· 마족도 와이번을 부릴 수 있지 않아?

샤이시스의 말에 나는 눈을 동그랗게 뜨며 펜던트를 내려다보았다.

"따로 와이번을 길들이는 능력이라도 있어요?"

─그런 게 있을 리 없잖아.

시온의 투덜거리는 말에 나는 눈살을 찌푸렸다.

"그럼 어떻게 하는 건데요?"

내 물음에 오웬이 키득거리며 말했다.

─사역충을 사용하는 거야.

사역충? 어째 기분 나쁜 이름일세. 내가 묘한 표정을 지으며 펜던트를 내려다보자 오웬은 친절함이 가득 묻어 나오는 목소리로 말했다.

─귓속에 흘려 넣으면 일단 상대가 얌전해지지. 인간이 사역충을 부리는 것은 무리지만 너는 우리의 능력을 빌릴 수 있으니까 사용이 가능할 거야.

그에 나는 파르르 떨며 물었다.

"…혹시 말을 듣지 않으면 뇌를 파 먹는다던가 하는… 뭐. 그런 종류의?"

─어머! 잘 아네? 너희 세계에도 사역충이 있어?

모 외화 시리즈에서 비슷한 것을 봤답니다. 아주 끔찍했더랬지요. 나는 눈가를 일그러뜨리며 오웬에게 소리쳤다.

"대체 그게 뭐예요! 끔찍하게!"

─끔찍한가? 하지만 이런 저런 방법으로 몸을 상하게 하는 것보다는 훨씬 효과적이고 부드러운 방법이라고 생각하는데…….

오웬의 천연덕스러운 말에 나는 싸한 얼굴로 펜던트를 내려다보았다.

"인간한테 사용하신 적이…….."

─후후후… 어떨까?

있겠지. 아니면 오웬이 마족이 아니라 천족이게? 내가 조용히 고개를 돌리자, 오웬은 사역충이 하등의 짐승이나 마물을 길들일 때 마족들이 흔히 사용하는 방법이라고 일러주었다.

'이 인종들… 이 인종들을 데리고 내가 천 년인지 만 년일지 모르는 세월을 계속해서 같이 보내야 하는 건가……'

한기에 앞서 몸서리가 쳐진다고! 그딴 지식 알려주지 마! 듣고 싶지 않다고오!

―인간들에게도 가끔은 사용하지만, 마나를 사용할 줄 아는 인간은 안 돼. 스스로 마나를 움직여 사역충을 태워 버리거든. 신성력을 사용할 수 있는 신관들이라면 더 말할 것도 없지.

"알고 싶지 않다고요, 그런 건……."

내가 어깨를 축 늘어뜨리며 말하는 사이 치료를 끝마친 에레타가 와이번에게서 떨어졌다.

"뼈는 다시 붙었어요. 하지만 무리를 해서는 안 되는데……."

"으음… 노력해 볼게요."

와이번을 다치지 않게 하는 것은 절대 무리라고 생각하지만, 샤이시스나 오웬이 말한 기운을 내가 낼 수 있다면 일은 좀 더 쉬워질 것이다.

'하지만 살기라니… 와이번이 압도될 만큼의 살기를 내가 발산할 수 있을까?

기절한 사이 등에 올라타는 것은 비겁한 짓인 것 같았지만 어쨌거나 녀석의 등에 올라 밧줄에 발과 손을 끼워 넣었다. 이렇게 하면 좀 더 균형 잡기 쉬울 것 같았던 것이다.

―매달리는 거로는 길들일 수 없다니까 그러네.

시온이 투덜거렸지만 내가 생각할 수 있는 방법은 이 정도였다.

크르륵……

목울음 소리와 함께 와이번이 눈을 뜨자 그 주위에 있던 사람들이 뒤로 물러섰다. 와이번이 눈을 뜨고 주위를 둘러보자 나는 잠시 녀석의 머리를 들여다보았다.

"조, 조금… 얌전해진 거냐?"

크아아아아악!

"그럼 그렇지!"

괴성을 지르며 달려나가는 녀석의 등 위에서는 필사적으로 밧줄에 매달리는 수밖에 없었다. 이 녀석이 날기에 불편한 공간이라는 것을 간파한 것인지 통로를 내달리기 시작한 것이다.

"세틴!"

레오폴드의 고함 소리가 등 뒤로 들려왔지만 나로서는 어떻게 할 수 없었다.

―이놈이 대체 무슨 생각을 하고 있는 거지?

―세틴! 세틴! 앞에! 부딪친다!

샤이시스와 레스트레온의 고함에 머리를 살짝 든 순간, 눈앞의 벽이 급속도로 가까워졌다.

"으악!"

쾅!

와이번의 머리에 들이받힌 벽이 크게 흔들렸다. 반동으로 돈이 크게 튀어 올랐던 나는 와이번의 몸에 묶어놓았던 밧줄 사이에 손과 발을 끼워 넣었던 덕분으로 간신히 와이번의 등에서 튕겨지지 않았다.

"니가 무슨 황소냐!"

크르르… 크와악!

와이번은 몸을 크게 흔들며 방향을 틀어 어깨를 벽에 부딪쳤다. 나를 떨어뜨릴 생각인 것이다.

―세틴!

"으… 으아악!"

황소의 등에 떨어진 어린아이의 심정으로 나는 필사적으로 밧줄을 잡았다. 하나 온 힘을 다해 벽에 부딪치는 와이번의 등에서 나는 이리저리 흔들릴 뿐이었다.

―이래서는 아까와 다를 게 없잖아!

"그건 나도 알아… 우왁!"

내가 주의를 흐트린 순간 와이번은 앞으로 질주하며 갑자기 방향을 틀었다.

"으아아악!"

철석같이 믿었던 밧줄이 틀어지는 힘을 이기지 못하고 끊어진 것이다. 나는 총알처럼 날아가 와이번의 바로 앞에 있던 기둥에 처박혔다.

"세틴!"

"세틴님!"

레오폴드와 트레스들의 비명에 나는 비틀거리며 일어섰다. 머리가 핑핑 돌고, 천지가 뒤바뀐 느낌에 몸을 가눌 수 없을 정도였다.

―세틴! 괜찮은 거냐?

"으……."

어렸을 적, 계단 위에서 떨어졌을 때 이상으로 아픈 것 같았다. 뭔가 이상한 감촉에 이마께를 만지니 피가 묻어났다.

'피가 나기는 처음이네… 아니, 처음이 아닌가?

아찔한 통증에 머리를 흔들지 않았는데도 어지러웠다.

―세틴! 놈이 앞에 있다!

"앞?"

반사적으로 고개를 들자 내게로 육박하는 와이번의 모습이 눈에 들어왔다. 커다랗게 벌려진 입에서 흘러넘치는 타액과 누런 이빨이 내 눈앞에서 번뜩였다. 순간 욱신거리는 통증이 미간을 찔러왔다.

'…이거 짜증나는데.'

훅하고 끼쳐 오는 와이번의 입김에 내 머리에서 떨어지던 핏방울이 흩어졌다.

"세틴!"

'…확!'

펜던트로부터 불러낸 시온의 검이 오른 손아귀에 잡혔다. 그 단단한 감촉에 나는 검을 늘어뜨리며 지척으로 밀어닥치는 와이번을 바라보았다.

'죽여 버릴까, 이거?'

크륵…….

숨 막히는 소리를 내며 와이번은 내 앞에 멈추어 섰다. 나를 능가하는 커다란 몸체가 내 위로 검은 그림자를 드리우고 있는 것이다.

'두 마리니까. 한 마리는 그냥 죽여 버려도 상관없…….'

크르르르륵…….

조용히 목을 울리는 소리와 함께 와이번은 주춤거리며 내게서 물러섰다. 타액이 흘러내리는 입은 반쯤 벌려져 있고, 커다란 노른 눈동자가 불안한 시선으로 나를 바라보고 있었다. 나는 무심한 시선으로 그것을 바라보며 눈살을 찌푸렸다.

'…덤비지 않을 건가?'

죽일까와 죽이지 말까 사이에서 나는 녀석의 목숨을 저울질하고 있었다. 그대로 얌전히 군다면 죽일 필요가 없겠지만, 계속 이런 식이라면 죽이든지 아니면 버리는 수밖에 없다.

'어차피 그때는 한 마리만 잡고 나머지는 죽일 생각이었으니까.'

죽인다고 해도 조금 빠르냐 느리냐의 차이다. 단추를 잘못 끼웠다면 풀어버리는 수밖에 없는 것이다. 늘어뜨린 검에 마나를 주입하며 한 발 앞으로 내딛자 녀석은 갑자기 긴 목을 늘어뜨렸다.

"엉?"

턱을 바닥에 대고 축 늘어뜨린 목에 내가 어리둥절한 시선을 보내자 펜던트 안에서 오웬의 목소리가 들려왔다.

―세틴, 죽이지 않아도 될 것 같은데?

"뭔 소리인지……."

내가 찌푸린 얼굴로 와이번을 바라보자 시온이 말했다.

―목을 늘어뜨린 것은 싸울 의사가 없다는 소리다. 와이번은 목이 급소니까.

'목은 어느 동물이라도 급소 아냐?'

내가 못마땅한 시선으로 와이번을 쳐다보자 녀석은 무언가 복잡한 시선으로 나를 쳐다보다 잽싸게 시선을 피했다. 그러고 보니 어떤 동물에게는 눈을 마주 보는 것이 싸우겠다는 의사 표시였다고 한 것 같았다.

'길이 든 건지, 내 부하가 된 건지…….'

무언지 모르겠지만 길이 들기는 든 모양이었다. 와이번은 라힐과 에레타가 근처로 다가옴에도 움찔하고 몸을 움직였을 뿐 목을 일으키지는 않았다. 조심스러운 눈길로 내 눈치를 살피고 있는 것이다. 오웬은 와이번이 내가 뿜어낸 살기에 압도된 것이라고 말했지만, 놈이 머리를 늘어뜨리고 있는 모습을 보자니 속이 부글부글 끓어올랐다.

"…역시 부족한 느낌이야."

나는 부루퉁한 얼굴로 그렇게 중얼거렸다.

말하자면 서로 한 대씩 때리기로 하고, 내가 먼저 맞은 다음 나가떨어졌다. 그리고 전의를 불태우며 놈을 때리려고 하는데, 놈이 납작하게 엎드리며 네가 이겼어… 라고 한 것 같은 기분인 것이다. 와이번은 순순히 내 말을 따라 성의 정원에 묶여 있게 되었지만, 기분은 좋지 않았다.

"왜 그렇게 인상을 쓰고 있는 거야?"

레오폴드의 말에 나는 투덜거리며 말했다.

"별로… 그런 건 아니야."

"아니기는……."

레오폴드는 피식 웃으며 내 뺨을 꼬집었다.

"여기에 심술이 가득한데."

…이 녀석이 왜 친한 척이야? 아니, 그것보다 이거 안 놔? 내가 눈살을 찌푸리며 뭐라 말하기 전에 라힐이 나와 레오폴드에게 말했다.

"식사 준비가 다 되었을 겁니다. 오늘은 피곤하셨을 테니 이만 쉬도록 하지요."

"아, 예."

나는 크게 고개를 끄덕이며 그를 따라 식당으로 들어갔다. 이러니저러니 소동을 피워 꽤나 늦은 시간이었지만, 하인들은 군말 않고 식사를 날라오고 있었다. 나는 레오폴드들과 함께 식사를 마치고 식당을 나왔다.

덩달아 식사를 끝마친 레오폴드가 이상한 소리를 하며 나와 같이 나오려고 했지만, 라힐이 피곤할 테니 내버려 두라며 그를 붙잡았다.

'방이 같은 방향이라도 같이 다닐 이유가 뭐가 있어?'

안 그래도 시간이 늦은 것이다. 잠을 자기에도 모자랄 시간인데 레오폴드와 놀아줄 생각은 없었다.

─한데 아리시네스님이 보이지 않는군요.

"어… 잊고 있었다."

터덜터덜 복도를 걷던 나는 트레스의 말에 우두커니 멈추어 섰다. 현재 트레스와 에레타는 펜던트 안으로 돌아간 상태였다. 펜던트의 동공을 내려다보니 어두컴컴한 무언가가 비치고는 있었지만 어디인지는 확인할 수 없었다.

"성안이긴 한 것 같은데……."

─그냥 불러들여 버리지?

넌지시 건네는 시온의 말에 나는 고민스러운 얼굴로 펜던트의 동공을 바라보았다. 지금이 기회라면 기회이지만 섣불리 그런 짓을 했다가는 나중이 두려운 것이다.

'보복 확률 99.99%……'

0.01%는 인간적인 면모가 남아 있냐 마느냐지만… 마족에게 인간적인 면모는 어쩐지 무리일 듯싶다.

"저어……."

"예?"

유리컵을 쟁반에 받친 여자가 내게 말을 걸자 나는 조금 의아한 얼굴로 그녀를 돌아보았다. 한번도 본 적이 없는 사람이었지만 차림새를 봐서는 이 성에서 일하는 사람인 듯싶었다.

"저기 이거… 아가씨께서 드리라고……."

그녀가 내민 유리컵에는 붉은색 액체가 들어 있었다. 내가 의심스러운 듯 그것을 바라보자 하녀는 싱긋 웃으며 말했다.

"약초가 든 술이에요. 아가씨께서 특별히 준비하신 음료지요. 피로를 풀어드릴 거예요."

"예에……."

나는 마지못해 잔을 받았지만 영 마실 생각이 들지 않았다.

'이 냄새… 과일 향이 풍기긴 하지만 술 냄새가… 영 안 땡겨.'

내가 유리잔을 받아 들자 하녀가 물끄러미 바라보는 것이 잔을 받아 가려는 것 같았다. 그에 나는 어색하게 웃으며 그녀에게 말했다.

"저기… 방으로 들어가면서 조금씩 마실 테니까… 잔은 나중에 돌려줘도 되지요?"

"예, 그러세요."

그녀는 나의 대답에 고개를 끄덕이고는 빈 쟁반을 들고 사라졌다. 다시금 복도에 혼자 남게 되자 나는 주위를 두리번거렸다. 내가 잔을 들고 슬금슬금 근처에 있던 화분 가로 가자 세리나가 내게 물었다.

—버리려고?

"글쎄요. 버리자니 조금 아깝기는 한데……."

벽에 붙어 있는 불빛에 비추어보니 상당히 좋은 빛깔을 내고 있었지만 마실 기분은 들지 않았다. 냄새를 맡아보니 독주인 듯싶은데 아리시네스가 돌아오지 않은 상황에 취하게 되면 곤란한 것이다.

'정성을 보자면 조금 마시기는 마셔야 하는데…….'

나는 잔을 물끄러미 바라보다 조심스럽게 입에 가져갔다. 향긋한 냄

새에 한 모금 마시려는 순간,

"우엑! 퉤! 퉤!"

―어, 어이!

시온이 당황한 듯 소리 질렀지만 소용이 없었다.

"우웨엑… 무슨 맛이 이래……."

―본디 몸에 좋은 것이 입에 쓴 법이지요.

트레스의 목소리에 나는 미심쩍은 듯이 유리잔 속에 담긴 액체를 쳐다보았다.

"단순히 쓴 거면 모르겠지만 이상한 맛이 난다고요, 이거… 상한 거 아냐?"

―설마요. 라힐의 혈족이 그런 것을 세틴님께 드릴 리가 없잖아요.

에레타가 말했지만 나는 영 이것을 마시고 싶은 생각이 들지 않았다. 나는 슬쩍 주위를 둘러보아 아무도 없음을 확인했다.

―세, 세틴님?!

"정성만 받은 걸로 할 거예요! 이걸 마시는 것은 무리라고요!"

잽싸게 잔에 든 액체를 화분에 부어버리고 나는 서둘러 자리를 떴다. 화분에 술 냄새가 그득한 것이 걸렸지만, 잡아떼면 그만이다. 약간(?)은 마셨다고 우기는데 어쩌겠는가. 나는 통로에 병사나 다른 사람들이 없는 것을 확인하고 재빨리 위층으로 올라갔다.

―…기척이 없군.

"밤이잖아요."

―나는 그런 것을 말한 것이 아니다.

시온은 불퉁하게 말하며 입을 다물었다. 시온의 말대로 아래층도, 내가 지금 서 있는 이 삼층도 사람의 그림자라고는 눈에 뜨이지 않았다. 나와 같은 층의 방을 쓰고 있는 레오폴드나 라힐은 아직 방으로 돌아오지 않은 것 같았고, 다른 방에는 사람이 없는 건지 조용했다.

'씻고 싶은데… 사람을 불러야 하나. 여긴 목욕탕이 어디 있는지도 모르겠고…….'

일단 식사 전에 세수를 하고 손을 씻기는 했지만 그리 깔끔한 상태는 아니었다. 와이번에게 튕겨 바닥을 구른 터라 옷도 지저분한 것이다.

"할 수 없지, 일단은 옷만 갈아입고 그냥 자자. 내일 들어오는 사람에게 부탁하면……."

방문 앞으로 다가가 문을 열자 더운 김이 확 끼쳐 왔다.

"어?"

하얗게 피어오르는 김에 나는 어리둥절한 시선으로 방 안을 들여다보았다. 침대 앞의 빈 공간에 있던 테이블이 한 옆으로 치워져 있고, 그 가운데에 커다란 칸막이가 쳐져 있었다. 목욕을 할 때 사용하는 것이었다. 방 안에 켜져 있는 불빛에 칸막이의 천 위로 나무통의 그림자가 비치자 나는 눈을 반짝 떴다.

'과연!'

식사하는 동안 목욕 준비를 해준 모양이었다. 나는 서둘러 겉옷을 벗어 바닥에 내려놓고는 칸막이를 돌았다. 아직도 식지 않은 물이 더운 김을 피워 올리고 있었다.

"미지근할 것 같지는 않은데… 어? 흐엑!"

물의 온도를 알아보기 위해 나무통으로 가까이 갔던 나는 그 안에 들어 있는 것이 물뿐만이 아니라는 것을 알았다. 물 위로 어렴풋한 그림자를 비치는 새하얀 속살을 보고… 나는 뒤로 자빠졌다.

"누, 누구……!"

커다란 나무통의 물 위로 수초처럼 드리운 머리칼이 가느다란 손가락에 의해 하나로 모아졌다. 붉은 금발… 내가 알고 있는 사람들 중에 붉은 금발을 가진 사람은 단 한 사람뿐이었다.

촤아악.

물을 튀기며 몸을 일으킨 그녀는 뒤로 넘어진 채 얼어붙은 듯 굳어 있는 나를 보고는 싱긋 웃었다. 아무것도 걸치지 않은 나신을 드러내며 그녀는 목욕통 안에서 나왔다.

'대체……'

가늘고 긴 팔다리와 새하얀 피부, 잘록한 허리가 한눈에 들어왔다. 따뜻한 물의 기운을 받아 발그레한 빛깔을 띠고 있는 피부를 내가 멍하니 쳐다보자 그녀는 살풋 웃으며 내게 다가왔다.

"설마 하니, 내가 무슨 뜻으로 여기에 있는지도 모를 만큼 둔한 분은 아니시겠지요?"

"하? 자, 잠깐만요……."

나는 엉거주춤하게 일어서며 뒤로 물러섰다. 얼핏 눈을 돌린 침대 위에는 흐트러진 옷가지들이 찢겨져 나뒹굴고 있었다.

'뭐지… 저건?'

내가 머뭇거리는 사이 그녀의 흰 팔이 내 목을 휘감았다. 내가 차마 그녀의 몸에 손을 대지 못하는 사이 그녀는 내 목을 끌어안고 속삭였다.

"마음대로 해도 좋아요."

제, 제정신이야?! 당신 유부녀잖아!

"이, 이봐요!"

나는 그녀의 팔을 움켜잡으며 내게서 떨어뜨렸다. 내 또렷한 시선에
그녀는 힐끗 눈길을 돌려 내가 테이블 위에 올려놓은 빈 유리잔을 바
라보았다.

　"저것… 마시지 않았나요?"

　'저것?'

　내가 영문을 몰라 유리잔 쪽을 바라보는 사이에도 그녀는 날카로운
시선으로 나를 샅샅이 훑고 있었다. 그녀의 손이 내 바지께로 내려가
는 것을 느끼고 나는 그녀를 밀쳤다.

　"뭐 하는 거예요!"

　"저런… 순진한 도련님이었나? 마시지 않았어도 상관은 없지만."

　내게 잡혔던 어깨를 매만지며 그녀는 나를 향해 말했다.

　"이 옆 방에는 내 오라버니가 신호를 기다리고 있어요. 그런데 내가
여기서 비명을 지르면 어떻게 될지……."

　그녀의 말에 나는 재빨리 내 침대 위에 올려져 있던 옷가지들을 돌
아보았다. 그 찢어진 옷자락이며… 속옷 가지들을 보니 한 가지 머리
속으로 떠오르는 것이 있었다.

　'에에… 설마……'

　내 얼굴 위로 당황한 기색이 떠오르자 그녀는 살짝 웃으며 내게 다
가왔다.

　"당신의 머리 색과 눈동자… 자작과 같은 검은색이군요. 마음에 들
어, 이 색……."

　내 머리칼을 만지려는 그녀의 손길에 나는 눈살을 찌푸리며 그녀의
손을 뿌리쳤다.

　"무슨 속셈이지요?"

내가 묻자 그녀는 웃으며 말했다.

"나쁘게 하지는 않아. 서로 돕고 살자는 거지… 당신, 수도의 기사가 될 작정이라지? 아무런 배경 없이 평민이 기사의 작위에 오르는 것은 쉽지 않지. 아마도 수도에는 당신을 깎아내리려는 자들이 많을 거야. 그자들에게 나와의 일이 알려진다면 어떻게 될까? 작위도 받지 못한 평민의 검사가 자작부인에게 손을 댄 것을 알면… 정말 손쉽게 당신을 끌어내릴 핑계가 되는 거지."

"……."

"당신이 쌓아 올린 것들… 나는 한순간에 무너뜨릴 수 있어."

그녀의 푸른 눈동자가 뱀처럼 빛나는 것을 나는 싸늘히 바라보았다. 하나 그녀는 괘념치 않고 내 팔을 쓰다듬듯이 하며 내 눈을 들여다보았다.

"하지만 당신이 나를 받아들인다면… 우리는 같은 비밀을 공유하게 되겠지."

'같은 비밀이라……'

다시 내게 몸을 밀착시키려는 그녀의 모습에 나는 뒤로 물러서며 어이없다는 표정으로 그녀를 쳐다보았다.

"하아… 설마 농담? 아니면… 진심? 진짜로?"

내 반응이 이상했던지 내 목에 팔을 감으려던 그녀는 눈살을 찌푸리며 내게 말했다.

"당연하잖아! 여기까지 와서 농담일 리가 있어?"

어… 그런가? 멍하니 라힐의 새어머니라는 여자를 쳐다보던 나는 문득 떠오르는 생각에 그녀에게 말했다.

"에… 그러니까, 임신… 한 거죠?"

"뭐?"

당황한 그녀의 목소리가 내 추측을 확신으로 바꾸고 있었다. 사나운 눈길로 쏘아보는 모습에 나는 검지손가락을 세우며 말했다.

"왜 있잖아요, 다른 사람의 아이를 가져 놓고서는 하루 자곤 그 사람의 아이라고 우기는 거. 여긴 유전자 검사도 불가능하니까 상대 남자의 머리 색과 눈동자 색깔만 나와 같으면 들통날 일은 없는 거죠. 상대 남자가 마음이 약한 사람이라면 우기기도 유용할 거고."

내 말에 그녀의 푸른 눈동자가 흔들렸다.

"무슨 근거없는……!"

"하지만 이 상황은 곤란한 게 아닌가요? 사실 당신은 그 아이를 자작의 핏줄이라고 주장할 생각인 것 같은데, 나와 일이 있다면 핏줄을 의심당할 게 뻔하잖아요. 어차피 자작의 아이는 아니라고 생각되지만, 자작가의 후계로 인정받기는 힘들 텐데?"

태연한 목소리로 말하자 여자는 차갑게 웃었다.

"그런 걱정은 없어. 달수가 다르니까 말이야. 게다가 성 밖의 의원에게 진찰을 받았지. 그가 증언해 줄 거야. 자작부인은 일을 겪기 전에 임신이 된 상태였다고."

"헤에, 그런가요?"

내가 말하자 그녀는 아쉽다는 듯이 나를 쳐다보며 말했다.

"정말 실망이로군. 우리는 서로에게 도움이 될 수도 있었을 텐데…여기까지 알았다면 내버려 둘 수 없어."

"아아……."

나는 피식 웃으며 내 앞에 선 그녀를 바라보았다. 벗은 몸을 그대로 드러내고 있었지만 그녀는 수치심이나 부끄러움조차 없는 것 같았다.

"하고 싶은 대로 해요."

내 대답에 그녀의 얼굴이 일그러지고 있었다. 나는 힐끗 테라스의 발코니 쪽을 바라보며 그녀에게 나머지 말을 전했다.

"이쪽도 철저히 부수어줄 테니까."

마지막 내 얼굴 위에 떠오른 표정에 그녀는 흠칫 놀라며 몸을 움츠렸다. 내가 주저없이 그녀에게서 돌아서자 그제야 그녀의 입에서 비명이 터져 나왔다.

"꺄아아악!"

찢어질 듯한 비명에 나는 거침없이 테라스의 발코니로 달려나갔다. 등 뒤로 거칠게 열어젖히는 문소리와 사람들의 발소리가 들렸지만 나는 뒤도 돌아보지 않고 발코니 쪽으로 달려갔다.

"계약 1조 1항에 의거, 나 세르티드 레플리카는 샤이시스의 힘을 빌리겠습니다."

속삭이는 내 목소리에 맞추어 시온의 힘이 빠져나가고, 샤이시스의 힘이 그를 대신했다. 샤이시스의 힘이 전신으로 돌자 나는 그 즉시 모습을 보이지 않도록 했다. 거칠게 들이닥친 남자가 테라스의 문을 열고 뛰쳐나왔지만 내 모습은 발견하지 못한 모양이었다. 당황한 얼굴로 발코니 주위를 둘러보고는 안으로 들어가는 것을 확인하고, 난간으로 발을 디뎌 벽을 타고 지붕으로 올라갔다.

―저거 계단에서 네게 시비 걸던 놈 아니냐?

시온의 물음에 나는 힐끗 지붕 아래쪽을 쳐다보았다.

"맞아요. 저 사람이 그 여자의 오빠였던 모양이죠."

작은 목소리로 대답하고는 나는 성의 지붕을 타고 편히 앉아서 쉴 수 있을 만한 곳으로 기어올라 갔다. 괜히 성안을 어슬렁거리며 소란

을 피우는 것보다는 잠잠해질 때까지 안전한 곳에서 기다릴 생각이었
다. 횅하니 찬바람이 불어오는 것은 상당히 괴로웠지만, 그래도 이 위
를 의심하는 자는 없을 터였다.

나는 지붕의, 그나마 바람을 조금 피할 수 있는 곳이라고 생각되는
부분에 주저앉았다. 흙먼지를 뒤집어쓴 지저분한 꼴로 찬바람을 쐬고
있자니 처량 맞다는 생각이 들었지만, 오늘 밤만큼은 편히 자는 것이
불가능할 것 같았다.

"일진이 사납네."

휘이잉 하고 불어오는 찬바람에 나는 한숨을 푹 쉬었다. 하늘을 올
려다보니 어찌 된 일인지 달도 별도 보이지 않았다.

'구름이라도 끼었나… 이 상황에서 비까지 오면 진짜 처절할 텐데
말이야.'

나는 가만히 지붕에 등을 기대며 내가 처한 상황을 떠올렸다. 누명
이야 나중에라도 어떻게든 벗으면 그만이라고 생각하고 있지만 라힐들
이 걱정이었다.

'자작의 아이를 가지고 있다고는 쳐도, 라힐이 있을 텐데……'

여자의 자신만만한 태도가 걸렸던 것이다. 라힐에게는 당당한 태도
를 취했다고는 해도, 그 누나인 리렐에게는 꼼짝도 못하던 그녀가 아무
런 근거 없이 그런 대담한 행동을 취했을 것 같지 않았다.

'뭔가 일당을 불러들였다던가… 협력자가 있는 건가?'

그녀의 아이가 자작의 지위를 받기 위해서는 라힐과 리렐이 방해가
될 터였다. 굳이 성 밖의 의사에게 보여 아이가 있음을 숨긴 것도 그
둘을 의식했기 때문이라고 생각되었다.

'내게 자신의 속내를 들켰으니 가만히 있지는 않겠지. 리렐이나 라

힐이 경계를 하게 되면 일이 쉽지 않을 테니……'

그렇다면 오늘 밤, 내가 라힐이나 리렐과 접촉하기 전에 일을 끝내려 할 것이 분명했다. 라힐은 아직 자신의 방으로 돌아오지 않았으니 레오폴드와 함께 있을 것이고, 리렐이라면 영주 대행의 임무를 끝내기 위해 영주의 집무실에 있을 것이다.

'오늘 일을 봐서는 독살의 가능성도 있지만, 그래서는 자신이 제일 먼저 의심을 받을 수 있다는 것을 알고 있겠지. 어떻게든 사고사… 그것도 둘을 함께 몰아넣을 수 있는 방법을 강구하고 있었을 거다.'

다른 방법으로는 내게 살해당했다는 식으로 뒤집어씌운다던가 하는 게 있겠지만, 그대로 도망쳐 버렸을지도 모르는 내게 덮어씌우는 것은 쉽지 않은 일이었다. 오히려 집 안의 누군가라면 모를까.

"어떻게 할 생각인 걸까……."

"세틴……."

귓가를 울리는 기분 나쁜 목소리에 나는 몸서리를 치며 뒤로 물러섰다. 시커먼 어둠 속에서 긴 머리칼을 늘어뜨리고 있는 그것은, 머리카락 사이로 드러난 입술을 일그러뜨리며 웃었다.

"히익! 누, 누구?!"

"나다……."

새하얗다기보다는 창백한 얼굴이 보라색 머리칼 사이로 드러나는 것을 보며 나는 안도의 한숨을 내쉬었다. 아, 진짜! 평범하게 앞으로 나타나면 엉덩이에 뿔이라도 나요?

"…여긴 어떻게 올라온 거예요."

내가 심란한 얼굴로 묻자 아리시네스는 멍한 시선으로 하늘을 올려다보았다.

"달이 밝군……."

"안 보이는데요?"

흘러가는 구름 사이로 간간이 별빛 같은 것은 눈에 들어오지만 어디에도 달의 모습은 찾아볼 수가 없었다. 그러자 아리시네스는 흐리멍텅한 눈으로 나를 바라보며 말했다.

"보이지 않아도… 달은 있는 거야……."

아, 그러세요. 나는 가늘게 눈매를 좁히며 아리시네스를 쳐다보았다.

"그래서 뭐예요? 어디 갔다 온 거예요?"

"집무실……."

집무실?

"왜 집무실에……? 게다가 집무실이라면 한두 개가 아니잖아요."

내가 고개를 갸웃거리며 묻자 아리시네스는 조용히 고개를 돌렸다.

"없어……."

…뭐가 없다는 소리야? 집무실이? 아니면 다른 게? 눈살을 찌푸렸지만 아리시네스는 더 할 말이 없는 모양이었다.

"그런데… 아리시네스는 내가 보여요? 나 지금 샤이시스의 능력을 빌리고 있는데."

그 말에 아리시네스는 나를 쳐다보더니 손을 내밀어 내 머리에 터억하니 얹었다.

"보인다……."

"그, 그러시군요."

내가 아리시네스의 손을 피하려 이리저리 머리를 흔들자 아리시네스는 그에 따라 손을 움직였다.

"…뭐예요?"

"음. 단단하군……."

엑?! 그, 그거 내 머리 얘기? 아리시네스는 내 머리를 툭툭 두드리고는 만족스러운 듯이 몸을 돌렸다.

"내려가자……."

"캭! 내 머리가 뭐가 단단하다고 그래요!"

"…그럼 딱딱하다……."

"딱딱하다도 싫다고요! 으앗! 아리시네스, 내 말 듣고 있는 거예요?!"

휘적휘적 걷고 있던 아리시네스는 내 고함에 힐끗 나를 돌아보더니 예의 소름 끼치는 목소리로 말했다.

"마족이… 이 성안에 있다……."

에……? 마족? 마족이라고? 아리시네스의 말에 나는 눈을 동그랗게 뜨며 물었다.

"마족을 발견하고 가버린 거였어요?"

"음… 누군가 온다……."

아리시네스는 그렇게 말하고는 펜던트 속으로 돌아가 버렸다. 멍하니 혼자 남은 나는 지붕에 가까운 창문이 열리는 것을 보고 몸을 사렸다. 소리를 지르며 소란을 떤 탓에 성안 경비병의 주의를 끈 모양이었다. 열린 창문으로 고개를 내미는 경비병의 모습에 나는 슬쩍 지붕의 그림자 속에 숨었다.

'술이 풀린 것은 아니니까.'

슬쩍 보이지 않는 내 손을 들어 보이고는 엉금엉금 지붕을 기어 반대편의 창문으로 미끄러 내려갔다. 힐끗 경비병들을 돌아보았지만 역시 내가 보이지는 않는 모양이었다.

'뭐, 상관없겠지.'

나는 비스듬히 열려 있던 창문을 조용히 열고 그 안으로 들어갔다.

【제3화】
마족이 깃들어진 것

마족이 깃들어진 것

그 라힐의 어머니라는 여자가 소란을 떤 것에 비해서는 성은 조용한 편이었다. 사태를 보자면 현장에서 내가 붙잡힌 것도 아니고, 여자 쪽에서 일방적으로 주장하는 것이니 찢겨진 옷가지를 제외하고는 근거가 없는 것이다. 그 여자의 오빠라는 작자가 나를 봤다고 할지도 모르겠지만 말이다.

─세틴, 지금 어디로 향하고 있는 거지요?

에레타의 물음에 나는 힐끗 어두운 복도의 끝을 바라보았다. 내게 주어졌던 방과는 건물이 다른 탓에 복도는 조용했다. 간간이 갖은편의 건물에서 고함 소리 같은 것이 들리기는 했지만 아까와 같은 소란은 없는 것이다.

"집무실이요. 아까 아리시네스가 집무실에 다녀왔다고 했으니까……."

―이런 성의 저택이니 집무실이 한두 개가 아닐 텐데?

"일단은 영주의 집무실로 가보려고요. 기본은 거기니까."

그 여자가 일을 벌인 것과 비슷한 시기에 아리시네스가 마족의 기운을 느낀 것이 맘에 걸렸다. 현재, 영주의 집무실은 라힐의 누나인 리렐이 사용하고 있는 것이다. 마족이 거기에 도사리고 있다면 리렐이 위험하다.

'무언가 아리시네스가 알고 있는 것을 들을 수 있다면 좋겠지만……'

아리시네스는 펜던트로 돌아간 시점에서부터 아무런 말도 하지 않았던 것이다.

'따로 무언가 생각이 있을 것 같지는 않고… 더 할 말이 없는 건가……'

묘한 시선으로 펜던트를 바라보며 채근해도 들려오는 것은 다른 종속자들의 목소리뿐이었다. 진작 아리시네스가 무엇을 하고 있는 건지 확인을 해두었다면 좋았겠지만… 사실 아리시네스는 엿보기가 조금 무섭다.

'결국 피를 보는 건 나지만 말이야……'

나는 미심쩍은 표정으로 복도의 양 끝을 돌아보았다. 주의가 온통 반대편의 건물에 쏠린 탓인지 집무실의 복도에는 지나는 사람이 없었다. 문의 손잡이를 돌리자 문은 간단히 열렸다.

'잠겨 있지 않네……'

혹시 누군가 안에 있는 것은 아닌가 하여 조심스럽게 문을 밀어 안을 들여다보았지만, 집무실 안에는 아무도 없었다. 두꺼운 커튼이 쳐져 어두운 방 안에 나는 숨죽여 들어갔다.

'후우……'

조용히 문을 닫고 돌아서자 정면에 있는 영주의 커다란 책상이 눈에 들어왔다. 벽의 전면을 차지하는 커다란 창을 뒤로하고 있는 책상은 그 위에 드러누워도 될 정도로 컸다.

나는 양 옆으로 늘어선 큼지막한 장식장과 천장에 닿을 듯 높은 책장을 바라보고는 주위를 두리번거렸다.

"이상한 점 같은 것은 없는 것 같지요?"

―글쎄다… 펜던트 안에서 알아차릴 수 있는 것에도 한계가 있으니……

일단은 없다는 건가? 나는 레스트레온의 말에 고개를 갸웃하고는 책장의 건너편에 있는 벽난로로 주의를 돌렸다. 벽난로 안은 최근 사용한 적이 없는지 나무가 쌓여 있을 뿐 재가 없었다.

'석탄… 같은 것은 아직 사용하지 않았던 때인가……'

벽난로의 고풍스러운 문양을 만지작거리다 문득 가까워지는 발소리에 고개를 돌렸다.

―누구지?

"글쎄요……"

나는 목소리를 낮추며 집무실의 문가를 바라보았다. 또각거리는 발소리는 똑바로 이쪽을 향하고 있었다. 점점 가까워지는 발소리에 나는 난로가에서 벗어나 벽난로 앞에 놓여져 있던 소파의 뒤에 섰다.

"문을 잠그지 않았던가?"

의아한 듯한 여자의 목소리와 함께 그녀가 들고 있던 촛불의 불빛이 비쳐 왔다. 익숙한 걸음으로 안으로 들어온 여자는 집무실에 놓인 촛대에 불을 붙여 방을 밝혔다.

'리렐… 일이 남아 있었던 모양이네.'

모습을 나타낼까 생각했지만 그만두었다. 리렐은 방 안의 촛대에 불을 붙이고는 곧장 책상으로 다가갔다. 반쯤 뒤로 밀려진 의자의 앞에는 흰 종이와 결재해야 될 서류들로 보이는 묶음이 놓여져 있었다. 자리에 앉으려던 리렐은 의자에 놓여져 있던 무언가를 발견하고 집어 들었다.

"못 보던 책인데……."

그녀는 그렇게 말하며 책을 책상 위에 올려놓았다. 가죽으로 표지가되어 있는 책은 이름이 쓰여져 있지 않았다. 내가 곁으로 다가가 물끄러미 책을 들여다보자 리렐이 내 쪽으로 고개를 돌렸다.

'힉! 보, 보이나?'

―멍청하긴, 촛불이 네 숨소리에 떨리잖아!

시온의 지적에 나는 얼른 몸을 뒤로 뺐다. 신중히 내 쪽을 쳐다보던 리렐은 미심쩍은 표정으로 고개를 돌렸다. 조용히 숨을 고르고 있던 나는 그런 그녀의 모습에 속으로 안도했다.

'숨도 크게 못 쉬겠어.'

가죽 책은 철판으로 네 귀퉁이를 감쌌을 뿐, 그 외에는 어떤 장식도되어 있지 않았다. 리렐은 묘한 시선으로 그것을 바라보더니 첫 장을펼치기 위해 표지에 손을 댔다. 그녀의 손가락에 표지가 살짝 들려져책장과의 사이가 벌려지자 희미한 마력의 기척이 느껴졌다.

'어… 뭔가…….'

리렐은 천천히 책의 표지를 넘기고 있었다. 빽빽한 글이 쓰여져 있는 책의 내용을 훑어보던 리렐은 눈살을 찌푸렸다. 다음 장도, 그 다음장에도 같은 내용이 쓰여져 있었던 것이다.

"장난치곤……."

무언가 이상하다고 느낀 리렐이 책장을 덮으려는 순간, 책의 글자들이 뭉치며 검게 빛났다.

"리렐!"

내 고함 소리에 리렐의 시선이 순간 내 쪽을 향했다. 한데 뭉친 글자들은 순간 갈퀴가 달린 시커먼 손으로 변하며 책장 속에서 튀어나왔다. 리렐의 심장 부근으로 파고드는 손가락에 나는 달려들어 리렐의 어깨를 잡아챘다.

"까악!"

리렐은 나지막한 비명을 지르며 책을 놓쳤다. 책상의 뒤로 나동그라진 리렐은 제어가 풀려 모습을 드러낸 나를 보고 놀란 듯이 쳐다보았다.

"세… 세틴님……? 당신이 여기 어떻게?"

"지금 그게 중요한 게 아니잖아요!"

내 외침에 리렐은 바닥으로 떨어진 책을 바라보았다. 책에서는 무언가가 튀어나오려는 듯이 시커먼 덩어리가 크게 부풀어 있었다. 그에 리렐은 몸서리를 치며 뒤로 물러섰다.

"저, 저게 뭐죠?"

"나도 몰라요!"

저게 아리시네스가 말하던 마족인가 싶었지만, 확신할 수는 없었다. 리렐은 찌푸린 얼굴로 그것을 바라보더니 그 즉시 촛대를 들어 바닥의 책 쪽으로 던져 버렸다.

"리, 리렐!"

불나면 어쩌려고! 하나 리렐은 그런 것은 신경 쓰지 않는 모양이었다. 촛대는 정확히 팽창하는 검은 덩어리 앞에 떨어지더니 곧 가죽으로 된 표지로 옮겨 붙었다.

"캬아아아아악!"

방 안을 울리는 쩌렁쩌렁한 비명에 리렐은 귀를 막으며 그것을 노려보았다. 검은 덩어리는 터지듯 검은 날개를 펼치며 하체가 일그러진 불완전한 모습으로 모습을 드러냈다. 그가 날개를 움직이자 방 안의 물건이 쓸리며 유리창이 터져 나갔다.

"꺅!"

바람에 휩쓸려 넘어지는 리렐을 감싸며 녀석을 바라보았다. 검은 그림자 같은 날개를 펼치며 날아오른 녀석은 한 개의 눈과 눈까지 찢어진 입을 가지고 있었다. 책이 불에 탄 탓인지 가슴 아랫부분이 연기처럼 흐물흐물했다.

"시온, 오웬! 저게 뭔지 알겠어요?"

—캘피스! 중급 마족의 하나야. 책 속에 숨어살면서 계약자의 혼과 생명력을 빨아먹고 살지.

오웬의 외침에 물끄러미 녀석의 발치를 바라본 나는 다시 오웬에게 말했다.

"책… 타버렸는데?"

—마족이 괜히 마족이겠냐?

시온의 목소리에 나는 아랫부분이 거의 타버려 윗부분만 남은 책 조각을 쳐다보았다. 불씨는 책을 완전히 집어삼키지 못하고 일부만 태운 채 꺼져 버린 것이다.

—저 정도는 한 시간이면 회복돼.

"회, 회복……."

―하지만 책에서 완전히 빠져나오기 전에 책을 손상시킨 덕분에 육신이 완전히 구현되지 못했어. 지금이라면 네 어설픈 능력으로도 상대할 수 있을 거야.

오웬의 말에 나는 혹시나 싶어 그들에게 물었다.

"그럼 책을 태우면?"

―마계로 강제 송환되지.

좋은 거 알았다… 나는 눈을 빛내며 얼마 남지 않은 책을 쳐다보았다. 하나 녀석도 나의 그런 시선을 느낀 것인지 책 위로 검은 그림자 같은 것이 훅 드리워졌다.

"어……."

천천히 올려다보는 내 눈과 캘피스의 붉은 눈동자가 마주쳤다. 홍채의 구분없이 붉기만한 눈동자가 증오 어린 눈길을 담아 나와 리렐을 내려다보고 있었다.

'주… 죽었다!'

아닌 게 아니라 놈은 온몸으로 증오를 드러내며 살기를 뿜어내고 있었다. 일그러진 하반신이 흔들리며 가까워지는 캘피스의 모습에 나는 리렐을 감싸듯이 하며 녀석을 올려다보았다.

"내 몸에 상처를 내다니, 죽여 버리겠다!"

"재, 재생되면서 치사하잖아!"

―…세틴, 그게 지금 할 소리라고 생각해?

오웬의 말에 나는 입을 삐죽 내밀었다. 할 소리는 아니지만 치사하잖아요! 나보다 다섯 배는 크면서! 더군다나 이쪽은 혼자도 아닌데!

'어? 리렐?'

내 뒤에 주저앉아 있던 리렐이 몸을 일으킨 것이다. 당황한 얼굴로 뒤를 돌아보자 꼿꼿이 몸을 세우고 마족을 노려보는 리렐의 모습이 보였다.

"넌 상처 입힌 건 나다. 그러니까……."

"그러니까?"

코웃음을 치듯 캘피스의 상체가 가까워지는 것을 리렐은 하얗게 질린 얼굴로 바라보았다.

"그러니 이 사람은 관계없어! 손대지 마라!"

'말은 좋지만 들어줄 리가…….'

하나 리렐의 말에 캘피스는 히죽 웃으며 말했다.

"좋다."

"엑?!"

리렐과 캘피스를 번갈아 쳐다보는 내 눈길에 캘피스는 비웃는 듯한 눈으로 나와 리렐을 보며 말했다.

"네 녀석을 죽이도록 하지. 그러니 저 꼬마 녀석에게 끼어들지 말라고 하는 게 좋을 거다. 섣불리 내 심기를 건드렸다가는 나도 어떻게 할지 모르니까!"

'저거 진심이야? 아니, 진심이고 아니고 간에 내 쪽에서 그렇게 내버려 둘 리가 없잖아.'

캘피스의 말을 진심으로 받아들인 것인지 리렐은 안타까운 눈으로 나를 바라보고 있었다. 그녀는 엉거주춤하게 몸을 일으킨 내게 속삭이듯 말했다.

"지금 도망쳐요. 내 힘으로는 마족에게 대항할 수가……."

'절대 거짓말일 게 뻔하잖아요!'

녀석은 처음부터 리렐을 죽이려 했던 것이다. 책을 펼쳤을 때, 곧장 심장을 노리고 튀어나왔던 캘피스의 손이 그 증거였다. 내가 리렐을 잡아당기지 않았더라면 그대로 가슴을 관통당하여 죽었을 것이다. 처음부터 죽이려던 인간이 죽어주는 대가로 나를 살려줄 리 없다. 리렐도 나를 살려준다기보다는 도망칠 시간을 벌어주려는 것 같았지만.

'라힐의 누나를 그대로 죽게 할 수는 없어! 어떻게든 방법이……'

내가 입을 꾹 다문 채로 조용하자 캘피스는 내가 체념한 것이라고 생각한 것인지 슬슬 나와 리렐에게로 다가왔다. 상체를 떠받쳐야 할 하반신이 존재하지 않음에도 허공에 떠 있는 그의 육신은 괴기스럽기 그지없었다. 캘피스가 리렐의 가슴을 향해 손가락을 세우자 리렐은 다급한 목소리로 내게 말했다.

"세틴! 얼른 방 밖으로……!"

"머리… 숙이는 게 좋을 거예요."

작은 목소리로 대답하자 리렐이 불안한 시선으로 나를 쳐다보는 것 같았지만, 나의 시선은 캘피스에게 고정되어 있었다. 내가 몸을 빼듯 옆으로 틀어서자 캘피스는 힐끗 나를 쳐다보고는 리렐에게 시선을 돌렸다. 캘피스의 손가락 끝에서 붉은 열선이 발사되는 순간, 리렐의 허리에 팔을 휘감아 오른쪽으로 끌어당겼다. 붉은 빛이 그녀의 왼팔을 스치며 핏방울이 흩어졌다.

"읏……!"

"버둥거리지 말아요!"

다행스럽게도 레오폴드 같은 녀석보다는 훨씬 가벼웠다. 옆구리에 끼듯 들어 올려 몸을 낮추자 재차 쏘아진 열선이 머리 위를 스치듯 지나쳤다.

"이 녀석이!"

캘피스의 목소리를 들으며 그의 발치로 몸을 던졌다. 내뻗은 열선으로 내 미간을 꿰뚫으려던 캘피스는 허를 찔린 듯 손을 허공에 휘저었다. 하반신이 없는 만큼, 캘피스의 발치를 지나면 그의 책이 있는 곳으로 일직선이다!

"세, 세틴……!"

내던져지듯 나와 함께 미끄러진 리렐이 비명을 지르는 것 같았지만 듣지 않았다. 책이 발치에 닿자 즉각 몸을 일으켜 그것을 문간을 향해 걷어찼다.

"이, 이놈이 무슨……!"

재생하여 절반가량이 남아 있던 책이 허공을 날자 캘피스는 당황한 듯이 부르짖었다. 나는 그에 리렐을 일으키며 녀석을 돌아보았다.

"나와라!"

내 부름에 맞추어 펜던트의 동공에서 새하얀 기류가 일었다.

크와아아아악!

펜던트의 동공에서 새어 나오는 와이번의 울음소리에 캘피스가 놀란 듯이 나를 돌아보았지만 이미 늦었다. 리렐을 문가로 보내며 내민 펜던트 안에서 와이번의 일부가 모습을 드러내고 있었던 것이다.

"리렐! 먼저 밖으로 나가요!"

내 고함 소리에 다급히 집무실의 문을 여는 듯한 소리가 들려왔다. 캘피스가 뒤늦게 내게로 달려들었지만 이미 온전히 모습을 드러낸 와이번이 캘피스를 향해 이빨을 드러냈다.

캬아악!

위협하듯 토해지는 비명에 와이번이 펼친 날개와 몸체가 입구의 전면을 막아서고 있었다. 나는 뒤늦게 집무실의 문가로 달려가 책을 집어 들었다.

─세틴!

시온의 고함 소리에 나는 뒤를 돌아보았다. 와이번의 한쪽 다리가 너절한 고깃덩이마냥 찢기며 허공으로 튀어 올랐다. 와이번의 찢어질 듯한 비명이 집무실 안으로 울려 퍼지고 있었다. 와이번의 피를 고스란히 뒤집어쓴 캘피스가 피에 젖은 갈고리 손톱을 들어 올리며 나를 쳐다보고 있었다.

'저것만으로 찢어발긴 건가?'

균형을 잃은 와이번이 피를 튀기며 몸을 일으키려 했지만, 이미 승부는 결정지어져 있었다. 와이번의 목 위로 잔인하게 그어지는 일격에 와이번의 목줄기가 단번에 끊어졌다. 단면에서 쏟아진 피가 카펫을 적시며 내 발치에까지 흘러들었다.

"다음은 네 차례다, 꼬마."

지척에서 캘피스의 목소리가 들리는 듯싶더니 눈앞으로 핏방울이 튀어 올랐다.

─세틴! 앞에!

세리나의 비명 소리에 반사적으로 몸을 뒤로 뺀 나는 순식간에 눈앞으로 다가온 캘피스를 쳐다보았다. 튀어 오른 핏방울은 캘피스의 몸에 묻어 있던 것이었다.

'방금… 보이지 않았어.'

조금만 몸을 뒤로 빼는 것이 늦었다면 두 눈을 잃을 뻔했다. 오른손에는 캘피스의 책이 쥐어져 있었지만, 그것을 태울 만한 여유는 없었다. 조금이라도 시선을 떼었다가는 저 발톱에 갈가리 찢길 것만 같았다.

'반응 속도는 시온보다 샤이시스 쪽이 더 뛰어날 텐데…….'

샤이시스는 검술이나 무술을 익히지는 않았지만 환수인만큼 다른 종속자들보다 공격에 대한 반응 속도가 빨랐다. 하지만 방금은 반쯤 감으로 피했던 것이다.

"…저 녀석이 샤이시스보다 센 거예요?"

─진심으로 묻는 소리냐?

나직한 샤이시스의 목소리에 나는 천천히 목을 움츠렸다.

"아닌가?"

─아닌 게 당연하잖아!

버럭 소리 지르는 샤이시스의 고함에 무심코 손을 귓가로 올리자 캘피스가 움직였다. 시야가 흐려지듯 모습이 사라지자 곧장 오웬이 소리를 질렀다.

─오른쪽!

'오른쪽?'

몸을 돌리며 엉겁결에 들어 올린 무언가가 캘피스의 손톱에 뭉텅 잘려 나갔다.

"어……."

비스듬히 잘려 흩어지는 책장에 나와 캘피스는 멍한 시선을 보냈다. 책장에서 잘려 나간 일부분은 허공으로 풀어지며 붕괴되듯이 저절로 흩어져 버렸다.

"잘렸네."

무심코 중얼거리자 캘피스가 얼굴을 일그러뜨리며 나를 돌아보았다.

"네… 이 녀석!"

터뜨리는 일갈에 귀가 멍멍할 정도였다. 나는 어설픈 사다리꼴을 하고 있는 책을 들어 보이며 무어라 말을 하려 했지만, 캘피스는 안광을 빛내며 내게 달려들었다.

"죽어라!"

"네가 자른 거잖아! 나와라!"

왼손으로 펜던트를 부여잡으며 소리치자 달려들던 캘피스가 움찔하며 펜던트를 쳐다보았다. 더 이상 와이번 같은 것을 끄집어낼 수는 없었지만, 캘피스는 그것을 염두에 두고 있었던 것이다. 순간 조약한 내 발뒤꿈치가 캘피스의 관자놀이로 틀어박혔다. 캘피스는 믿을 수 없다는 눈길로 머리부터 뒤집혀 책장에 처박혔다.

'인간이라면 죽어버렸을 공격이지만……'

무거운 책장이 캘피스의 위로 넘어지며 두터운 책들이 쏟아졌지만, 그것으로 멈추어졌으리라고는 생각되지 않았다. 긴장을 늦추지 않고 책장 쪽을 쳐다보는데 펜던트 안에서 오웬이 무언가 이상하다는 듯이 물어왔다.

—…어떻게 된 거야? 샤이시스는 체술 같은 것은 전혀 할 줄 모를 텐데?

—그리고 보니… 샤이시스의 기술이라고 해봤자 물어뜯기나 발톱으로 할퀴기 같은…….

—이것들이! 내가 고양이냐!

샤이시스의 속을 박박 긁어대는 레스트레온의 말에 샤이시스는 당장 고함을 질렀지만 그래 봐야 괴로운 것은 나뿐이었다.

'항상 느끼는 거지만… 이 소리는 계속 머리에 울려.'

왼손의 검을 오른손으로 옮겨 쥐며 나는 곤란한 얼굴로 책을 옆구리에 꼈다. 아까 소리친 것은 펜던트에서 이 검을 꺼내려던 것이었다. 캘피스를 속일 생각은 없었지만, 그가 순간이나마 주춤한 탓에 공격을 성공시킬 수가 있었다.

'확실히 샤이시스는 체술 같은 것은 하나도 모르는 것 같네. 내가 어떻게 목줄을 물어뜯고, 내 손톱으로 손목을 날려?'

그나마 뒤돌려차기가 가능했던 것은 샤이시스의 능력과 세리나의 힘을 빌어 싸웠던 기억이 남아 있었던 덕분이었다. 힘은 사라져도 몸을 움직였던 기억은 머리 속에 남아 있으니 말이다.

―세틴님, 머뭇거리지 말고 얼른 책을…….

"아. 예!"

트레스의 말에 나는 허겁지겁 근처의 촛대를 찾았다. 책상 위에 올려졌던 촛대의 촛불은 리렐이 바닥으로 던져 꺼져 버렸지만 근처 탁자 위에도 멋들어진 촛대가 놓여져 있었다. 그중 하나로 책을 내밀어 귀퉁이에 불을 붙이는데 사람들의 발소리가 들려왔다.

"세틴님!"

목소리를 들어보니 리렐인 모양이었다. 기사와 병사들을 이끌고 온 그녀는 방 안 가득한 피 냄새에 당황한 얼굴로 나를 보았다.

"세틴님! 몸은… 괜찮으신 건가요?"

"예."

배시시 웃으며 나는 불이 붙은 책을 들어 보였다. 일부 재생된 가죽 표지 위로 불길이 옮겨 붙으며 종이가 까맣게 일그러졌다.

'생각보다 쉽게 끝나는 건가? 어……?'

건조한 바람이라도 부는 것인지 겉장이 펼쳐지자 그 안의 그슬린 종잇장들이 흩어졌다. 안쪽의 이음새가 헐거워지기라도 한 모양이었다.

'아냐. 그럴 리가…….'

마족이 깃들어 있던 책이었다. 이렇게 허술할 리가 없다… 그렇게 생각한 순간 책의 하얀 속지가 시커멓게 물들며 찐덕한 검은 액체가 책에서 쏟아졌다.

—세틴!

"으… 이거 뭐야!"

당황하여 책을 떨어뜨리자 검은 액체는 책장을 타고 흘러 책에 옮겨 붙은 불길을 삼켰다. 책을 태우던 불길은 희미한 움직임을 보이더니 그대로 액체 속으로 잠겨져 버렸다.

—이거… 곤란하게 되어버렸군.

레스트레온의 목소리가 나직이 울리고 있었다. 나는 꿈틀거리는 액체를 바라보며 뒤로 물러섰다. 그것은 기분 나쁜 움직임을 보이고 있었다. 내가 멈칫거리자 곧 병사들이 달려왔다.

"세틴님! 뒤로 물러나 주세요!"

멍하니 그것을 바라보던 나는 리렐의 목소리에 정신을 차릴 수가 있었다. 그녀의 곁에 서 있던 병사들이 일제히 달려와 그 꿈틀거리는 검은 액체를 둘러쌌다. 병사들이 창끝을 액체 쪽으로 들어대는 것을 보고 나는 리렐 쪽으로 고개를 돌렸다.

"어… 리렐 씨, 이 사람들은……."

"성의 병사들입니다. 이제 뒤는 저들에게 맡기시고 물러나 주세요. 영지의 손님이신 당신을 더 이상 위험하게 할 수는……."

"어어! 부풀어 오른다!"

누군가의 고함에 리렐과 나의 시선이 검은 액체 쪽으로 돌아갔다.

그들의 외침처럼 검은 액체가 부글거리며 끓어오르고 있었다. 점차 불어나 성인 남자 정도의 크기가 되자 병사들이 당혹스러운 시선으로 그것을 쳐다보았다.

"아가씨! 어떻게 해야 할지……."

—인간……! 인간이 필요하다……!

액체를 진동하여 내는 듯한 소리에 사람들의 시선이 쏠렸다. 창을 든 병사 하나가 주춤하며 뒤로 물러선 순간, 액체 속에서 시커먼 팔이 불쑥 튀어나왔다.

"으아악!"

단숨에 병사의 안면을 휘어잡은 손아귀가 액체 속으로 병사의 몸을 끌어당겼다. 순식간에 빨려 들어가는 그 모습에 병사들은 비명을 울리며 끌려가던 병사를 붙잡으려 했지만, 당겨지는 무서운 힘에 그를 놓치고 말았다.

"이, 이게……."

—아무래도 진심으로 너를 상대하고 싶은 모양이다.

시온의 무거운 음성에 나는 힐끗 펜던트를 내려다보았다. 병사의 몸은 액체 속에 완전히 삼켜진 듯이 형체도 드러나지 않고 있었다.

"그게 무슨……."

—제대로 된 계약을 이행하지 않은 마족이 인간계에서 힘을 발휘하기 위해서는 인간의 목숨이 필요해.

—…이 세계에 머물기 위해서는 인간의 수명이 필요하지. 방금 녀석은 책장, 즉 모아두었던 인간의 수명을 태워 자신의 육신을 '온전히' 불러들였다.

—하지만 힘의 제약은 여전하지요. 인간들을 저기서 떨어지게 하는

게 좋을 겁니다. 그자의 힘을 늘릴 뿐이니까요.

그… 말인즉슨, 아까 덤비던 것은 힘을 제대로 낸 것이 아니란 소리? 시온과 레스트레온, 트레스가 번갈아가며 하는 말에 나는 미간을 좁히며 검은 덩어리를 쳐다보았다.

"그럼 방금 그 사람은……."

—당연히 먹혔지. 살아 있을 리가 없잖아?

오웬의 목소리에 나는 다급히 리렐에게 다가가 그녀의 팔을 잡았다.

"병사들을 물러서게 해주세요."

"하, 하지만……."

머뭇거리는 그녀의 모습에 두려움 섞인 시선으로 창끝을 세우고 있는 병사들을 돌아보았다. 몇몇의 병사들은 창끝이 떨리고 있었다. 기사 둘이 검을 뽑아 들었지만, 그들의 실력을 가늠할 수 없는 나로서는 위태롭게 보일 뿐이었다.

"최소한 병사들만이라도… 병사들로는 상대가 되지 않으니까요."

"너희들은 대열을 풀고 물러나라!"

내 목소리를 들은 것인지 기사 두 명 중 하나가 소리치자 리렐은 당황한 얼굴로 그를 쳐다보았다.

"하이만!"

"저분의 말대로입니다. 방금 그것은 저희들로도 상대가 되는지… 병사들에게는 성안의 사람들을 피신시키는 일을 명하는 것이 좋겠습니다."

"그런……."

리렐의 시선이 다른 기사 하나에게로 옮겨졌다. 그가 조용히 고개를 끄덕이자 리렐은 눈매를 좁히며 병사들에게로 고개를 돌렸다.

"들은 대로다. 너희들은 당장 성안의 사람들을 깨워 밖으로 피신시키도록."

"아, 알겠습니다!"

리렐이 병사들 중 우두머리로 보이는 자에게 말하자 그는 즉각 나머지 병사들을 이끌고 집무실 밖으로 뛰쳐나갔다. 곧 병사들의 고함이 건물 안에 울려 퍼지기 시작했다.

"아가씨도 피신해 주시는 것이……."

하이만이 말하자 리렐은 손가락에 낀 조그마한 반지를 어루만지며 고개를 저었다.

"조금이지만 도움이 될 수 있을 테니까요, 저는."

그녀가 반지를 어루만졌을 때, 거기에서 희미한 마력의 기운을 감지할 수 있었다. 아마도 마력의 기운이 담긴 반지인 모양이었다.

―마법기로군.

"마법기?"

―주문이 담겨 있는 물건 말이다. 네가 지난번에 강탈한 정령석을 가공하여 만드는 물건이다.

리렐의 말에 하이만은 포기한 듯이 고개를 끄덕이고는 액체 쪽으로 고개를 돌렸다. 그것은 꿈틀거리기를 멈추고 서서히 부풀어가고 있었다. 서서히 습기없이 말라가는 듯한 표면에 리렐은 뒤로 물러났다.

찰칵.

검에 걸린 고리쇠를 풀어 검집을 떨어뜨리자, 가죽과 쇠로 장식된 검집이 바닥에 부딪치며 둔탁한 소리를 내었다.

―도와달라고 할 생각은 없는 거냐?

샤이시스의 물음에 나는 물끄러미 검은 액체 덩어리를 바라보았다.

그것은 마치 고무나 타르덩어리 같았다.

"어차피 공짜는 아니잖아요? 게다가 누군가 한 사람을 고르면 말들이 많을 테고."

중얼거리는 내 말에 아리시네스가 키득거리는 목소리로 말했다.

―마음대로 해봐라, 세틴……. 어차피 죽을 정도의 위협이라면 도움을 받을 수밖에는 없을 테니까…….

"…불길한 소리는 말아요. 그런데 책을 태우는 것 말고는 다른 약점은 없어요? 인간처럼… 심장을 찌르거나 목을 자르는 걸로도 죽을까요?"

―핵이 되는 심장을 부수면 죽는다. 몸 어디에 심장을 지니고 있는 것인지는 알 길이 없지만.

시온의 말에 나는 천천히 고개를 끄덕였다.

"알겠어요. 심장이란 말이죠."

어디에도 있는지 모르는 심장이라면 저 육신을 난도질하는 수밖에는 없었다. 다른 방법으로 심장을 찾을 수 있다면 또 모를까. 심장만을 골라 부술 수는 없는 것이다.

'할 수… 있을까?'

검을 쓸 작정이라면 시온의 힘이 유리하다. 나는 슬쩍 앞서 있는 두 사람의 기사를 바라보며 시온의 힘을 불러들였다. 샤이시스의 기운이 빠져나가고 시온의 힘이 깃들자 묘한 기분이 들었다.

'뭐지? 조금… 이상한 것 같아.'

차분히 가라앉았던 감정이 격앙되는 것처럼 내 안에 있던 망설임이 사라졌다. 나는 잠시 손을 쥐어보았다가 씁쓸한 눈길로 고개를 돌렸다.

'…그렇군. 영향을 받지 않을 리 없지.'

―온다!

세리나의 외침에 나는 앞을 바라보았다. 팽팽하게 당겨진 줄처럼 액체의 표면 위에 수없이 많은 상흔이 그려지고 있었다. 검을 늘어뜨렸던 나는 상흔 위로 균열이 생기는 것을 보고 바닥을 박찼다.

카아앙!

유리가 깨지는 것처럼 표면의 액체가 떨쳐졌다. 몸을 감싸던 날개를 펼치며 캘피스는 내리 꽂히는 내 칼날을 막아냈다. 단지 팔로 안면을 가렸을 뿐인데도, 칼날과의 사이에서 불꽃이 튀어 오르며 검격이 튕겨졌다. 캘피스는 하나밖에 없는 붉은 눈을 들며 으르렁댔다.

"인간 따위가!"

"…어디가 심장이냐."

날을 세우며 말하자 캘피스는 가소롭다는 듯이 나를 보았다. 시커먼 몸체와 커다란 날개는 아까와 다를 바 없었지만, 지금은 하반신이 붙어 있었다.

'조금 다른 것이라면… 저 붉은 장식일까? 단순히 장식을 하는 정도는 아니겠지만…….'

기이한 붉은 문양이 몸 곳곳에 퍼져 있었다. 캘피스는 내 공격을 막았던 팔목 부근을 들어보고는 히죽 웃었다. 그의 팔뚝에는 실금 같은 작은 상흔이 그어져 있었다.

"꽤나 좋은 검인 모양이로군. 하나……."

캘피스가 길게 찢어진 입을 열어 뱀 같은 혀를 날름거리자 뒤에 있던 리렐이 징그러웠던지 숨을 삼키는 듯한 소리가 들렸다.

"그 정도로는 이런 어린아이 같은 상처를 내는 것이 고작이다."

'그런가? 그렇다면……'

단번에 녀석을 토막 낼 수 있을 거라는 생각 따위는 하지 않았다. 양 손으로 검의 손잡이를 잡으며 자세를 바꾸자 캘피스는 비웃는 듯이 다른 두 기사를 힐끗 쳐다보았다. 검을 앞으로 세운 내가 달려들자 캘피스는 히죽 웃으며 내게로 눈길을 돌렸다.

"틈을 보이면 달려들 것이라 생각했다."

내 심장을 향해 세운 검은 손가락이 열선을 뿜어냈다. 돔을 틀며 뻗 어진 팔뚝을 향해 검을 휘두르자 붉은 광선이 내 옷자락을 스치며 조 끼를 태웠다.

"소용없… 크악!"

잘려진 팔목을 붙잡고 비명을 울리는 캘피스에게 나는 재차 달려들 었다. 파르스름한 검기에 휩싸여 희미한 빛을 뿜어내는 검격에 캘피스 는 당황한 얼굴로 뒤로 물러섰다. 하지만 재생의 틈을 주고 싶은 생각 은 없었다.

'오래 끌면 귀찮아진다!'

피를 뿜어내던 팔목이 벌써 피가 말라붙으며 재생을 시작하고 있었 다. 나는 팔목을 붙잡고 뒤로 물러서는 캘피스의 어깨로 다시 검을 휘 둘렀다. 검기를 머금은 검격에 위험하다고 생각했는지 캘피스가 몸을 사리며 손톱으로 검날을 쳐냈다.

"미안하지만… 시간을 끌어주지는 못하겠다."

팅겨져 나오는 방향으로 무섭게 몸을 틀며 녀석의 관절 윗부분을 베 었다. 깨끗이 쓸려 사라지는 팔뚝에 이제는 고통이 아닌 두려움의 표 정이 캘피스의 얼굴 위로 떠오르고 있었다.

"이, 인간이… 어째… 서……!"

틀어지는 검날이 캘피스의 목덜미로 박혔다. 검의 손잡이를 비틀며 잡아당기자 상처가 벌어지며 억눌린 비명이 터져 나왔다. 마족에게도 동맥이 있는 것인지 핏줄기가 터져 나왔다. 허공으로 뿌려지는 핏방울을 피하며 휘둘러지는 검격이 가슴을 가르고, 허리를 베었다. 잔혹하게 쏟아지는 검날에 이제는 비명조차 들리지 않는 것 같았다.

'아직도 재생이 되는 건가?'

확실히 가슴 쪽에는 심장이 없는 것 같았다. 허리를 베어낸 두 다리와 가슴에 달린 날개가 목을 비틀린 비둘기마냥 퍼덕거리자 리렐은 파랗게 질린 얼굴로 뒤로 물러섰다.

"세, 세틴님… 이것은… 이제 그만……."

하얗게 질린 얼굴로 하이만이 내게 말했지만 나는 그의 말을 듣지 않았다. 차가운 눈길로 캘피스의 남은 육신을 훑자 바닥을 구르던 캘피스의 머리가 나를 쳐다보았다.

"네놈… 그건 인간의 힘이……."

캉!

녀석의 입이 열리기 전에 두개골을 향해 검격을 내지르려는 순간, 다른 기사 하나가 그것을 받아쳤다.

"세틴님, 이미 끝난 상대입니다."

하이만이 아닌 다른 자였다. 힐끗 하이만과 리렐을 쳐다보았지만 나머지도 같은 생각인 듯했다. 내 검격을 맞받아쳐 떨리는 검날을 쥐고 있는 기사는 캘피스의 육신에 등을 보이고 있었다.

"멍청한! 거기서 물러서요!"

"세틴님! 이 이상은… 컥!"

기사의 가슴을 뚫고 촉수가 비져 나오고 있었다. 왈칵 피를 토해내며 캘피스의 육신을 돌아보는 기사의 눈동자 위로 캘피스의 비웃는 듯한 얼굴이 비쳐지고 있었다.

"고마운 일이지… 마족에게도 인정을 가지는 인간이 있다는 것은."

잘려진 육신을 연결하려는 듯 수많은 촉수가 목의 잘려진 단면에서 뻗어져 나오고 있었다. 기사의 등을 관통한 캘피스의 촉수가 흔들리자 그는 크게 경련을 일으켰다.

"한 명의 목숨으로 안 된다면, 두 명째의 목숨을 사용하면 그만인 것이다!"

'핵은 머리에 있는 건가?'

기사의 어깨를 잡아당긴 순간, 하이만이 앞으로 달려나와 기사의 등을 관통한 촉수를 잘라냈다. 따뜻한 핏방울이 튀어 오르고 기사의 육신이 무너지듯 앞으로 쓰러졌다. 리렐이 그를 잡아 앞으로 끌어당기는 사이 하이만이 날아들어 오는 촉수를 베었다. 후드득 떨어지는 촉수는 아직도 살아 있는 듯이 땅바닥을 기어다니고 있었다.

"두 번째까지는 없어!"

검에 주입한 마나가 시퍼런 검날을 만들어냈다. 쏟아지는 촉수를 피하며 노려본 캘피스의 얼굴에 공포가 어리고 있었다. 그 얼굴 위로 검을 내지르자 푸른 섬광에 두개골이 갈렸다.

"크아아아악!"

검끝으로 무언가 딱딱한 물체가 깨어지는 듯한 촉감이 들더니 모든 것이 한순간에 사라졌다.

"어……."

나는 바닥에 검을 내린 상태로 검끝에 꿰뚫린 그것을 쳐다보았다. 그것은 처음에 리렐이 발견했던 책이었다. 가죽 표지에 네 귀퉁이가 금속으로 싸인 책이 불에 탄 흔적도 없이 존재하고 있었던 것이다. 캘피스에 의해 목이 잘린 와이번의 시체도, 뒤집어진 책장도 그대로였지만 캘피스의 시신은 오간데없이 사라졌다.

"이게 어떻게……."

리렐은 당황한 얼굴로 바닥에 놓여 있는 책을 바라보았다. 책에서 검을 뽑아 힐끗 등을 찔렀던 기사를 쳐다보았지만, 그의 등에도 캘피스의 촉수 같은 것은 남아 있지 않았다. 그에 나는 펜던트 쪽으로 고개를 돌렸다.

"캘피스… 죽은 게 확실한 거죠?"

내가 작은 목소리로 묻자 오웬은 잠시 침묵하더니 마지못해 대답했다.

─어쩌면…….

"어쩌면이라뇨!"

커다랗게 외친 순간 누군가 달려들더니 책 위로 늘어뜨렸던 칼을 밀치며 바닥의 책을 낚아챘다.

"아니?"

"이건 내 책이야!"

날카롭게 소리치는 목소리에 나는 묘한 시선으로 그를 쳐다보았다. 한번도 본 적 없는 남자가 떨리는 시선으로 나와 리렐을 번갈아가며 쳐다보고 있었다. 양팔로 책을 감싸 안은 남자는 나와 같은 검은 머리칼과 검은 눈동자를 지니고 있었다.

"저, 절대로 이대로는……."

불안한 시선으로 나와 리렐을 바라보며 중얼거리는 남자의 말에 나는 하이만에게 물었다.

"저 사람 누구예요?"

검을 거두지 않은 채로 뒤를 돌아보며 묻자 하이만이 동료의 상처를 누르며 말했다.

"스완이라는… 성의 마구간지기입니다."

'따로 아버지를 찾을 필요는 없겠군.'

나는 뺨을 긁적이며 검을 쥐지 않은 손을 스완에게 내밀었다.

"책 이리 줘요. 그 안에 있던 마족이라면 이미 죽였으니까, 그걸 기대하고 있는 거라면 소용없어요."

"거짓말 마! 그게… 그게 죽었을 리 없어!"

아니, 진짜 죽었다니까? 왜 내 말을 안 믿나 몰라. 게다가 당신 이렇게 앞으로 나서도 돼? 당신이 정말로 그 책의 주인이라면 상당히 피곤해질 텐데. 곤란한 듯이 스완을 쳐다보았지만 그는 좀처럼 책을 내어줄 것 같지 않았다. 그에 하이만이 눈살을 찌푸리며 몸을 일으켰다.

"자네, 이게 무슨 짓인지나 알고 저지른 건가?"

하이만이 말하자 스완은 움찔하며 그를 쳐다보았다. 부상당한 기사의 곁에 앉은 리렐은 갑옷을 벗은 그의 상처를 동여매고 있었다. 반지에서 희미한 빛이 흘러나오는 것이 그녀가 그 기사를 치료하고 있는 모양이었다.

"아가씨의 목숨을 노린 것만으로도 중죄인데, 마족을 사용하였다면 더 말할 것도 없어! 어서 그 책을 내려놓지 못하는가!"

하이만의 호통에 스완은 불안한 시선으로 리렐을 쳐다보더니 천천히 앞으로 걸어오기 시작했다. 책을 꽉 쥔 손가락을 봐서는 좀처럼 미련을 떨치지 못하는 것 같았지만, 책을 건네줄 의사는 있는 것인지 하이만의 곁에까지 다가왔다.

"자아, 그것을 이리 주게."

하이만이 검을 검집에 집어넣으며 달래듯 말하자 스완은 떨리는 두 손으로 책을 받쳐 들었다. 그의 불안스러운 시선에 나는 의아한 눈으로 그를 쳐다보았다.

'왜 리렐을 힐끗거리는 거지?'

리렐은 하이만의 뒤에 앉아 있었다. 스완이 건넨 책이 하이만의 손에 닿는다고 생각한 순간, 스완은 책을 확 끌어당기더니 책 밑에 숨겨 두었던 단검을 휘둘렀다. 품속에서 꺼낸 단검을 책 뒤에 감추어두고 있었던 모양이었다.

"하이만!"

놀란 리렐이 비명을 질렀지만, 하이만은 뺨을 살짝 베였을 뿐이었다. 능숙하게 단검을 피하며 주먹을 휘두르려는 순간, 그가 주춤하며 무릎을 꿇었다.

"어? 하이만 씨!"

하나 스완은 굳어진 하이만에게는 관심이 없었다. 무너진 하이만을 지나 리렐에게 달려들었던 것이다. 그는 곧장 리렐의 심장을 향해 단검을 찔러들었다.

"이 자식!"

레오폴드의 거친 고함이 터져 나오더니 단검을 쥔 스완의 팔이 잘려 바닥을 뒹굴었다.

"으… 으아아악!"

복도로 통해 있는 집무실을 통해 레오폴드가 들어왔던 것이다. 그는 잘린 부위를 붙잡고 미친 듯이 비명을 지르는 스완의 모습에 미간을 찌푸리며 힐끗 우리들을 쳐다보았다.

"다들 괜찮은 거야?"

다들 괜찮은 거냐니. 다 끝난 다음에 와서 그런 소리를 하냐? 레오폴드는 내가 대답하기도 전에 뒤를 돌아보더니 누군가에게 소리쳤다.

"이쪽이야! 라힐! 여기로 와!"

"'여기로 와'라고? 병사들에게 여기 있다는 소리를 듣지 못한 거야?"

내 물음에 레오폴드는 주저앉아 있는 리렐을 일으켜 세우며 말했다.

"못 들었어. 만나지도 못했다고. 나는 라힐과 함께 있다가 이상한 괴물의 습격을 받았으니까. 싸우다가 갑자기 죄다 사라져 버려서 놀랐지만⋯⋯."

"⋯그러냐?"

분명 나하고 싸우던 캘피스가 불리해지자 힘을 모으는 일환으로 불러들인 것이라고 생각되었지만, 그런 것치고는⋯⋯.

'그다지 강하지 않았는데. 오히려 힘을 끌어 모으기 전이 곤란했어.'

나는 고통에 흐느끼고 있는 스완의 곁에서 그가 떨어뜨렸던 책을 집어 들었다. 그는 내가 책을 드는 것을 보고 놀란 듯이 눈을 크게 떴지만, 레오폴드가 무서운 눈길로 그를 쳐다보자 감히 이쪽으로 다가오지 못했다. 하이만의 상태를 살피던 리렐은 그의 상처에 반지를 가져갔지만 그다지 효과가 없는 듯싶었다.

"단검에 독이⋯ 발라져 있었던 거예요?"

내가 조심스럽게 묻자 리렐은 고개를 끄덕였다.

"의사에게 보이지 않으면 안 되겠지만 우선은 목숨에는 지장이 없을 것 같아요. 하지만⋯ 이런 미량으로도 온몸을 마비시킬 정도의 독이라니……."

─마물의 독이야. 캘피스가 건넨 거겠지.

오윈의 차가운 목소리에 나는 힐끗 펜던트로 시선을 돌렸다.

"그럼……."

─걱정 마. 저 인간의 말처럼 죽지는 않을 테니까. 당분간 요양을 하게 되면 마비도 풀릴 테지. 하지만 이상하구나. 저 스완이라는 인간이 진짜 캘피스의 계약자였다면 지금쯤 무사하지 못할 텐데.

담담한 오윈의 말에 나는 작은 목소리로 그녀에게 물었다.

"무사하지 못하다니요?"

─인간과 연계가 되어 있었으니 이 세계에 있을 수 있는 거야. 어설픈 계약이어도 인간에게는 치명적이지.

거 되게 살벌하네. 실수로라도 마족과는 거래하지 않는 게 좋을 것 같다… 는 생각을 한 순간, 시온이나 오윈과 갖가지 일들이 떠올랐지만 일단은 무시하고, 앞일을 조심해야겠다고 다짐했다.

'위험해. 위험해~'

"레오폴드!"

미끄러지듯 라힐이 집무실의 문간을 잡으며 안으로 들어왔다. 숨을 헐떡이며 나와 리렐을 쳐다본 그는 안심한 듯이 어깨를 늘어뜨렸다.

"두 사람 다 무사했군요. 다행… 억!"

복부로 들어오는 일격에 라힐은 배를 움켜잡으며 리렐을 쳐다보았다.

"누, 누님……."

"무사한 게 당연하잖아. 상처는?"

당당히 묻는 말에 라힐은 어색한 웃음을 지으며 리렐에게 말했다.

"지금… 맞은 곳이요."

'무언가 내가 처음 생각한 남매 관계랑은 달라…….'

나와 레오폴드는 게슴츠레한 눈길로 그 둘을 쳐다보며 그렇게 생각했다.

【제4화】
비리의 결정체?

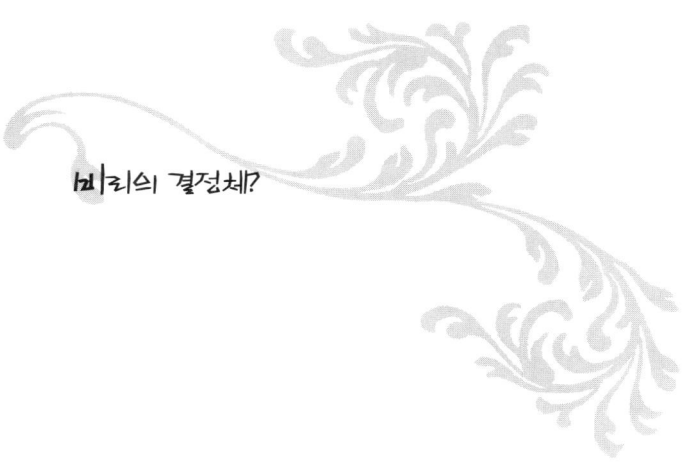

비리의 결정체?

직접 가죽에 불을 가져가자 처음에는 잘 타지 않는 듯했던 표지에도 불이 옮겨 붙었다. 책에 온전히 불이 붙었다고 생각이 되자 그것을 벽난로 속에 집어넣고, 마지막까지 잘 타도록 장작까지 집어넣어 주었다. 부지깽이로 이리저리 뒤적여 마지막 한 조각까지 타오르도록 쑤셔대자, 곁에 서 있던 레오폴드가 힐끗 쳐다보았다.

"그거 그냥 태워도 되는 거야? 말하자면 증거품일 텐데."

"책의 주인이라고 주장한 사람은 저 남자고, 우리가 보는 앞에서 리렐을 죽이려고 했으니까 어차피 처벌당할 거 아니야. 따로 이 일을 들먹일 필요까지는 없을 거라고."

"그건 그렇겠지만… 어떻게 펼쳐 보지도 않고 태워 버리냐?"

'…이딴 걸 보고 싶냐?'

나는 눈매를 좁히며 신중히 불길이 꺼지지 않도록 장작을 일으켰다.

일말의 호기심도 없이 몽땅 불살라 버리려는 내 의지에 하이만이 아쉬운 눈길을 보내고 있었지만, 이미 불길이 책을 완전히 뒤덮고 있었다. 레오폴드는 그것을 물끄러미 바라보더니 물었다.

"이제 어떻게 할 거야?"

"뭘?"

거의 다 타버린 재를 쑤시며 대답하자 레오폴드는 힐끗 방 한가운데에 놓여 있는 와이번의 시체를 가리키며 말했다.

"와이번이 죽어버렸잖아. 왕궁의 높으신 분들은 눈으로 확인하지 않으면 인정해 주지 않을 거라고."

"아아… 저 녀석 아니야. 길들인 녀석은 정원에 묶어놓았잖아."

내가 대답하자 레오폴드는 눈을 동그랗게 뜨며 죽은 와이번과 나를 돌아보았다.

"그럼 저건 뭔데? 그 마족이 불러들인 거야?"

"아니, 저것도 내가 잡아두고 있던 거야."

처음부터 두 마리의 와이번을 잡아두고 있었던 것이다. 다른 한 마리는 풀어줄까 말까로 고민했었지만 하다 보니 이렇게 되어버렸다. 레오폴드는 펜던트 안에 두 마리의 와이번이 들어 있었다는 내 말에 묘한 눈길로 그것을 쳐다보았다. 아무리 마법이 걸린 물건이라지만 저 정도 크기의 생물체가 두 마리나 들어갈 수 있다는 것은 반칙이라고 생각하는 모양이었다.

"…한데 왜 라힐 녀석은 오지 않는 거야?"

레오폴드는 투덜거리며 불가에서 벗어나 문가를 기웃거렸다. 라힐과 그의 누이인 리렐이 새어머니라는 그 여자를 불러 심문하기로 했던 것이다. 팔이 잘린 남자, 스완은 입을 꾹 다물고 아무런 말도 하지 않앗지만 그녀에게도 혐의가 있는 만큼 불러오도록 되어 있었다.

'하지만 내가 여기에 있을 필요는 없는데 말이지……'

밤도 깊었고 슬슬 졸음이 밀려오고 있었다. 웬만하면 들어가서 자고 싶었지만, 하이만의 표정은 '아직은 안 됩니다'였다. 라힐의 새어머니, 그러니까 자작부인이 내 방에서 일으켰던 소동에 대해 물어볼 것이 있다는 것이다. 자작부인이 나에 대해 무언가 이야기한 것은 아니었지만, 정황 때문에 그대로 내버려 둘 수는 없는 모양이다.

"어, 온다!"

기다리고 있던 레오폴드가 반가운 얼굴로 문밖으로 나갔다. 리렐과 함께 나갔던 라힐이 어쩐 일인지 혼자서 터덜터덜 걸어오고 있었다.

"라힐, 왜 혼자야?"

레오폴드의 물음에 라힐은 약간 멍한 표정으로 그를 쳐다보니 정신이 든 듯이 걸음을 멈추었다.

"그게……"

"그게 뭐?"

눈살을 찌푸리며 묻는 레오폴드의 말에 라힐은 그를 보며 말했다.

"죽었어."

"뭐?"

난데없는 라힐의 말에 하이만이 급히 몸을 일으키는 것이 보였다. 라힐은 조금 창백해진 얼굴로 레오폴드에게 말했다.

"새어머니가… 돌아가셨다고. 미라처럼 말라서… 알아볼 수 없는 형체였지만 하인들이 죽어가는 모습을 지켜봤다고……."

더듬더듬 이야기하는 라힐의 얼굴은 마치 그 사실이 믿어지지 않는다는 투였다. 라힐의 말에 하이만이 당황한 얼굴로 나를 쳐다보았지만,

계속 리렐이나 레오폴드와 함께 있었던 내가 자작부인을 해쳤을 가능성은 없을 터였다. 실제로 내가 한 것도 아니고 말이다.

─그 여자가 캘피스의 계약자였던 건가?

시온의 말에 나는 벽난로 속의 쇠붙이를 쳐다보았다. 종이와 가죽은 다 타버리고, 재와 겉 표지에 붙어 있던 쇠붙이만 남았던 것이다. 일부가 녹아 뭉그러진 조각은 부지깽이로 꾹꾹 누르자 푸석푸석하게 부서졌다.

"모르겠어요. 죽었으니 확인할 길도 없는 거겠지요."

라힐은 무언가 복잡한 표정으로 복도 한가운데에 서 있었다. 오래지 않아 와이번의 시체를 치우기 위한 하인들이 집무실로 들어왔고, 나와 레오폴드는 라힐을 따라 집무실 밖으로 나왔다. 라힐은 우리를 집무실 반대 방향으로 안내하며 말했다.

"그 스완이라는 남자에 대해서는 처벌되겠지만, 새어머니에 관한 것은 덮어질 겁니다. 세틴님의 방에서 있었던 소동에 대해서도 더 이상 문제 삼지 말자는 것이 저희 누님의 생각입니다. 그러니 두 분도 이 일이 외부로 새어나가지 않도록 해주십시오."

"별로 어렵지는 않지만……."

"그래도 되는 거야? 그 스완이라는 남자가 본인의 원한으로 그런 일을 벌였을 리는 없을 텐데?"

내가 묻고 싶었던 말을 꺼내는 레오폴드의 목소리에 나는 입을 다물고 라힐을 쳐다보았다. 레오폴드의 말처럼 단순한 마구간지기가 자기 목숨을 버려가며 영주의 딸을 죽이려 들 리는 없는 것이다. 무슨 원한 관계가 있는 거라면 또 모를까. 그에 라힐은 주변의 눈을 의식하듯 왔던 길을 돌아보고는 우리에게 말했다.

"…그에 대한 것이라면 새어머니의 혈육이라던 사람을 통해 알아냈어. 라세르 경의 심문에 그리 어렵지 않게 사건의 전모를 털어놓았으니까. 그의 말을 전부 믿을 수는 없지만 대부분은 사실인 것 같아."

무겁게 울리는 라힐의 목소리에 레오폴드는 목소리를 낮추며 그에게 물어왔다.

"자작부인의 사주였나?"

"그래. 마족과의 계약도, 스완이라는 남자를 통해 아이를 가진 것에 대해서도 전부 털어놓았으니까. 그 사람이 생각할 만한 짓이었지만, 정말이지 마지막까지도 질리게 만드는 사람이야……."

그가 늘어뜨리는 시선에 레오폴드와 나는 어쩔 줄 모르는 표정으로 그를 쳐다보았다. 위로하기도, 그렇다고 경사났다고 방방 뛸 만한 분위기도 아닌 것이다. 그런 우리의 태도를 눈치챈 것인지 라힐은 어두웠던 분위기를 떨치듯이 말했다.

"늦었으니 숙소로 안내해 드리겠습니다. 세틴님의 방은 이쪽 건물에 새로 준비해 두라고 일렀으니까요. 레오폴드, 너도."

라힐이 레오폴드를 돌아보며 말하자 레오폴드는 의아한 얼굴로 라힐을 쳐다보았다.

"나까지?"

"그래. 두 사람의 방문 앞에 새어머니의 시신이 놓여 있으니까. 시체가 심하게 말라붙어서 함부로 손을 대지 못하고 있거든. 그래서 차라리 다른 방을 주는 것이 낫겠다고 판단한 거지."

"윽……."

라힐의 말에 레오폴드는 눈살을 찌푸리며 그를 따라 걸었다. 확실히 시체가 문 앞에 놓여진 방에서 묵을 순 없는 노릇이었다.

라힐은 영주의 집무실에서 조금 떨어진 그리 크지 않은 방으로 우리를 안내했다. 와이번을 묶어놓은 정원이 내려다보이는 곳이었다. 레오폴드가 먼저 방을 안내받고, 그 옆방으로 들어간 나는 창문을 열고 아래를 내려다보았다.

'아직 깨어 있잖아?'

본관의 사층 창문이었지만 와이번의 모습이 똑똑히 내려다보였다. 와이번은 주변에 사람의 기척이 많았기 때문인지 밤이 깊었음에도 잠들지 못하고 있는 것이다.

"그럼 주무십시오. 내일 아침에 뵙겠습니다."

라힐은 그렇게 말하고 방 밖으로 나가며 문을 닫았다. 멀어지는 라힐의 발소리에 나는 힐끗 창밖으로 눈을 돌렸다. 쇠사슬로 묶여진 와이번은 낮게 으르렁대는 소리를 내고 있었다.

"그렇게 위협하지 않아도 너를 해칠 녀석은 여기에 없다고."

도리어 구경을 하기 위해 얼쩡거리는 사람들이 다치지는 않을까 걱정이 되었지만, 보초를 서고 있는 병사들을 보니 당장은 그럴 걱정이 없을 것 같았다.

'저걸 길들였다고 해도 좋을지… 강아지를 훈련시키듯이 할 수도 없고.'

내게 공격해 오지는 않더라도 다른 사람들에게까지 그러지 않는다는 보장은 없었다. 순순히 내 말을 따라 정원에 묶인 것은 인정하지만 완전히 마음을 놓을 수는 없는 것이다.

"이대로 왕궁으로 끌고 가도 별로 상관은 없지만……."

"정말로 상관없는 거냐?"

정색을 하고 되묻는 누군가의 목소리에 나는 눈을 크게 떴다.

"이플리트!"

창틀에 매달리듯 바깥을 쳐다보자 다시 안쪽에서 이플리트의 목소리가 들려왔다.

"여기다, 여기. 바깥을 바라보며 이야기를 하고 있으면 사람들이 이상하게 여길 거 아냐."

이플리트의 태평한 목소리에 뒤를 돌아보자 붉은 머리칼을 늘어뜨리고 있는 남자가 천연덕스러운 얼굴로 소파에 앉는 것이 보였다. 어디로 들어온 것인지 내가 기척을 알아차리기도 전에 방 안으로 들어왔던 것이다. 여전히 붉은 머리칼이기는 했지만, 전혀 다른 얼굴과 체격을 지닌 소년의 모습에 나는 눈살을 찌푸렸다.

"한 가지 모습으로 통일시키면 안 돼요? 목소리를 듣지 않았다면 못 알아봤을 거라고요."

"그래서 목소리는 바꾸지 않았잖아."

뭐가 문제냐는 듯이 하는 말에 나는 할 말이 없어졌다. 항상 내 옆에 붙어 있는 사람도 아니고, 잠깐 바깥으로 나왔다가 다시 펜던트로 돌아가는 이플리트에게 한 가지 모습만을 선택하라고는 우길 수가 없었다.

"…누가 목소리만 흉내 내면 곤란하잖아요."

"목소리를 흉내 낼 수 있으면 모습도 금방이지."

"우……."

당연한 듯 반문하는 말에 다시 말문이 막히자 나는 조용히 창문을 닫았다. 창문에 등을 대고 이플리트를 돌아보자 이플리트는 씩 웃으며 내게 말했다.

"안 물어보냐, 성과에 대해서는?"

"성과가 있었던 건가요?"

은근한 눈빛으로 목소리를 낮추며 묻자 이플리트는 뒷주머니로 손을 집어넣더니 접혀진 종이 한 장을 꺼냈다. 그는 '후후후' 하는 낮은 웃음을 흘리더니 그것을 내게 내밀며 말했다.

"이 한 장에 모든 비리의 결정체가 들어 있다!"

"오오……!"

나는 눈을 반짝이며 이플리트에게서 그것을 받아 들었다. 내가 그것을 펼쳐서 쭉 읽어보려는데, 이플리트가 갑자기 생각났다는 듯이 말했다.

"그런데 그 국왕에 관한 비리는 없어."

"에엑?! 어째서요!"

읽고 있던 종이를 움켜쥐며 이플리트를 돌아보자 이플리트는 움찔하며 몸을 뒤로 뺐다. 이플리트는 잠시 잠깐이라도 자신이 움찔했다는 사실이 신경 쓰였는지 자세를 바로 하며 말했다.

"어째서라니. 없으니까 없는 거지."

"하지만 국왕이 하이라이트라고요! 숨겨둔 애인이 있다던가, 청탁을 미끼로 고액의 뇌물을 받아 챙긴다던지! 장부를 속이고 세금을 가로챘다든지! 아니면 다른 사람의 마차 뒷바퀴를 치고 달아났다던가 하는 그런 것 말이에요!"

―잘나가다가 장부 조작과 마차 접촉 사고는 뭐냐?

시온의 퉁명스러운 말에 나는 힐끗 펜던트를 내려다보며 말했다.

"하지만 사람을 죽이고 은닉했다던가… 왕성 어딘가에 인체 실험을 감행한 실험장이 있다던가… 자신의 비리를 숨기기 위해 마을 하나를 몰살시켰다던가 하는 것은 너무 무섭잖아요!"

―…자기 입으로 다 말해 놓고는 무섭다는 것은 또 뭐냐?

시온이 내 말에 투덜거렸지만, 아무튼 알고 있는 사람이 그런 비리라니 생각만 해도 무섭지 않은가! 이러니저러니 해도 그 사람은 티아의 아버지니 말이다. 그러자 내 곁에서 멀뚱히 나를 쳐다보고 있던 이플리트가 말했다.

"여자 관계도 깨끗하고, 뇌물은 받아도 청탁을 들어준 일은 없어. 따로 자금을 운용해서 국고를 불렸기 때문에 자금 사정도 넉넉한 편이고, 대리인을 세워 적절히 귀족들을 구슬렸기 때문에 귀족들과의 관계도 원만하고, 왕국 내의 입지도 강하지. 세간의 평도 나쁘지 않아."

"…완전무결이란 얘기예요?"

끓어오르는 화를 억누르며 이플리트에게 묻자 이플리트는 내 눈치를 살피더니 고개를 끄덕였다.

"말하자면 그렇지."

"캭! 그런 게 어디 있어요! 자고로 권력자일수록 뒷구멍으로 호박씨 한 자루를 까고 있는 것이 일반적이라고요!"

내 고함에 가늘게 쳐다보고 있는 시온의 시선이 느껴지는 것 같았다. 그는 한심하다는 듯이 내게 물었다.

―…그건 또 어디의 누구 얘기냐?

"아무튼요!"

―세틴님, 그렇게 말한다고 해서 없는 비리가 생기지는…….

침착한 트레스의 목소리가 나는 눈매를 좁혔다.

"그렇지! 그게 있었어."

―예?

의아한 트레스의 목소리에 나는 눈을 빛내며 펜던트를 들여다보았다.

"비리가 없으면 만들면 되는 거잖아요!"

―너도 제법 무서운 소리를 하는구나.

―돈이란 무서워. 사람을 이렇게까지 만들다니…….

―그 국왕한테 속은 게 그렇게 속상했냐?

오웬과 세리나, 샤이시스의 말에 나는 발끈하며 소리쳤다.

"에이이잇! 마족으로서의 패기가 없잖아요, 오웬!"

―그건 마족의 패기와는 상관이 없다고 봐.

―괜히 어설프게 트집 잡으려다 되잡힌다, 너.

왜 이럴 때만 단결이 잘되는 거야! 평소에는 사이도 나쁘면서! 오웬과 세리나의 이중주에 내가 안 들린다는 듯이 고개를 돌리며 귀를 막자, 그것을 지켜보고 있던 이플리트가 눈매를 좁히며 말했다.

"좀 이상한 점이라면 있는데."

"뭔데요!"

눈을 반짝이며 달려드는 내 모습에 이플리트는 부담스럽다는 듯이 나를 쳐다보더니 내 얼굴을 옆으로 밀었다.

"…지금 남의 얼굴 가지고 뭐 하는 거예요?"

"아니, 왠지 사기(邪氣)가 느껴져서……."

정령왕인 이플리트가 식은땀을 흘릴 리는 없겠지만, 그의 이마 위로 왠지 땀처럼 보이는 한줄기의 무언가가 흘러내려 가는 것 같았다. 내가 눈에 쌍심지를 켜자 이플리트는 포기한 듯이 내 얼굴에서 손을 떼며 말했다.

"이것저것 캐다 나오는 것이 없어서 왕위에 오르기 전에 대해서도 조사했어. 현 크라이드의 왕은 첩은 아니지만 두 번째 부인의 소생이야. 첫 번째 부인에게는 두 아들과 딸이 하나 있었는데, 딸 쪽은 빌 크라이드가 태어나기도 전에 타국으로 시집을 갔지."

"빌 크라이드?"

"가운데를 다 빼면 그거잖아."

이름이 빌이었냐. 거 되게 평범한 이름일세. 떨떠름한 내 표정과는 달리 이플리트는 시원스러운 목소리로 둘째도 아니고 셋째인 빌 크라이드에게 왕위가 넘어간 경위를 설명해 주었다.

"전 왕은 지병으로 죽었어. 여기까지 자연사지. 국장을 치르고 대관식을 치르려는 당일에 왕위를 물려받기로 한 왕세자가 독살. 범인은 왕세자에게 폭행을 당한 적이 있는 시종으로 밝혀졌지만, 사주한 자는 잡히지 않았지."

"…그게 티아네 아버지란 얘기예요?"

어쩐지 심각해지는 분위기에 나는 이플리트의 맞은편에 앉으며 물었다. 골육상잔이라니, 이런 건 세계사 책에서나 볼 수 있는 거라고 생각했던 것이다. 얘기로 듣는 것과 그것을 실천한 인물을 간나보는 것은 엄연히 다르다.

'사실이라면 그냥 살벌한 정도가 아니지.'

"아니, 그건 왕세자의 동생 짓이야. 빌 크라이드는 그런 일을 실행할 머리는 되었더라도, 그만큼의 세력은 갖추지 못했으니까. 하지만 두 번째 왕자도 대관식 전날에 죽었지. 어처구니 없게도 왕궁의 뜰에서 뱀에 물려서 말이야."

"우와… 이 정도면 우연이라고 하기에는……."

"두 사람 다 결혼은 했지만 아이는 있지 않았어. 당시의 빌 크라이드는 미혼이었기에 처음 왕세자를 밀었던 세잔 공작이 자신의 딸과 정략결혼을 시켜 왕실을 휘두르려 했지. 둘째 왕자를 밀던 번스타인 백작은 국외에 있던 공주 부부를 호출하고 말이야. 하지만 둘 다 죽었어."

"또요?"

"그래. 세쟌 공작은 심장 마비, 번스타인은 낙마로 그대로 목이 부러졌어. 빌 왕자가 원치 않았던 정략결혼은 무산되고, 왕위에 욕심을 내던 공주 부부는 크라이드 안으로 들어오지 못하게 된 거지. 빌 크라이드는 왕실에 연이은 불행을 물리친다는 구실로 신전의 무녀를 왕비로 삼았어. 그게 네가 알고 있는 티아 공주의 어머니지."

그 얼빵한 사람이 신전의 무녀였단 말인가. 전혀 신뢰가 가지 않았다. 게다가… 이플리트의 말투는 마치 지금의 국왕이 신전의 무녀를 왕비로 삼은 것이 잘못이라는 듯이 이야기하고 있다. 대체 왜?

"저기, 왕위 계승을 이야기하다가 왜 티아네 부모님 결혼 이야기는……."

"빌 크라이드가 왕위로 오르기 전까지 크라이드는 팔마스의 오 분의 일밖에 되지 않는 작은 나라였어. 팔마스는 타국과 혈연 관계가 있던 왕세자들과 세쟌 공작이 죽자 크라이드에서 세력을 넓히기 위해 팔마스의 여자를 왕비로 맞기를 바랐지. 팔마스는 예나 지금이나 손이 귀했으니까 보내줄 만한 왕손이 없었거든. 아무튼 그랬는데 빌 크라이드가 그걸 거절하고 자국의 무녀와 결혼을 한 거야. 당연히 팔마스는 크라이드의 왕위를 인정하지 않고, 왕실의 핏줄을 잇고 있던 다른 귀족을 왕위로 올리려고 했는데… 전쟁이 터졌어."

"하아……?"

내가 어이없다는 듯이 쳐다보자 이플리트는 어깨를 으쓱해 보이며 말했다.

"팔마스와 등을 대고 있던 두 개의 나라가 침공해 들어오면서 팔마스는 크라이드에 신경을 쓸 수 없게 되었지. 대략 육 년간 전쟁을 벌였는데, 팔마스 쪽으로 대세가 기울어질 찰나, 자국 내를 안정시킨 크라이드가 팔마스를 공격하면서 다시 뒤집어지지."

"그래서… 만들어진 게 현재 국경?"

내 물음에 이플리트는 크게 고개를 끄덕였다. 내 기억이 맞다면 팔마스는 현재 크라이드와 비슷한 수준의 영토를 가지고 있었다. 아니, 경계가 불분명한 숲이나 호수, 사막지를 제외한다면 크라이드 쪽이 더 넓을지도 모른다. 게다가 팔마스와 국경을 대고 있는 다른 두 나라는 합쳐서 크라이드나 팔마스보다 조금 큰 정도지, 결코 두 나라와 비교할 수 있는 수준은 아니었다.

'어, 어부지리……'

셋이 싸움에 열중하고 있을 때, 뒤통수를 쳐서 빼앗은 거란 말인가! 거의 재주는 곰이 넘고 돈은 왕서방이 버는 수준이다.

"우연이 계속되면 필연이라는데……"

―필연이라기보다는 조작이겠지. 하지만 이건 조작치고는 너무 심한데.

시온의 중얼거림에 트레스가 뒤를 이어 말했다.

―고의적인 것이라면 그는 무서운 사람이겠군요.

―무서운 것이 아니라 위험한 인간인 거겠지.

위험성을 강조하는 시온의 말에 나는 신중히 눈매를 좁히며 말했다.

"…그게 운이라도 무서울 것 같아요."

―왜?

"그렇잖아요. 운으로만 이루어진 일이라면 그에게서 등을 돌리거나 다른 길을 걷는 사람들은 비명횡사하기 십상이라는 건데, 그 정도가 되면 단순히 운이 아니라 저주예요. 내게 등을 돌렸다는 이유만으로 그 사람이 죽거나 피해를 입는다면… 상당히 섬뜩할걸요?"

―과연… 그런가?

"예?"

내가 반문하자 시온은 조용히 내게 말했다.

―그냥 그렇다는 얘기야. 네가 신경 쓸 필요 없다.

더 이상 할 말이 없다는 듯이 시온이 입을 다물자 나는 더 물어보지 못하고 펜던트를 쳐다보았다.

'뭐가 그렇다는 거야?'

"한데, 나는 이제 임무가 끝났으니까 보수를 받아도 되는 건가?"

자리에서 몸을 일으키며 묻는 이플리트의 말에 나는 고개를 끄덕였다. 방 안의 벽난로 위에 놓여진 시계를 쳐다보니 한 시를 가리키고 있었다.

"예. 약속대로 이틀 후에 뵈요. 이틀 후에는 여기 없고 수도에 가 있을지도 모르니까. 그쪽의 항상 묵는 호텔로 와주세요."

"그러지. 하지만 군이 말하지 않더라도 내 쪽에서 먼저 너를 찾을 수 있어."

이플리트는 그렇게 말하며 창을 열고 창밖으로 뛰어내렸다. 내가 다급히 창틀에 매달렸지만 이미 어디에도 이플리트의 모습은 보이지 않았다.

"…금세 가버렸네."

―섭섭해?

가벼운 어조로 묻는 오웬의 말에 나는 물끄러미 펜던트를 내려다보왔다.

"신기해요."

─그거 무슨 뜻이야!

발끈하는 오웬의 목소리에 나는 뺨을 긁적였다. 아니, 정말 신기하다는 소리인데. 내가 뭔가 잘못 이야기한 건가?

그날 밤은 조금 열이 오르는 것 같아서 창문을 열어놓고 잤다. 싸늘한 날씨에 찬바람이 불어들어 와서 시원했던 것이다. 조금 서늘한 감도 없지 않았지만, 침대에 이불이 있었기 때문에 이불을 덮고 자면 아무런 문제가 없다고 생각했다.

"엣취!"

크게 재채기를 하는 내 모습에 에레타가 걱정스러운 목소리로 물어 왔다.

─괜찮은 건가요, 세틴?

"예… 재채기만 나는 거예요."

주섬주섬 바닥에 떨어뜨렸던 이불을 끌어당기며 말하자 오웬의 목소리가 들려왔다.

─그러게 창문 닫고 자라니까.

"몸이 후끈거렸단 말이에요. 누가 이불 차버릴 줄 알았나… 후암……."

침대 위로 끌어 올렸던 이불로 둘둘 몸을 말자 샤이시스가 말했다.

─자려고?

"아직 깨우러 사람이 오지 않았잖아요. 졸려……."

─작작 좀 자라!

샤이시스가 소리쳤지만, 반쯤 잠에 취한 내 귀에는 환청으로밖엔 들리지 않았다. 이불을 끌어당겨 목까지 덮고 다시 잠을 청하려는데 오웬이 말했다.

─세틴… 가슴에 뭐가 있는데?

어째 이상한 어조였다. 오웬의 말에 나는 내 가슴께로 흘러내려 와 있던 펜던트를 쳐다보았다.

"뭐가요……."

─가슴이 부풀었어.

"예?!"

잠이 한번에 가시는 것 같았다. 벌떡 일어나 가슴께를 더듬자 무언가 느껴졌다.

"어, 어어……."

목에 걸어두었던 펜던트를 벗어서 내팽개치듯 침대 위에 놓아두고, 황급히 옷을 갈아입기 위해 쳐져 있는 칸막이 뒤로 달려갔다. 딱히 옷을 벗지 않아도 더듬는 것만으로도 어디가 어떻게 변했는지 알 수 있었지만, 지금의 나는 눈으로 확인하고 싶었다.

─세틴, 변했냐? 변한 거야?

"아… 예. 뭐 때문에 변한 거지? 어제가 그믐이었나?"

그리고 보니 어젯밤에는 달이 뜬 것을 보지 못했다. 구름이 낮게 깔려 있어 별조차 확인하기 힘들었던 것이다. 내가 떨떠름한 목소리로 대답하자 세리나가 이상하다는 듯이 물어왔다.

─왜 그래? 기쁜 거 아니야?

"아뇨. 단지 갑작스러워서… 어?"

─왜?

가슴께를 물끄러미 쳐다보던 내가 굳어지자 시온이 퉁명스러운 목소리로 말했다. 그에 나는 펜던트가 놓여 있는 침대께를 쳐다보며 말했다.

"그게… 지금 있는 옷을 입으면 티가 날 것 같아요."

—티가 나다니. 뭐가?

"가, 가슴이……."

—…….

순간 분위기가 썰렁해졌다. 그에 나는 침대께를 노려보며 소리쳤다.

"정말이라고요!"

—누가 뭐래? 이제 와서 새삼스러울 것도 없잖아. 저주가 풀렸다고 그래.

"그, 그럼 될까요?"

—뭐, 수상쩍게 생각하는 사람들도 있겠지만, 어쩌겠어. 눈에 보이는 증거가 있는데.

어째 기분 나빠지는 말입니다, 그거. 나는 펜던트를 째려봐 주고 옷을 갈아입었다. 옷을 갈아입으면서 느낀 거지만 전보다 키드 작아지고, 팔다리도 좀 더 가늘어진 것 같았다.

—옷이 커졌네.

—녀석이 작아진 거겠지. 본래도 별로 크지 않은데 거기서 작아지면 어떡하냐?

작아지고 싶어서 작아진 것 아니네요! 세리나와 레스트레온의 목소리에 나는 손가락까지 내려오는 소매를 들어 보이며 말했다.

"소매가 남아요. 바지도 좀 길어진 것 같고……."

—전의 체형으로 돌아온 거야?

다시 세리나가 물었지만 전의 체형을 정확히 기억하지 못하는 나로서는 확인할 수가 없었다.

"모르겠어요. 최소한 전보다 작아진 것 같지는 않아요."

팔이며 다리를 움직여 보았지만 조금 줄었다 뿐이지 딱히 다른 점은 느껴지지 않았다. 그저 있던 것이 없어서 좀 허전한 것과 없던 것이 생겨서 조금 부자연스러울 뿐이었다. 몸에 다른 이상이 있는 것은 아닌지 이리저리 움직여 보는 나를 보고 시온이 말했다.

―그런데 이번에는 왜 변한 거냐? 지난번과 다른 점은 하나도 없는 것 같은데.

"…그걸 알면 나도 고민 안 하죠. 체격이 달라지지 않고 단지 성별만 바뀌는 거라면 어떻게 속여 보겠지만, 이렇게 키가 달라져서야……."

이 주간의 시간을 사이에 두고 있다고는 하지만 갑작스러운 변화를 주위 사람들이 눈치채지 못할 리 없었다. 이번은 저주가 풀렸다고 어떻게든 얼버무릴 수 있겠지만, 다음에 변한다면 속여 넘길 자신이 없었다.

"일단 그믐에 변한다는 것 하나는 확실하고, 나머지는 그 이유인데……."

심각한 표정으로 침대 위에 주저앉자 오웬이 냉큼 말했다.

―한 가지 다른 점은 있네.

"뭐요?"

내가 눈을 동그랗게 뜨며 묻자 오웬이 깔깔거리는 목소리로 말했다.

―어제는 창문을 열어놓고 잤잖아. 밤사이 이불 차버리고 오들오들 떨었으니까, 그게 다른 점 아니겠어?

"그 말은… 나 자는 거 쳐다보고 있었다는 소리예요?"

—그렇지.

"창피하게 그런 건 왜 봐요!"

—하루 이틀도 아니고 여기서 너 자는 거 못 본 녀석이 어디 있어?

그, 그런가. 같이 지낸 지가 벌써 한 달이 넘어가니… 하지만 그건 그거고, 이건 이거다! 나도 사생활 좀 가지자고!

"그렇다고 해도, 그런 건 보지 않아주는 게 예의잖아요!"

—인간의 예의를 나더러 어쩌라고?

크윽… 그대로 목에 걸고 잔 것이 화근이었다. 최소한 침대보다 높이가 높은 탁자나 서랍장 위에 올려놓으면 나를 보지 못하는 것이다. 종속자들이 볼 수 있는 것은 어디까지나 펜던트에 박힌 보석 너머이니 말이다.

'…다음부터 주의해야겠어.'

한 가지 신경 써야 할 일이 늘었다고 생각하면서 나는 펜던트를 집어 들었다. 침대에서 내려와 신발을 신으려는데… 컸다.

"우… 신발도 사야겠어요."

—정말로 다른 점은 생각나지 않는 거냐? 내가 생각하기에는 오웬이 한 말도 일 리가 있는 것 같은데.

샤이시스의 말에 나는 조용히 펜던트를 내려다보았다.

"…내가 그렇게 밤새 떨었나요?"

—아니라고는 못하지.

세라나의 말에 나는 가늘게 눈매를 좁혔다. 캭! 잠이 안 와도 그렇지, 왜 다들 남 자는 모습은 들여다보는 거야! 나는 헐렁한 신발 끈을 조이고는 천천히 생각해 봤다. 그러고 보니, 남자보다는 여자 쪽이 추

위에 강하다는 소리를 얼핏 들은 기억이 있었던 것이다.

'그런데… 그게 진짜 신빙성이 있는 소리야? 통 믿을 수가 있어야지. 게다가 그런 건 개인차 아닌가……'

겨우 쌀쌀한 날씨에 창문을 열어놓고 잤다는 이유 하나만으로 여자로 변한 것이라면, 마찬가지로 남자로 변한 것도 별것 아닐 거라는 생각이 들었다.

"설마……."

―세틴?

푹하고 고꾸라져 침대에 얼굴을 파묻는 내 모습에 세리나가 물었지만 대답해 줄 기분이 아니었다. 진짜 설마지만… 이게 진짜라면 정말 너무한 것이다.

―세틴님, 혹시 감기 기운이 있는 건가요?

조심스럽게 묻는 에레타의 목소리에 나는 마지못해 입을 열었다.

"그런 건 아니에요. 단지… 의심스러운 점 몇 가지가 떠올랐기 때문에……."

―의심스러운 점이라니?

세리나의 물음에 나는 천천히 이야기했다.

"…남자가 여자보다 알콜 분해 능력이 뛰어나다고 신문에서 읽은 적이 있거든요."

―그런데?

"지난번 그믐날에 기사단 사람들과 결승전 진출 축하 파티를 했었잖아요. 그때… 샴페인 한 모금 마셨어요."

내 말에 펜던트 속에 있는 종속자들 사이로 썰렁한 침묵이 감돌았다. 나도 별로 믿고 싶지는 않지만 짚이는 곳이라고는 그것밖에 없는 것이다. 설마 웃고 춤추며 놀았다고 그것만으로 남자로 변했을 리는 없잖은가!

　─샤… 샴페인 한 모금이라고? 그런 걸로는 취하지도 않잖아!

　시온의 고함에 나는 눈매를 좁히며 펜던트를 쳐다보았다.

　"나도 그건 알지만… 딱히 떠오르는 게……."

　─도수가 그리 높지 않을 텐데 말입니다. 혹, 해독 능력과 관계있는 것은 아닐는지…….

　─그렇다고는 해도 한 모금이잖아, 한 모금! 샴페인도 많이 마시면 취한다지만 이건 정도가 너무 심한 거 아니야?

　─세틴… 앞으로 인생 힘들겠다. 술도 제대로 못 마시는 거야?

　─설마 그런 이유로 변했을라고요. 그날 먹었던 다른 음식의 첨가물에 문제가 있었던 게 아닐까요?

　─술 한 모금에 나머지 이 주간이 결정된다…….

　"…거 한꺼번에 떠들지 좀 말아요!"

　막 지른 고함에 종속자들이 입을 다물 찰나 내 뒤를 잇듯 아리시네스가 말했다.

　─…그럼 술에 취해 차가운 길바닥에서 하룻밤을 보내면 어떻게 되는 거지……?

　아리시네스의 기분 나쁜 목소리가 울리자 나는 그만 입을 다물고 말았다. 술에 취해 길바닥에서 자다니, 그러면…….

　"……."

　─…….

　묘한 침묵 속에 펜던트 안 종속자들의 눈길이 은연중에 내게로 모이는 것을 느낄 수가 있었다. 그에 나는 버럭 소리를 지르며 말했다.

"캭! 그런 일은 없어요! 날 뭘로 보고!"

─하지만 재미있을 것 같은데…….

재미는 무슨 재미! 술에 취하는 것도 싫고, 차가운 길바닥에서 자는 것은 더 더욱 싫다고요! 어림도 없어요!

나는 누군가 나를 깨우기 위해 안으로 들어오기 전에 방 밖으로 나왔다. 나를 깨우기 위해 들어오는 사람이 나를 알아보면 다행이겠지만, 알아보지 못한다면 소동이 일어날 것 같았기 때문이었다.

'우선은 레오폴드를 깨워야겠어.'

복도로 나왔지만, 아직 이른 새벽인 것인지 조용하기만 했다. 나는 힐끗 주위를 살피고는 레오폴드의 방문 앞으로 다가가 문을 두드렸다.

똑똑.

문을 두드리는 소리가 복도를 울렸지만 문 안쪽에서는 대답이 없었다.

─아직 자고 있는 건가?

레스트레온의 목소리에 나는 조심스럽게 방문 안쪽을 향해 말했다.

"레오폴드, 아직도 자? 대답없으면 들어간다!"

그렇게 말하며 문고리를 돌리자 천천히 돌아갔다. 문을 잠그지 않은 것이다.

'하긴, 나도 방문을 잠근 기억은 없다.'

문을 열고 안으로 들어가자 내 방과 구조가 비슷한 레오폴드의 방이 보였다. 방의 오른쪽에 침대가 놓여져 있고, 왼쪽에는 소파가, 옷장이며 장식장, 서랍장들이 빈자리에 차례대로 놓여져 있었다. 침대의 오른쪽에 나 있는 커다란 창으로부터 빛이 쏟아지고 있었지만, 레오폴드는 피곤했는지 아직 잠들어 있었다.

―깨우려고?

"아뇨. 기다리죠 뭐. 마음대로 들어오기도 했고……."

내가 방에 들어와 있는 것을 보면 십중팔구 화를 낼 거라고 생각되었기에 급하게 깨울 생각은 없었다. 막 문가를 벗어나 소파에 앉으려는데 레오폴드가 부스스 침대에서 일어났다.

"어……."

멍한 시선으로 나를 쳐다보던 레오폴드가 눈을 크게 뜨더니 갑자기 소리를 질렀다.

"너, 너 누구야!"

못 알아보는 건가. 체격은 좀 달라지긴 했지만 얼굴은 그다지 변한 것 같지 않은데.

"왜 내 방에 있는 거야? 야! 너 내 말 안 들려?"

"들려. 일단은 미안… 마음대로 들어와 버렸어."

양 손바닥을 모으고 고개를 숙이자 레오폴드는 묘한 눈길로 나를 쳐다보았다. 그는 셔츠와 바지로 이루어진 간단한 잠옷을 입고 있었는데, 침대 위에서 내려와 나를 쳐다보았다.

"너… 내가 아는 녀석이랑 닮았어. 너 누구야?"

"전혀 못 알아보겠어?"

내가 되묻자 레오폴드는 불쾌하다는 얼굴로 내게 말했다.

"내가 어떻게 알아! 잔말 말고 네가 누군지나 말해! 안 그러면 네 녀석을 쫓아내겠어!"

기세등등한 목소리에 나는 레오폴드를 쳐다보았다.

"세르티드 레플리카. 그냥 부르던 대로 세틴이라고 불러도 돼."

"세… 틴이라고? 네가……?"

금방이라도 터져 나올 듯했던 고함이 한풀 꺾인 듯이 사그라졌다. 레오폴드는 믿어지지 않는다는 눈길로 나를 쳐다보더니 노골적인 시선으로 내 전신을 훑었다.

"방금… 기분 나빴어."

내가 눈매를 좁히며 말하자 나를 쳐다보던 레오폴드는 당황한 얼굴로 나를 쳐다보더니 정색을 하고 소리쳤다.

"그, 그냥 쳐다봤을 뿐이야!"

"어디가?"

"어디가라니……."

내가 못 믿겠다는 얼굴로 그를 노려보자 레오폴드는 난처한 얼굴을 했다.

"나는… 저… 내가 생각했던 것과는 너무 달라서……."

무언가 태도가 이상하다는 생각에 나는 레오폴드를 쳐다보았다. 별 생각 없이 한 내 말에 레오폴드가 필요 이상으로 당황하고 있었던 것이다. 레오폴드는 내가 미심쩍은 얼굴로 그를 쳐다보고 있다는 사실을 모르는 것인지 다른 곳을 쳐다보며 말했다.

"나는 그냥… 체격이 조금 달라지는 정도일 거라고 생각했는데… 그, 그러니까……."

하아? 뭔 소리야? 체격이 조금 달라진 거 맞아. 눈에 띄게 키가 작아지긴 했지만, 그렇게 많이 달라지지는 않았다고.

"그… 러니까 나는… 그… 예, 예뻐진 것 같다고……."

레오폴드의 말에 나는 돌처럼 굳어졌다. 이 사람 누구? 레오폴드

맞아?

"저기… 레오폴드?"

"으, 으응?"

머뭇거리며 나를 쳐다보는 레오폴드에게 나는 이렇게 말했다.

"혹시… 머리 아픈 거 아냐? 아니면 어딘가에 머리를 부딪쳤다던
가……."

"……."

레오폴드의 입이 딱 붙어버렸다. 그리고 다음 순간,

"이… 이 바보 녀석!"

"어?"

"이제는 절대로 너한테 그런 소리 안 해!"

벌게진 얼굴로 마구 고함을 치는 레오폴드의 얼굴을 나는 멀뚱히 쳐
다보며 생각했다.

'…이제 다시 노말. 아직 죽을 때는 안 됐군.'

다행스럽게도 토라졌던 레오폴드가 화를 푸는 데에는 그리 긴 시간
이 걸리지 않았다. 레오폴드는 나를 방 밖으로 내보내는 대신 칸막이
뒤로 가서 옷을 갈아입었다.

"…그런데 왜 아침부터 내 방에 들어온 거야? 전이라면 상관없겠지
만 지금은 조금 곤란하잖아."

"그러니까, 내 방으로 들어온 사람이 나를 알아보지 못할 거 같아서
말이야. 너도 첫눈에 알아보지 못하는데, 다른 사람이라면 두말할 것
도 없잖아."

"……."

"왜?"

묘하게 입을 다무는 레오폴드의 모습에 고개를 돌리자, 레오폴드는 잠옷을 칸막이에 걸쳐 놓으며 고개를 저었다.

"아, 아냐."

"어차피 여기는 장례식도 치러야 하고 여러 가지로 복잡할 거 아냐. 그러니 나까지 끼어서 폐를 끼치고 싶지는 않아. 다른 사람의 눈에 이 모습이 띄기 전에 와이번을 가지고 수도로 돌아가려고."

"그거… 괜찮은 거야? 겨우 말을 듣게 만들었을 뿐이잖아."

레오폴드가 걱정스럽게 말했지만, 이플리트로부터 뒷조사 목록을 받은 지금 무서울 것은 없는 것이다. 와이번을 길들이는 일이야 어떻게 되든 상관없었다. 고위 귀족들이니 대신들이니 하는 작자들을 구워삶을 자신이 있었던 것이다.

'그 국왕씨의 약점이 없었다는 것은 꽤나 걸리지만……'

사실 국왕의 과거 자체도 상당히 부담스러운 부분이었지만 그것은 제쳐 두고, 일단은 부딪쳐 보기로 작정했다. 무엇보다 국왕이 사용하였던 내 로비 자금, 아니, 내 의뢰비를 고스란히 돌려받아야 하는 것이다.

"괜찮아. 다 생각해 둔 것이 있으니까."

고개를 돌리고 '흐흐흐' 하는 낮은 웃음을 흘리는 내 모습에 레오폴드는 상당히 미심쩍은 눈길을 보냈지만, 나는 다시 고개를 돌려 말했다.

"그러니까, 네가 라힐에게 잘 말해 줘. 나는 먼저 수도로 간다고."

"…내가 왜 그래야 되는 건데? 그런 거야 쪽지를 써도 되고, 가기 전에 직접 말해도 되잖아."

"그야……."

그 비리 목록에 너희 아버지가 끼어 있는데, 네가 따라가면 거치적거리니까 그렇지! 라고 솔직하게 말할 수는 없었다. 사실 너가 앞으로 해야 할 일을 생각할 때, 라힐이든 레오폴드든 데려가기에는 꺼림칙한 것이다.

'뭐어~ 비리라고 해봤자 레오폴드네 것은 가정 비리지만.'

불만스러운 얼굴로 나를 처다보는 레오폴드의 모습에 나는 고민스러운 표정으로 말했다.

"하지만 큰일을 당한 라힐을 혼자 놔두고 갈 수는 없잖아. 네가 곁에 있어줘야……."

"그러니까, 왜 내가 라힐의 곁에 있어야 하는 건데? 라힐에게는 리렐이라는 누나가 있는데 말이야!"

'간만에 꽤 강경하게 나오네.'

나는 힐끗 문가를 돌아보고는 표정을 바꾸며 레오폴드에게 말했다.

"그거야… 리렐은 누나고 너는 친구잖아. 형이나 남동생이라면 모르지만, 누나인 리렐에게 라힐이 편히 마음을 털어놓을 거라고는 생각되지 않아. 보다시피 나는 어중간한 상태라서 라힐이 쉽게 말을 꺼내지도 못하고, 또 기한 내에 와이번을 길들여야 하잖아. 있어봤자 폐만 될 거라고 생각해. 하지만 레오폴드 너는 라힐의 곁에 있는 것만으로도 힘이 될 수 있잖아. 친구니까."

"윽… 그, 그건… 그렇지만……."

라힐의 새어머니가 라힐에게 그리 좋은 영향을 끼쳤을 거라고는 생각되지 않았지만, 주변의 사람을 잃었다는 것은 그것만으로도 큰일이라고 생각되었다. 게다가 라힐은 레오폴드에게만큼 나에게 편하게 굴지는 않았던 것이다. 그런 라힐에게 내가 있는 것으로 위로가 될지 어떨지는 알 수 없었다.

"그러니까 네가 내 몫까지 곁에 있어줘. 어차피 수도로 돌아오면 금방 다시 볼 수 있잖아."

달래는 듯한 내 말에 레오폴드는 고집스러운 얼굴로 입을 다물었다.

"너, 그렇게 말해 놓고 사라져 버리는 것은 아니지?"

"너 같으면 그 고생을 하고 그냥 가버리겠냐? 게다가 난 그 국왕님한테 받아내야 할 것이 있다고……."

의미심장한 목소리로 그렇게 말하며 히죽 웃자, 레오폴드는 불안한 눈길로 나를 쳐다보았다.

"설마… 우리 둘을 떼어놓고 무언가 이상한 일을 꾸미는 거 아냐?"

눈매를 좁히며 나를 쳐다보는 레오폴드의 눈길에 나는 뜨끔했지만 배시시 웃으며 그를 마주 보았다.

"무슨. 어디까지나 평화적인 방법으로 해결해야지."

'그동안 당한 게 있는데…….'

여전히 의심을 거두지 못하는 레오폴드를 보고 나는 창가로 다가갔다. 이미 계약의 말을 외워 시온의 힘을 빌린 상태였다. 내가 창문을 열고 아래쪽을 내려다보자 레오폴드는 눈살을 찌푸렸다.

"야! 너 설마……!"

"잘 부탁해, 레오폴드!"

나는 그렇게 말하며 창밖으로 뛰어내렸다. 사층의 창문이었지만, 시온의 힘을 빌린 상태로는 이 정도는 아무것도 아니었다. 가뿐히 정원의 바닥으로 착지하는 나를 레오폴드는 창틀 밖으로 몸을 내밀며 바라보았다.

"얌마, 세틴 너!"

레오폴드의 고함에 와이번의 앞을 지키고 있던 경비병들이 돌아섰다. 내 기척을 느끼고 몸을 일으킨 와이번은 냄새로 내가 세틴이라는 것을 알아차린 모양이었지만, 경비병들은 그렇지 못한 모양이었다.

"누, 누구냐!"

경비병들이 창끝을 세웠지만, 신경 쓰지 않고 와이번의 위로 올라갔다. 시온의 검으로 사슬을 내려치자 금속으로 만들어진 사슬이 툭툭 끊어졌다.

크와악!

와이번이 크게 포효하자 경비병들은 당황하여 뒤로 물러섰다. 나는 와이번의 몸에 감겨 있던 사슬을 풀고, 내가 처음 녀석에게 감아둔 가죽 끈만을 남겨두었다.

"세틴!"

레오폴드의 목소리에 고개를 들자 눈살을 찌푸린 그의 얼굴이 눈에 들어왔다. 와이번의 고삐를 잡은 나는 레오폴드에게 말했다.

"먼저 갈게!"

"쳇! 그래, 가라 가! 혹시 심사에서 떨어지더라도 그냥 가지 말고 기다려야 해!"

"재수없는 소리 하지 마!"

레오폴드의 대답이 떨어지자 나는 와이번의 고삐를 잡아당겼다. 와이번은 자신의 의지와 상관없이 머리가 들려지자 크게 울부짖으며 나를 쳐다보았다.

"평소에는 날지 말라고 해도 날더니… 안 나냐? 날아!"

분명한 어조로 말하자 와이번이 서서히 날갯짓을 하더니 앞으로 달려나가듯 바닥을 박찼다. 와이번이 일으키는 바람에 뒤로 물러섰던 경비병들은 와이번이 성의 정원 위로 날아오르자 입을 떡 벌리며 소리를 질렀다.

"자, 잠깐! 그걸 타고 가면……."

"괜찮으니까 내버려 둬요!"

레오폴드의 목소리였다. 창에서 상체를 내밀고 있는 레오폴드가 그렇게 말하자 다른 병사들을 부르기 위해 달려나가던 경비병이 어쩔 줄 모르는 표정으로 그를 돌아보았다. 그들은 아직 내가 세틴이라는 것을 알아차리지 못한 것이다.

와이번은 사슬이라는 속박에서 풀려난 것을 인지하지 못하고 있다가 성의 상공 위로 날게 되자 기분이 좋아진 모양이었다. 꽤나 높이 날아오르는 녀석의 모습에 나는 괜히 걱정이 들기 시작했다. 이 정도의 높이에서 떨어진다면 내가 아무리 시온의 힘을 빌린 상태라도 살아남기 힘든 것이다.

'…이 녀석, 설마 성 밖으로 나온 김에 나를 떨구려고 하는 거 아니야?'

이미 와이번의 고삐는 다른 튼튼한 가죽으로 만든 것으로 대체되어 있었지만, 한번 줄이 끊어져 튕겨 나가는 참사를 겪었던 나였기에 안심할 수 없었다. 나는 와이번의 목을 감은 줄을 천천히 잡아당기며 음산한 목소리로 속삭였다.

"떨어뜨리면 죽는다."

키르륵!

…뭐라는 거야? 알 수 없는 괴성을 지르는 와이번의 모습에 나는 눈매를 좁히며 녀석의 목을 수도가 있는 방향으로 돌렸다.

"저쪽! 저쪽으로 가는 거야. 알아듣겠어?"

캬아아아악!

'어째 알아듣는 것 같기도 하고… 모르는 것 같기도 하고…….'

어젯밤에는 친밀도를 높이기 위해 손수 먹이를 가져다주기도 했었다. 먹이 한 번으로 친해졌을지 어떨지는 알 수 없었지만 말이다. 어쨌거나 와이번은 내가 가리킨 방향으로 날개를 펄럭이며 날아가기 시작했다.

【제5화】
황금의 심장

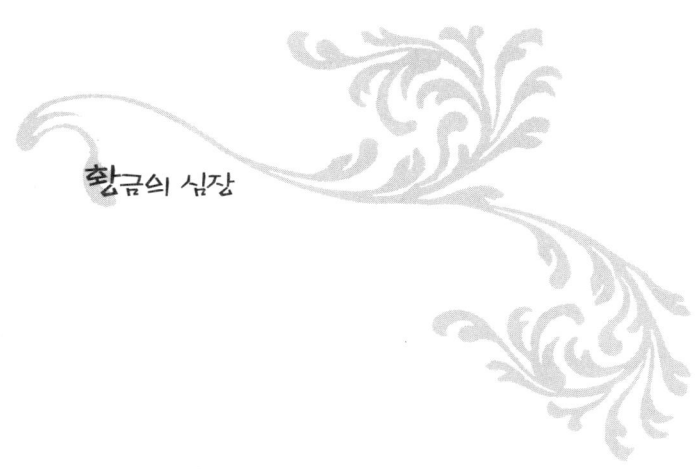

황금의 심장

확실히 인간들은 와이번을 무서워한다. 그것도 굉장히, 아주 많이 무서워한다. 나는 와이번을 타고 가면서 그것을 절실히 느꼈다. 누군가 와이번을 타고 여행을 할 생각이라면 당장 때려치우는 것이 좋다고 말해 줄 정도로 말이다.

"내가 너무 안이했는지도 몰라……."

나는 자루를 들고 터벅터벅 상가를 빠져나오며 그렇게 중얼거렸다. 당장 와이번을 타고 마을의 상공을 지나가려니, 경비대가 출동하고 공습 경보라도 뜬 것처럼 마을 사람들이 대피했던 것이다. 슬쩍 마을 가까이 날아온 것만으로도 화살 세례와 마법 주문이 날아왔다. 당연히 와이번을 끌고 마을로 들어가는 것은 거부되었다.

'그럴 수도 있다는 생각은 들지만…….'

나는 힐끗 고개를 돌려 나를 구경하기 위해 고개를 빼놓고 있는 사람들을 쳐다보았다. 그들이 호기심 가득한 눈으로 나를 주시하고 있었던 것이다. 내 곁에 있던 경비대의 대장이 어흠 하고 헛기침을 하자 다들 고개를 돌리기는 했지만, 그의 눈길이 돌려지자 다시 시선들이 몰렸다.

"필요한 것은 전부 다 구입하셨습니까?"

"예. 대충은요. 한데 이것 가지고 배가 부를지 몰라……."

내가 구입한 것은 와이번의 먹이와 안장으로 쓸 만한 가죽과 천, 그리고 튼튼한 밧줄이었다. 나와 세리나가 먹을 간단한 음식 거리도 살까 했지만, 와이번이 저걸 먹는 것을 보면서 식사를 할 만한 식욕은 가지고 있지 않았다.

"저어… 그런데, 그 와이번은 정말 위험하지 않은 겁니까?"

조심스럽게 묻는 말에 경비대장을 쳐다보자 그는 자신이 실언을 했다고 생각했는지 당황한 얼굴로 다시 말했다.

"아, 아닙니다. 제가 괜한 말을… 그냥 듣지 않은 걸로 해주십시오!"

'아니, 뭐… 나도 별로 확신을 할 수 있는 것은 아니니까.'

곧장 수도로 가지 않고 이런 변두리로 온 것도 그것을 시험하기 위해서였다. 혹, 사람이 많은 수도로 들어갔다가 인명 피해라도 난다면 곤란했기 때문이다. 현재로서는 내 말을 대충이나마 알아듣는 것 같고, 성질 한번 내지 않고 말을 잘 듣고는 있지만 고작 하루 만에 마음을 놓을 수는 없다.

내가 고기가 담긴 자루와 밧줄을 들고 마을의 입구를 빠져나오자, 그리 멀지 않은 곳에서 와이번과 함께 기다리고 있던 세리나가 손을 흔들었다.

"세틴~"

세라나는 와이번의 옆에서 녀석의 고삐를 잡고 있었다. 혹시나 와이번의 주위에서 창으로 겨누고 있는 경비병들이 녀석을 자극시키지 않을까 염려하는 것이다. 내가 산 가죽과 천을 들어주고 있던 경비대장은 아무 일 없이 무사한 그들(경비병)을 보자 마음이 놓였는지 긴장하던 표정이 풀렸다.

와이번을 신기한 듯이, 혹은 경계 어린 눈으로 바라보던 경비병들은 내가 들고 온 것이 생고기란 것을 알아차리자 기겁을 하며 나를 쳐다보았다. 그것이 와이번을 자극시킬 것이라 생각한 모양이었다.

"저기… 괜찮으니까 물러서요."

손을 휘휘 저으며 말하자 경비대장은 미심쩍어하면서도 경비병들을 물러나게 했다. 그에 나는 단검을 꺼내 가죽 주머니를 찢고 생고기를 와이번 앞에 펼쳐 주었다. 눈앞에 고기가 보이자마자 머리를 처박고 먹어대는 와이번의 모습에 병사들은 질린 눈길을 보냈다. 하지만 내가 보기에는 딱히 이상스러울 것도 없는 광경이었다.

'차라리 동물원에서 본 맹수보다 덜 위험해 보인다.'

우적우적 먹어대는 모습에서 고개를 돌려 나는 경비대장에서 그가 들고 왔던 천과 가죽을 받아 들었다. 말에 사용하는 안장을 사용하는 것은 무리가 있었지만, 평범한 와이번의 모습으로는 이번과 같은 일이 계속해서 반복될 것 같았던 것이다.

긴 천으로 와이번의 등을 덮고 가죽을 씌운 다음, 천의 양쪽에 뚫어놓은 구멍 사이로 끈을 집어넣었다. 끈으로 가죽과 천을 감아 고정시키고 단단히 매듭을 지었다. 와이번이 다리를 움직이는 데 방해가 되지 않으면서도 허리 쪽으로 늘어진 천이 인간의 눈에 뜨이게 하려는 것이다.

"이 정도로 공격을 받지 않으면 다행이지만."

나는 혼잣말로 중얼거리며 경비대장을 돌아보았다.

"도움 감사했습니다. 저희는 이만 떠날 테니……."

"그러시겠습니까?"

경비대장은 어딘가 반가운 듯이 대답하며 병사들을 돌아보았다. 그들이 무기를 들고 물러나자 나와 세리나는 와이번의 등으로 올라갔다. 두 사람은 조금 무리가 아닐까 생각했지만, 생각 외로 와이번은 거뜬히 날아올랐다.

마을에서 떨어져 숲의 상공을 날자 내 뒤에 탄 세리나가 물어왔다.

"이제 연습은 그만할 생각이야?"

"예. 최소한 세리나의 곁에서는 사람을 습격하거나 하지는 않을 것 같으니까요."

그러자 세리나는 싱긋 웃으며 내게 말했다.

"어디로 연결시켜 줘?"

"왕궁의… 왕비의 뜰로요."

왕비의 처소라면 왕의 그것과 가까울 터였다. 내가 대답하자 세리나는 지체없이 팔을 들어 올려 손바닥을 앞으로 펼쳤다. 주위의 허공이 일그러지며 상이 흔들리자 와이번이 당황하여 울부짖었으나 나는 와이번의 머리를 쓰다듬으며 녀석을 진정시켰다.

"괜찮아. 길을 뚫으려는 것뿐이니까."

겹쳐진 두 개의 도형 위로 빛의 문자들이 떠오르며 마침내 커다란 원 안의 공간이 허물어졌다. 와이번이 통과하기 위해서는 커다란 게이트가 필요했던 것이다. 게이트 너머로 당황한 여관들이나 시녀들의 모습이 보였으나 상관 않고 와이번을 몰았다.

"까아악!"

한 시녀의 입에서 날카로운 비명이 터져 나왔다. 미끄러진 접시에서 과자 같은 것이 쏟아지고, 유리잔이 떨어지며 산산조각이 났다.

와이번을 이끌고 정원으로 들어온 것이 상상 이상의 효과를 발휘한 듯, 시녀들은 앞 다투어 달아나고 있었다. 거기에 뒤섞인 몇몇의 귀부인들이 보였지만, 나로서는 알지 못하는 사람들이었다.

'왕비님은 없는 모양이로군.'

나는 한숨을 쉬며 도망치는 사람들을 쳐다보았다.

들고 있던 것을 내던지며 정신없이 달아나는 그녀들을 보자 미안한 생각이 들었다. 하지만 단순히 소란을 피우려는 생각에서 왕비의 뜰을 선택한 것은 아니었다.

시녀들이 내지르는 비명에 와이번이 흥분하지 않을까 생각했지만, 미리 음식을 먹여둔 것이 유효한 모양이었다. 썰물이 빠지듯 여자들이 도망치자 나는 천천히 와이번을 뜰의 잔디 위로 내려앉도록 했다.

'다 도망쳤나? 다음 차례는 아마도 경비병이나 기사들일 텐데……'

도망치는 것은 순식간이라 금세 넓은 정원이 텅 비었다. 나는 와이번의 등에서 내려와 살피듯 뜰 안을 바라보았다.

유리로 만들어진 커다란 돔의 천장에서는 햇빛이 쏟아지고 있었다. 바위를 깎아 만든 인공 폭포에서 요란한 물소리가 울리고, 얕은 개울물이 정원의 뜰 한쪽을 감돌아 흐르고 있었다. 흐드러지게 핀 꽃들과 선명한 푸르름을 내비치고 있는 잔디며 키 작은 관목들이 조화롭게 어울려 있었다.

"돈 좀 들었겠네."

나는 무심히 중얼거리며 시녀들이 도망친 문가를 바라보았다. 소란을 피워 시녀들이 도망쳤으니 응당 그녀들이 경비병을 부를 것이라 생각한 것이다. 하지만 먼저 기척을 나타낸 것은 그들이 아니었다.

'누군가 남아 있는 건가?'

힐끗 커다란 나무 밑의 그늘진 곳을 바라보니 누군가가 천천히 몸을 일으키고 있었다.

"…시끄러운 여관들을 쫓아준 것은 고마운 일이지만, 불필요한 소동이다."

금발의 소년은 싸늘한 목소리로 말하며 나를 쳐다보았다. 그는 힐끗 여관과 시녀들이 도망친 입구 쪽을 돌아보며 말했다.

"경비병을 기대하고 있는 거라면 오지 않을 거다. 온다 해도 좀 더 시간이 걸리겠지. 왕비의 처소는 설사 이를 지키는 자라 해도 쉽사리 발을 들일 순 없는 곳이니 말이다."

전에도 본 적이 있는 듯한 얼굴이었다. 더군다나 저 얼굴은 내가 보았던 누군가의 얼굴과 꼭 닮아 있다. 그러니까… 티아의 어머니와 닮은 얼굴.

내가 멍하니 그를 쳐다보자 소년은 오만한 표정으로 나를 내려다보며 말했다.

"내가 누구인지 모르겠다는 표정이군. 나는 알버트 크레이 테오도르 로우든 크라이드다."

"…로우든 크라이드?"

어디선가 들어본 적이 있는 성이었다. 그러자 펜던트 속의 샤이시스가 단정짓듯이 말했다.

―크라이드 왕국의 왕자로군.

"아!"

그러고 보니 그 성이 왕족에게 붙는 것이었던 것 같다.

—뭐가 '아' 냐? 크라이드라는 소리를 들었을 때 눈치를 챘었어야지!

샤이시스가 핀잔을 주었지만, 나는 그것을 한 귀로 흘리며 녀석을 쳐다보았다. 왕비의 것과 같은 금발에 초록색 눈을 가지고 있었지만, 녀석은 왕비와는 전혀 다른 분위기를 가지고 있었다.

'저게… 인간이라고?'

경멸을 담은 초록색 눈동자가 나를 주시하고 있었다. 맑은 녹색 눈동자였지만, 그것은 인간과는 다른 위압감을 가지고 있었다. 마치… 펜던트 속의 종속자들과 같은 것이다.

"벌써 만나고 있었나?"

경쾌하고도 가벼운 목소리에 나와 알버트는 고개를 들어 상대를 쳐다보았다.

"아바마마……."

알버트는 차가운 목소리로 말하며 고개를 숙였다. 존경이나 애정이 담겨 있지 않은 묵묵한 그의 목소리에 왕은 빙긋이 웃으며 나를 쳐다보았다. 시녀들이 도망쳤던 그 입구에서 왕이 걸어나오고 있는 것이다.

"뜻밖의 장소에서 만나게 되는군. 이곳을 선택한 것은 나에 대한 경고인가?"

"그런 것도 있고요. 이곳을 선택하면 용안을 뵐 수 있을 것 같은 예감이 들었거든요."

아무런 배경을 가지지 못한 무녀를 왕비로 맞은 것은 그가 내걸은 것처럼 왕가의 비극을 막기 위한 것이 아닐 거라는 생각이 들었던 것이다.

'확실히 정략결혼의 희생양치고는 둘 다 성품이 가볍지…….'

게다가 본래 크라이드는 두 명의 왕비와 세 명의 측실을 둘 수 있도록 되어 있었다. 그것을 폐지시킨 것은 여자가 귀찮아서가 아니라 왕비를 위한 것일 거라고 생각되었다.

"맞아. 덕분에 도망칠 수 없게 되어버렸지. 내가 지켜야 할 것을 붙잡고 있다면 나로서는 돌아설 수밖에 없잖아?"

"…번지르르하게 말은 하지만 결국 대금 지불하기 싫어서 도망친 거잖아요!"

"아하하… 그랬나?"

그랬나라니! 이보서! 하나 그 말에 반응한 것은 내가 아니라 알버트였다. 눈빛이 날카로워지더니 왕을 쫙 째려봤던 것이다. 내가 볼 때 그 눈빛은 '너 그런 짓도 했냐'였다.

'무언가… 부자 관계 같지 않잖아?'

내가 노골적인 의심의 눈길을 보내자 알버트가 다시 고개를 돌리기는 했지만 내려뜨는 눈매는 여전히 날카로웠다. 내가 무언가 의심하는 듯이 알버트를 쳐다보자 왕은 천천히 웃으며 내 곁에 서 있는 세리나에게 주의를 돌렸다.

"그쪽은 처음 보는 것 같은데……."

왕이 세리나에게 말을 걸자 알버트는 주의를 주듯 왕을 쳐다보았다. 섣불리 접근하지 말라고 하는 듯한 그의 모습에 세리나는 내 곁으로 다가오며 말했다.

"저건 용족이야. 드래곤……."

─골드 드래곤이 인간으로 변신한 모습이다.

레스트레온의 목소리에 나는 알버트를 쳐다보았다. 왕이 내 앞에서 그토록 당당할 수 있었던 것은 뒤에 드래곤이 존재하고 있었기 때문일지도 모른다는 생각이 들었다.

"나는 놀림받는 것을 좋아하지 않아요. 내가 크라이드를 선택한 것은 이곳에 좋은 기억이 있었기 때문이기도 하지만, 서로에게 그리 나쁘지 않은 조건을 제시할 수 있을 거라는 생각에서였어요. 내 생각이 틀렸던 건가요?"

텅 비어버린 정원의 뜰 안으로 내 목소리가 울리고 있었다.

"…불쾌했다면 사과하지. 그동안 보여준 자네의 태도만으로는 자네가 어떤 자인지를 확신할 수가 없었네. 그래서 잠깐 장난을 치고 싶었던 거지. 실제로 로비 자금이 필요했던 것도 사실이기는 하지만 말이야."

낮은 웃음 섞인 목소리에 내가 눈살을 찌푸리자 왕은 표정을 바꾸었다.

"파베르 가의 영지에 가 있는 동안, 자네의 친구를 통해 많은 것을 조사하는 것 같더군. 그렇다면 그 조사 속에 나에 대한 것도 있었을 거라고 보네만……."

그의 물음에 나는 어깨를 으쓱해 보였다.

"믿어지지 않는 우연의 연속들이 이어지더군요. 딱히 조사하지 않아도 귀에 들어올 수 있는 그런 종류의 것 말이에요."

그러자 왕은 훗 하고 웃었다.

"원래 내가 좀 빈틈이 없지."

"……."

왕의 곁에 서 있던 알버트의 표정이 노골적으로 싸늘해졌지만, 왕은 그의 그런 반응은 염두에 두지 않는 모양이었다.

"전부 다 우연인 건가요?"

무례한 질문이 아닌가 싶었지만 묻지 않을 수 없었다. 그에 왕은 태연히 웃으며 말했다.

"우연이지. 내게 반하는 자들에게는 기분 나쁜 우연이겠지만 말이야."

"당신의 곁에 드래곤이 있는 것도?"

"…누구에게 들었지? 아니… 알아차린 건가?"

왕은 그렇게 말하며 내 곁에 있는 세리나를 응시했다. 세리나는 무표정한 얼굴로 그의 그런 시선을 받아내고 있었다. 그러자 떨어뜨리듯 알버트가 말했다.

"천족… 그것도 흔치 않은 자로군. 지상에 내려오는 천족의 수가 적어도 이만한 힘을 지닌 자는 흔치 않지."

"…건방진 말을 하는군."

세리나의 싸늘한 목소리에 나는 놀란 얼굴로 그녀를 돌아보았다. 그녀의 이런 모습은 전에 대장간에서 불량배를 만났을 때 이후로는 본 적이 없었다.

'아니, 그때 이상인걸.'

차가운 시선으로 바라보는 세리나의 눈길에 알버트의 눈썹이 찌푸려졌다. 전에 없이 오만한 눈길로 알버트를 바라보며 세리나는 말했다.

"만 년을 넘은 드래곤도 내 앞에서는 날개를 펴지 못했다. 한데 고작 오천을 넘은 네가 나를 평가하려 하는 건가?"

세리나를 바라보는 알버트의 눈매가 가늘어졌다.

"신의 대리자라는 천족의 오만함은 이미 겪어서 알고 있다. 하나 신조차 뜻대로 하지 못하는 것이 우리 드래곤임을 잊고 있는 거냐?"

"…너희 드래곤은 그런 가당찮은 오만함으로 비위를 상하게 만들지. 그 육신이 나고 생겼음은 신의 뜻에 의한 것이다."

그러자 아리시네스가 킬킬거리는 목소리로 말했다.

—하지만 드래곤은 실패한 신의 피조물이지……. 신에 의해 만들어졌음에도 신을 섬기지 않으니 말이야…….

아리시네스의 비웃음에 세라나가 무서운 눈길로 펜던트를 노려보았다. 하지만 아리시네스의 목소리를 듣지 못하는 알버트는 계속해서 말했다.

"우리는 이미 신의 눈 밖에 난 자들. 이제 와 그 뜻을 따를 이유는 없다."

—…드래곤은 드래곤 나름의 법칙을 지키지. 신조차도 거역하지 못하는 창조의 법칙을 말이다.

레스트레온의 목소리에 나는 조용히 세라나를 바라보았다. 세라나는 알버트의 태도가 마음에 들지 않는 모양이었다. 사실 알버트를 상대하는 것은 세라나보다는 레스트레온에게 어울리는 것 같았지만, 레스트레온은 앞으로 나서고 싶은 생각이 없는 것 같았다.

"그럼 전하께서는 드래곤의 힘을 빌어 왕권을 장악한 건가요?"

내 물음에 왕은 곤란한 표정을 지었다.

"그게… 도움을 받은 것이라고 해야 할지……."

눈치를 보듯 알버트를 쳐다보자 알버트는 노골적으로 시선을 피해 버렸다. 관심없다는 것인지, 아니면 마음대로 하라는 것인지 도통 알 수 없는 표정에 왕은 옷 속에 차고 있던 목걸이를 들어 보였다.

"…티아에게 내 취미에 대해서 들은 적이 있나?"

"아! 이상한 것을 모은다는 취미 말이죠?"

내가 별로 관여하고 싶지 않다는 듯이 말하자 왕은 피식 웃으며 옷 속의 목걸이를 꺼내 내게 보여주었다. 커다란 다이아몬드가 박힌 그 목걸이는, 사실 남자에게는 그리 어울리는 종류의 것이 아니었다.

"총 열세 명의 소유자를 죽인 목걸이야. 사실 이런 종류의 것은 대부분이 거짓 소문뿐인 것이 많은데, 이것은 드물게 진품이었지."

"…그거 다이아몬드가 진짜라는 소리가 아니라 저주가 진짜라는 소리?"

내 말에 왕은 장난스럽게 눈을 찡긋했다.

"그렇지."

"그런데 왜 아직 안 죽은 건데요?"

"그거야……."

왕은 목걸이를 안으로 집어넣으며 말했다.

"내가 운이 좋으니까."

…진짜 운이 좋은 건지 아닌지 여기서 확인시켜 줘? 내가 게슴츠레한 시선으로 왕을 쳐다보자 왕은 빙긋이 웃으며 다시 말했다.

"진짜야. 가장 황당했던 것은 운석이 떨어져서 오우거의 머리를 때렸을 때였어."

"크라이드……."

알버트의 목소리에 왕은 괜찮다는 듯이 눈짓을 보내고는 겉옷의 단추를 풀었다. 그에 내가 미심쩍은 얼굴로 몸을 뒤로 빼자 왕은 천천히 상의를 풀러 가슴 쪽을 보여주었다.

"내가 이것을 받았을 당시를 보여줄 수 없는 것이 안타깝군. 꽤나 아름다운 것이었는데 말이야."

희미한 빛무리가 가슴 언저리에 머물고 있었다. 가슴에 새겨진 기묘한 빛무리에 내가 시선을 보내자 왕이 말했다.

"이것이 내 행운의 증거지. 내가 저주받은 물건을 모으는 이유이기도 하고 말이야."

가슴 언저리에 모인 빛이 희미한 문장을 그리고 있었다. 나는 그것의 위치를 바라보며 말했다.

"몸에 뭔가가 있는 건가요? 심장 부근에……?"

"정확히 말하자면 심장이야. 심장에 박혀 있는 거지."

심장에? 하지만 심장에 무언가가 박혀 있는 거라면 죽을 텐데?

내 표정을 보고 내가 생각한 것을 알아차린 것인지 왕이 말했다.

"그 또한 심장이니까. 내가 죽게 되면 왕위와 함께 내 아들에게 갈 거다. 그것이 드래곤들이 내게 제시한 조건이었지. 그것의 힘이 다할 때까지 그 힘을 사용하지 않고 보관해 준다면 크라이드를 지켜주기로 말이야."

그러니까… 그 저주받은 물건들이 그 심장이 주는 행운을 막아준다는 건가? 하지만…….

"왜 드래곤이 지니고 있지 않은 거죠? 그런 거라면 드래곤이 지니고 있어도 상관없잖아요."

내가 말하자 알버트가 나를 쳐다보며 말했다.

"인간의 인과와 드래곤의 인과는 다르니까. 그 물건은 드래곤의 운마저도 좌우할 수 있는 힘을 가지고 있지만, 불운을 가져오는 물건들은 그렇지 못했어. 그러니 인간이 가지고 있어야지만 그 균형을 맞출 수 있는 거지."

'저주받은 물건 한두 개로는 어림도 없었다는 소리처럼 들리는데…….'

왕은 옷깃을 여미며 곤란하다는 듯이 말했다.

"심장의 힘이 영원하지 않은 것처럼, 저주받은 물건들도 그리 오래 가지 못하고 그 힘이 떨어져 버려서 말이야. 이걸 또 채우려고 하면 보통 일이 아니야."

"…그럼 전하의 지하 저장 창고의 컬렉션은 대부분 힘을 잃었다는 소리예요?"

"전부 다는 아니지만 비교적 그렇지. 어차피 인간의 저주라고 해봤자 삼사백 년을 넘기는 것은 아니니까. 더군다나 이 물건에 비하게 되면 오륙 년이 한계고……."

기분 나쁜 물건 쓸어 모아다 중화시켜 준다는 것은 좋은데… 그거 엄청 위험한 거 아니야? 당신은 상관없겠지만, 주변 사람들… 특히 왕비님이나 시중을 드는 사람들의 입장에서는 상당히 위태로울 것 같은데?

하지만 왕의 말로는 왕비님은 무녀 출신이었기 때문에 괜찮다고 했다. 그래서 왕의 시중은 대부분이 왕비가 들고 있고, 다른 사람들은 손을 대지 못하게 한다고.

"그럼 저 드래곤은 대체… 아까 왕자가 있는 것처럼 말씀하셨잖아요?"

"저쪽은 내 아들의 모습으로 폴리모프한 것뿐이야. 진짜 아들은 드래곤의 레어에서 수업을 받고 있다."

'거, 먹히지나 않으면 다행이겠다.'

왕이 꺼낸 이야기들은 나로서는 믿어지지 않는 일들뿐이었다. 이 인간이 무슨 생각으로 이런 이야기들을 술술 털어놓는 것인지 상당히 수상쩍다.

한편, 알버트인지 골드 드래곤인지는 내가 위험하지 않다는 것으로 판단을 내린 것인지 아까부터 손에 들고 있던 책을 옆구리에 끼고 터벅터벅 뜰을 빠져나가는 것이다. 내가 멍한 시선으로 그의 뒷모습을 쫓자 왕은 피식 웃으며 말했다.

"…어디까지나 그것의 안전과 크라이드라는 왕국 자체의 유지에만 신경을 써주기로 한 거라서 말이야."

"라는 것은……."

나는 가늘게 눈매를 좁히며 왕을 바라보았다. 깍지 낀 두 손의 마디가 우득 하는 소리를 내는 것을 보고 왕은 흠칫 놀라며 나를 쳐다보았다.

"제가 폐하께 무슨 짓을 해도 드래곤 쪽은 상관 않는다는 이야기겠죠?"

상큼하게 웃으며 묻자 왕은 비질비질 식은땀을 흘리며 뒤로 물러섰다.

"허험… 자네도 스스로를 책임질 수 있는 나이이지 않은가? 이런 구체적인 문제를 협의할 때에는 서로 간에 최소한의 예의를 갖추는 것이……."

"행동의 끝에 돌아오는 결과에 책임을 진다! 성숙한 어른으로서의 기본 자세지요! 물론 전하께서도……."

싸한 웃음을 흘리며 나는 천천히 왕에게로 다가섰다.

"책임지시는 거겠지요?"

"아… 무, 물론 돈은 전부……!"

"내 정신적인 손해 배상 말이에요!"

과연 눈치 하나는 수준급이다. 체통이고 뭐고 뒤돌아 달려가는 왕의 옆구리로 내 필살의 드롭킥이 들어갔다. 캑 하는 비명을 지르며 꽃밭 위로 나뒹구는 왕의 위로 올라탄 나는 볼 것도 없이 다리 꺾기로 들어갔다.

"대체! 왜 남의 돈을 가지고 로비 활동을 벌이는 건.데.요!"

"우와아아악!"

바닥을 팡팡 두드리며 버둥거렸지만, 한번 잡히면 빠져나가기 힘든 것이 바로 이런 꺾기 기술이다. 난생처음(?) 맛보는 고통에 왕이 비명을 지르는데, 뜰의 다른 입구로부터 여자의 목소리가 들려왔다.

"이 비명은… 아바마마?"

간만에 격식을 차려입은 티아의 등장이었다. 티아는 뜰 안에 있는 와이번을 보고 크게 놀라더니 꽃밭을 어지럽히며 쓰러져 있는 왕의 모습을 보고 눈매를 좁혔다.

"음…….."

고민 섞인 그녀의 목소리에 왕은 마지막 동아줄이라도 잡은 듯이 그녀에게 소리쳤다.

"고, 공주야!"

"엉킨 것은……."

티아는 천천히 왕의 시선을 피해 고개를 돌렸다.

"묶은 사람이 풀 수밖에는……."

"크어억! 공주야아아아!"

커다랗게 메아리치는 왕의 비명을 뒤로하고 티아는 뒤도 돌아보지 않고 뜰을 나갔다. 다시 왕비의 뜰 안에는 와이번의 고삐를 잡고 있는 세리나와 왕의 위에 올라타 사정없이 다리를 꺾고 있는 나만이 남게 되었다.

"…인망이 없으시네요, 폐하."

"내 평소 행실이 부족했던 따름인가……."

이 와중에도 폼을 잡으며 무겁게 중얼거리는 말에 나는 단숨에 눈매를 좁히며 다리를 잡고 있던 팔에 힘을 주었다.

"으가걱!"

"이 상황에 폼을 잡고 싶어요? 하필이면 고르고 고른 게 와이번 길들이기가 뭐냐고요! 그게 미성년자에게 시킬 일이야! 자기는 따뜻한 방 구석에 눌러앉아 있고!"

"오, 오해다! 그다지 따뜻하지는……!"

"시끄러워요!"

내 고함 소리와 함께 다시 한 번 왕의 비명이 울렸다.

'얼렁뚱땅 넘어가서 정작 중요한 소리는 못했네…….'

그 자리에서 그런 이야기를 꺼낼 줄은 몰랐던 것이다. 단순한 우연이 겹친 것이라고는 생각하지 않았지만, 설마 그런 것일 줄은 몰랐다.

나는 세리나를 펜던트 속으로 되돌리고 왕비의 뜰을 나왔다. 먼저 밖으로 나간 골드 드래곤이 어떻게 처리를 한 것인지 복도에는 누구도 드나들고 있지 않았다. 널찍한 궁의 정문을 열고 밖으로 나가자 비스듬히 벽에 기대어 책을 읽고 있는 그의 모습이 보였다. 녀석은 내 기척에 읽고 있던 책을 덮으며 말했다.

"끝났나?"

"뭐, 대충은⋯⋯."

얼머무리듯 말하자 골드 드래곤은 나를 지나쳐 왕비의 뜰로 들어가려 했다.

"어, 저기⋯⋯."

"뭐지?"

나에게는 그다지 숨길 것이 없다고 생각한 것인지 골드 드래곤은 귀찮은 기색을 노골적으로 드러내며 말했다. 그에 나는 가볍게 눈살을 찌푸렸다.

"티아도 알고 있는 거야? 네가 가짜라는 거?"

"⋯알고 있는 것은 왕과 왕자뿐이다."

골드 드래곤은 그렇게 말하고는 문안으로 들어가 버렸다. 커다란 궁의 정문이 닫히는 것을 보고 나는 나지막이 중얼거렸다.

"붙임성과는 담 쌓고 사는 거냐⋯⋯."

―드래곤이 인간과 친하게 지낼 이유는 없다는 거겠지.

레스트레온의 말에 나는 입을 삐죽 내밀었다. 그렇다고는 해도 일일이 딱딱거릴 필요는 없는 것이지 않은가. 국왕처럼 능글거리는 것까지는 바라지 않는데도, 저렇게 퉁명스럽게 굴 필요는 없을 텐데 말이다.

왕비가 머무는 궁의 정문을 지나 넓은 홀로 이어지는 복도로 들어가자 병사와 기사, 시녀와 시종들이 우르르 몰려 있는 것을 볼 수 있었다. 내가 홀로 들어가자 그들은 일제히 나를 쳐다보았다.

"으, 으잉?!"

모조리 궁에서 쫓겨난 이들인 모양이었다. 대체 무슨 일이 있는 거냐고 묻는 듯한 시선에 나는 주춤 뒤로 물러섰다. 그러자 기사들 중의

한 명이 앞으로 나오며 말했다.

"명령이 있을 때까지 이곳을 벗어나지 말고 대기하라는 말을 들었습니다. 대체 어찌 된 노릇입니까?"

내가 와이번을 타고 왕비의 뜰로 날아들어 온 것을 기억하는 시녀들이 자기들끼리 모여 쑥덕대고 있었다. 곧장 기사에게 달려가서 일러바치지 않는 것을 보면 그 골드 드래곤이 무어라 말한 것도 같은데 말이다.

그에 나는 어색하게 웃으며 말했다.

"아… 하하. 나는 별로… 기다리라고 말씀하셨다면 좀 더 기다리는 수밖에는……."

"그렇습니까……."

체념한 듯이 물러나는 기사를 보고 나는 가슴을 쓸어내렸다. 와이번은 내 목에 걸려 있는 펜던트의 동공 안에 들어 있었다. 세라나의 충고대로 펜던트 안에 와이번을 넣었기에 망정이지, 그대로 고삐를 잡아 끌고 왔다면 몬스터 퇴치를 하겠다고 기사들이 달려들었을지도 모를 일이다.

나는 몇몇 기사와 병사들이 의심스러운 눈길로 쳐다보는 것을 무시하고 빠른 걸음으로 그 자리에서 벗어났다. 내 경험으로 미루어볼 때, 이런 상황에서는 얼른 도망쳐 버리는 것이 상책이다.

본궁과 연결된 통로를 따라 안으로 들어가자 아까 보았던 것과 규모가 비슷한 홀이 나왔다. 그나마 다행인 것은 안쪽의 소란이 바깥으로 새어나가지 않은 것인지, 거기 서 있는 경비병들은 내게 관심을 두지 않는다는 것이었다. 그저 힐끗 쳐다보고는 눈이 마주칠세라 고개를 돌리는 것을 보고 안심했다.

'하긴… 일반 병사가 귀족이나 기사의 얼굴을 빤히 쳐다봤다가는 무슨 봉변을 당할지 모르지.'

내가 귀족이나 기사는 아니었지만 겉만 보고서는 누구인지 알 수 없는 노릇이었다. 빳빳하게 굳어서 정면을 바라보는 두 사람을 지나쳐 나는 부지런히 걸었다. 왕비의 궁까지는 전에도 한번 와본 적이 있었기 때문에 대강의 길은 기억하고 있었다.

"흐응… 이쪽이었던가? 이쪽으로 들어가서 쭉 앞으로 가면 될 것 같은데……."

"여어~"

가볍게 부르는 목소리에 힐끗 뒤를 돌아보자 누군가가 턱하니 내 어깨에 손을 얹었다.

'뭐야?'

평소의 내 몸이라면 그다지 기민하게 움직일 수 없겠지만 지금은 시온의 힘을 빌리고 있는 상태였다. 즉시 팔을 잡아 비틀면서 상대의 등 뒤를 점거하는데, 팔을 잡힌 녀석이 비명을 지르며 소리쳤다.

"자, 잠깐! 나야, 나!"

"응? 누구……?"

어디선가 들은 적이 있는 목소리였다. 미심쩍은 얼굴로 그의 뒤통수를 노려보는데, 녀석이 고개를 쳐들며 내게 말했다.

"나, 나라고… 그사이에 얼굴을 잊어버린 거야? 그렇게 가버려서 많이 섭섭했단 말이야."

섭섭했다고? 뭔 소리야? 난생처음 보는… 얼굴이 아니네. 회색 머리카락을 가지고 있는 사람은 그리 흔치 않았다. 더군다나 이렇게 여자 같이 생긴 녀석은 말이다.

"아시트, 네가 왜 여기에 있는 거야?"

잡고 있던 손을 놓으며 말하자 아시트는 투덜거리며 잡혔던 부위를 매만졌다.

"그건 내가 하고 싶은 말이야. 나는 네가 꼼짝없이 부마가 된 줄 알았단 말이야. 그런데 왕궁에 찾아가도 그런 녀석은 없다고 하고, 네 일행이라던 크라이드 사람들까지 모조리 사라져서 놀랐다고."

"그런 거면 애초에 같이 갔으면 됐잖아. 공주가 나를 붙잡았을 때 돌아보니까 보이지 않더니만."

이해할 수 없다는 듯이 묻자 아시트는 빤히 내 얼굴을 들여다보았다.

"헤에… 예뻐졌네. 여전히 난폭하지만."

"말 돌리지 마. 왜 그 자리에서 도망친 거야?"

그에 아시트는 방긋 웃으며 양팔을 벌렸다.

"날 생각해서 여자로 변해준 거지? 너무 기뻐!"

"세상이 너를 중심으로 돌아가냐? 어떻게 판단을 내리던 그렇게 되는데?"

끌어안기 위해 달려드는 녀석의 머리를 양손으로 밀어내자 녀석은 팔을 뻗으며 버둥거렸다.

"우으……! 이게 며칠 만인데 그래! 헤어진 연인이 다시 재회를 할 때에는 한번쯤 뜨거운 포옹을 해줘야 하는 거라고!"

'연인? 빈대가 아니고?'

녀석이 아무리 버둥거린 대도 시온의 힘을 능가할 수 없는 노릇이었다. 이윽고 포옹을 포기한 녀석이 팔을 늘어뜨리는 것을 보고 나도 손을 치웠다. 아시트는 어깨를 늘어뜨리고는 삐죽 입을 내밀며 투덜거렸다.

"쳇. 여자가 되었길래 날 받아들이겠다는 뜻인 줄 알았더니……."

"…온 세상이 끝나는 날이 와도 그런 일은 없어."

눈매를 좁히며 냉막하게 중얼거리자 녀석은 너무하다는 듯이 나를 쳐다보았다. 그에 나는 한숨을 쉬며 말했다.

"말하고 싶지 않으면 하지 않아도 돼. 캐묻지 않을 테니까."

내가 그렇게 말하며 고개를 돌리자 아시트는 조용해졌다. 녀석은 물 끄러미 나를 쳐다보더니 말했다.

"…널 만나서 반가운 건 진심이야."

"그래? 그럼 본론으로 돌아가서, 그 자리에서 왜 도망친 건데?"

"안 물어본다며!"

"그건 3초 정도 전의 상황이고! 자자, 얼른 말해! 뭐가 캥기는 것이 있길래 자리를 피한 거야? 구경 가자고 한 건 본인이면서!"

"으……."

아시트는 얼굴을 구기면서 슬슬 몸을 뒤로 뺐지만, 나는 녀석의 대답을 듣기 전에는 보내줄 생각이 없었다. 도망칠 테면 도망쳐 보라는 듯이 눈을 빛내며 녀석을 쳐다보자 아시트는 눈빛을 흐리며 말했다.

"그건… 그다지 여자에게 말할 만한 이야기가……."

"반은 남자니까 말해."

뚝뚝한 표정으로 대답하자, 아시트는 으윽 하고 신음성을 내더니 할 수 없다는 듯이 품 안에서 무언가를 꺼내 내게 건넸다. 그것은 인장이 찍힌 새하얀 봉투였다.

"뭐야? 돈?"

"거기서 돈이 왜 나오는 거야?"

아시트가 황당하다는 듯이 되묻자 나는 흰 봉투를 건네받으며 말했다.

"너 무일푼으로 나한테 들러붙었잖아. 그래서 그때 여관비라도 반액 지불하는 줄 알았지."

"…나중에 밥 사줄게."

아시트의 말에 고개를 끄덕이며 나는 봉투의 인장을 들여다보았다. 본 적이 없는 문양에 눈살을 찌푸리자 펜던트 속의 트레스가 말했다.

─팔마스의 공주와 약혼했다던 공작가의 문장입니다.

"에? 어떻게 그렇게 잘 알아요?"

놀랐다는 듯이 묻자 트레스가 웃는 목소리로 말했다.

─공작이 차고 있던 검의 손잡이에 그런 문장이 새겨져 있었습니다.

"헤에~ 대단하네요? 나는 공작이 검을 차고 있었는지도 생각나지 않는데."

─그 정도는 기억해라, 좀!

오웬이 소리쳤지만 한 귀로 흘리고 봉투의 봉인을 바라보았다. 붉은 촛농을 떨어뜨려 인장으로 찍어낸 그것은 종류를 알 수 없는 괴수의 문장이었다. 내가 그것을 그 자리에서 뜯어보려 하자 아시트가 당황하며 내 손을 잡았다.

"이봐, 그걸 이 자리에서 뜯으면 어떡해?"

다가선 아시트가 내게 바짝 붙으며 말하자 나는 찡그리며 그를 쳐다보았다.

"여긴 팔마스도 아니잖아. 그렇게까지 주의할 필요는……."

순간 내 얼굴 위로 그늘이 지는 듯싶더니 아시트가 뺨에 입을 맞추었다. 놀란 내가 뒤로 물러서며 그를 쳐다보자 아시트는 피식 웃으며 말했다.

"내 할 일은 다 했어. 나중에 보자~"

살랑살랑 손을 흔들며 그의 모습이 사라지자 나는 멍한 표정으로 그 빈자리를 쳐다보았다.

'…대체 뭐 하자는 거야?

"저… 여자 분은?"

놀란 여자의 목소리에 나는 어깨를 움찔하며 뒤를 돌아보았다. 거기에는 단아한 인상의 여기사가 의혹이 담긴 눈길로 나를 쳐다보고 있었다. 잠시 그녀를 알아보지 못했던 나는 눈을 동그랗게 떴다.

"엔리케 씨! 머리를 풀었네요? 잘 어울려요!"

내 칭찬에 그녀는 볼을 빨갛게 물들였다. 본래 하나로 땋아서 등 뒤로 늘어뜨렸던 머리를 풀었던 것이다. 생머리가 찰랑거리는 것이 말할 수 없이 잘 어울렸다.

'긴(?) 생머리를 휘날리며 검을 휘두르는 여기사라…….'

내가 눈을 반짝이며 그녀를 쳐다보자 엔리케는 어쩔 줄 몰라 하며 내 눈길을 피했다.

"아… 저, 지난번의 여행 때에는 폐만 끼쳤던 터라……."

목소리를 가다듬으며 하는 말에 나는 고개를 저었다.

"상처는 괜찮으신 거예요?"

슬쩍 엔리케의 왼팔을 쳐다보자 엔리케는 이제는 괜찮다는 듯이 팔을 움직여 보였다. 그녀는 살짝 고개를 돌려 자신의 왼팔을 내려다보며 말했다.

"움직이는 데에 아무런 지장이 없어요. 꼭 제 본래의 팔 같아요. 단지 흉터만 없어졌을 뿐이죠."

"다행이다. 거기에 엔리케 씨만 두고 가서 많이 걱정했었는데……."

"아니에요. 당연한 일을 하신 거죠. 공주님을 지키는 것은 호위인 제가 했었어야 하는데… 제 부족함으로 인해 세틴님께 폐를 많이 끼쳤어요. 제가 팔을 잃었다가 다시 되찾은 이야기를 공주님께 허드렸더니, 세틴님의 계약자가 치료해 준 것일 거라고 말씀하시더군요. 그래서 감사하다는 말을 전하고 싶었어요. 세틴님께도, 그분께도……."

다정한 눈길로 나를 쳐다보며 하는 말에 나는 왠지 기분이 좋아졌다. 평소 무뚝뚝했던 그녀라고는 생각할 수 없는 말투였다.

"예. 반드시 전해 드릴게요."

나는 피식 웃으며 펜던트를 내려다보았다. 밖에서 울리는 목소리를 펜던트의 종속자들도 들을 수 있으니, 분명히 에레타에게도 엔리케의 말이 들렸을 것이다.

"그런데 아까의 여자 분은?"

다시 사무적인 어조로 돌아간 엔리케의 물음에 나는 눈을 동그랗게 뜨며 그녀를 쳐다보았다.

"여자라뇨?"

내 물음에 엔리케는 무슨 생각을 했는지 살짝 볼을 붉히며 말했다.

"저… 뺨에 입을 맞추고 사라진……."

'여자로 보이는 건가, 그 녀석…….'

아시트 본인은 필사적으로 부인하고 있지만, 녀석이 기분 나빠하는 그 아프렌 족의 누군가의 말처럼 아시트는 여자가 될 운명을 타고났는

지도 모르겠다. 솔직히 나도 처음 녀석을 봤을 때 여자라고 철석같이
믿고 있었으니까.

"조금 아는 녀석이에요. 별로 친하지는 않지만……."

"그런가요……?"

엔리케는 수긍하는 얼굴은 아니었지만, 내가 더 이상 말을 꺼내지
않자 입을 다물었다. 왕궁에서 그런 식으로 모습을 감추었으니 기사인
엔리케가 수상쩍게 생각하는 것도 무리가 아닌 것이다. 하지만 내 입
장에서도 녀석에 대해서는 더 말할 것이 없었다. 녀석에 대해 알고 있
는 것이 별로 없었으니까.

'그나저나… 어째서 아시트가 세이지언 공작의 편지를 전하는 거
지?'

나는 슬쩍 봉투를 품 안에 갈무리하고 엔리케를 쳐다보았다. 반쯤
고개를 숙이고 무언가 생각하는 듯한 표정인 그녀는 내가 쳐다보자 고
개를 들었다.

"기회가 생기면 또 뵈요."

내가 꾸벅 고개를 숙이며 말하자 엔리케는 싱긋 웃으며 답했다.

"예. 그리고… 저주 풀리신 거 축하드려요."

'응?'

내가 머뭇거리며 고개를 들었지만, 그녀는 살짝 고개를 숙이고는 돌
아섰다. 그러고 보니… 나 여자 모습이었던 것이다. 그런데 엔리케나
티아는 어떻게 즉각 알아보는 거지? 레오폴드는 전~ 혀 못 알아봐서
내가 설명했어야 했는데.

'역시 별로 달라진 거 없는 거잖아. 레오폴드 녀석… 바보인가?'

눈살을 찌푸렸지만 본인이 없는 자리에서는 불평할 수도 없는 것이

다. 하여간 필요하면 없는 녀석이라니까.

　왕궁에서 나오게 되자 나는 곧바로 호텔로 돌아갔다. 편지의 내용이 궁금했던 것이다. 근처 아무 곳이나 들어가서 열어볼 수도 있었지만, 질겁하던 아시트의 얼굴이 생각나 그렇게는 하지 않았다. 호텔의 로비로 들어서자 호텔 지배인이 나를 맞아주었다. 나를 본 첫 얼굴은 잠시 찡그려지는 것 같았지만, 곧 영업용 미소가 그의 얼굴 곳곳으로 퍼져갔다.

　'쳇. 하지만 이쪽은 방금의 그 표정을 보고 말았다고. 당신, 지배인 실격이야!'

　나는 속으로 구시렁거렸지만 그것을 겉으로 표현할 수는 없는 노릇이었다. 지배인은 얼굴 가득 화사한 미소를 띠우고 있었지만, 두 눈은 '더 이상 당신에게 관여하고 싶지 않아' 라는 듯한 시선이 담겨 있었다. 의례적으로 건네는 인사말에 나는 간단히 답하고는 서둘러 위층으로 올라갔다.

　가지고 있던 열쇠로 방문을 여니 익숙한 내부의 풍경이 눈에 들어왔다. 방은 내가 없는 사이에도 꾸준히 관리를 해왔던 것인지 흐트러진 것 없이 말끔해 보였다. 호텔 방이니 당연하겠지만 말이다.

　나는 서둘러 방문을 잠그고, 열쇠를 문에 가까운 탁자 위에 올려놓았다.

　'뭐라고 써 있으려나…….'

　나는 품에서 아시트에게서 받았던 봉투를 꺼내 겉면을 들여다보았다. 흰 봉투의 앞뒤에는 아무런 글씨도 쓰여져 있지 않았다. 나는 봉인을 뜯고 봉투를 열었다. 안쪽의 새하얀 편지지에 그것을 꺼내 들고 펼치자… 어라? 순간 굳어져 눈살을 찌푸리는 내게 시온의 목소리가 들려왔다.

─뭐야? 아무것도 안 써 있잖아!

불쾌한 듯이 울리는 그의 목소리에 나는 편지지를 뒤집어 보았다. 하지만 어느 쪽에도 글자 같은 것은 눈에 들어오지 않았다.

편지지는 따로 무늬가 새겨지거나 인장이 찍힌 것이 아닌, 그저 새하얀 것이었다. 잉크의 흔적도 남아 있지 않은 그것을 나는 이리저리 돌려보았다.

─장난을 친 건가?

세리나의 물음에 나는 대답하지 않고 편지지를 들여다보았다. 편지지의 표면을 만져 보니 매끄러워야 할 편지지의 표면으로 무언가의 촉감이 느껴졌다.

"……."

미심쩍은 듯이 편지지를 노려보던 나는 그것을 소파 앞의 탁자에 올려두고, 벽난로 가로 다가갔다. 벽난로에 불을 붙이려는 것이다.

봄이었지만 아직 밤에는 쌀쌀했기 때문에 벽난로 안쪽에는 장작이 쌓여 있었다. 그에 나는 익숙지 않은 부싯돌로 벽난로 가에 있던 기름종이 같은 것에 불을 붙여 장작 위에 던져 놓았다. 기름종이의 불은 금세 장작으로 옮겨 붙어 활활 타올랐다.

─세틴님, 무얼 하시려고요?

에레타의 물음에 나는 힐끗 탁자 위에 올려놓았던 편지지를 돌아보았다.

"잠깐만요."

나는 편지지를 들고 불길이 타오르고 있는 난로가에 가져갔다. 뜨거운 불길에 편지지로 불티가 옮겨 붙지 않도록 주의하면서 천천히 불을 쐬도록 했다. 그러자 편지지 위로 누런색의 무언가가 나타나더니 서서히 글자의 형태를 갖추기 시작했다. 나는 편지지 위에 떠오르는 글자들이 뚜렷한 갈색을 띠고 나서야 불길에서 물러났다.

─뭐지, 이게?

놀란 시온의 음성에 나는 피식 웃으며 말했다.

"설탕물로 글씨를 쓴 거예요. 그렇게 하면 일단은 보이지 않지만 불길을 쐬면 글자가 나타나거든요."

지금은 영화에도 그다지 등장하지 않는 낡은 수법이었지만, 여기 사람들은 모를 수도 있겠다는 생각이 들었다. 한데, 세이지언 공작은 무슨 배짱으로 이렇게 보냈데? 내가 그냥 장난으로 치부하고 버렸으면 어쩌려고?

편지의 내용은 자정에 자택으로 찾아와 달라는 것이었다. 워프할 수 있는 좌표가 쓰여져 있는 것을 봐서는 그날 세리나가 게이트를 만들었던 것을 보고 생각해 낸 모양이었다.

─만나러 갈 생각이냐?

샤이시스의 물음에 나는 물끄러미 편지지를 바라보았다. 간단한 필체의 끝에는 세이지언이라고 쓰여 있었다.

"글쎄요. 별로 친한 사이도 아닌데 보자고 하는 이유도 들어 있지 않고……."

흥미를 끌지 않는 것은 아니었지만 시기가 좋지 않았다. 내일은 대신들 앞에서 와이번을 다루어야 하는 것이다. 오늘 밤 내에 끝낼 수 있는 일이 아니라면 곤란했다.

'나를 공격했던 그 누군가에 대한 정보를 가지고 있다면 또 모르겠

지만…….'

무엇보다 아시트 녀석과 상관이 있다는 것이 마음에 걸리는 것이다. 아시트가 그 토라스의 저택에 있던 것도 세이지언 공작의 명령으로 그랬던 거라면 얼추 이야기가 들어맞는 것 같지만.

'별로 다시 만나고 싶지 않아… 녀석은 귀찮아…….'

가늘게 눈매를 좁히며 편지지를 내려다보자 오웬이 물었다.

―어떻게 할 거야?

"별로 내키지는 않지만 가야겠죠. 자고로 호랑이를 잡으려면 호랑이 굴로 들어가야 할 테니까… 그런데, 그전에 하고 싶은 일이 있는데……."

내가 내 목에 걸린 펜던트를 내려다보며 말하자 반문하듯 세리나가 말했다.

―하고 싶은 일? 뭔데?

―네가 언제 우리한테 물어보고 행동했냐? 하고 싶은 대로 해.

퉁명스러운 시온의 말에 나는 소파에 앉으며 앞에 있는 탁자 위에 전에 이플리트가 건네었던 목록을 펼쳐 놓았다. 그리 크지 않은 종이 위에는 총 육십삼 명의 귀족들에 대한 비리나 불법 행위 등이 깨알같이 적혀 있었다.

약한 걸로는 바람을 피우거나 사사로운 뇌물을 받고 청탁을 들어준 것이 있고, 심한 걸로는 청부 살인이나 방화, 역모라고 할 수 있는 타국과의 결탁에 관한 것도 있었다.

"이중에 서른 명 정도가 나를 심사하기 위해 내일 나올 사람들이에요. 곧, 국왕의 시종이 건넸던 비리 목록에 적혀 있던 사람들이죠."

―그래서?

시온의 반문에 나는 펜던트의 검은 돌을 쳐다보았다.

"받은 만큼 토해내게 할 거예요."

ㅡ협박할 생각이라면…….

"아뇨!"

나는 샤이시스의 말에 고개를 저었다. 협박이라니 당치 않았다. 쓸데없이 적을 만들어봤자, 위험만 늘어나는 것이다. 나는 그런 위험 부담을 지고 싶은 생각은 없었다.

"그러니까… 각자 귀족들이 적대하는 상대에게 이 약점들을 팔 거예요."

ㅡ뭐?

놀란 오웬의 목소리에 나는 어깨를 으쓱해 보였다.

"이 정도 정보라면 충분히 사줄 거 아녜요. 서로 상대편의 약점을 쥐고 있으니 적당히 타협을 보지 않을까 생각하지만, 이쪽에서는 접대비로 들었던 액수보다 더 많이 부를 테니까… 비긴 셈치죠 뭐."

이쪽은 국왕의 등짝에 드롭킥을 날리는 진귀한 경험을 해보았던 것이다. 이 정도라면 적당하다고 생각할 수 있었다. 그에 샤이시스가 골똘히 생각하는 듯한 어조로 말했다.

ㅡ한데 상대편도 자신과 비슷한 정보를 손에 넣었다는 것을 알지 못하고, 그 사실을 터뜨려 버리면 어떻게 되는 거냐?

"그야… 할 수 없는 거죠. 사실 이 몇 사람들은 상당히 위험한 수준이라서 누구에게라도 알리는 것이 좋다고 생각해요."

타국과 결탁을 했다던가, 작위를 얻기 위해 사람을 죽였다던가 하는 것은 솔직히 그대로 내버려 두기엔 위험한 것들이다. 하지만 굳이 내가 나서지 않더라도, 그 정적들에게 알려준다면 그들이 알아서 처리하리라 생각되었다.

─손 안 대고 코를 푸는 격이란 건가.

─그리 나쁜 방법은 아니군요. 하지만 그 귀족들에게 접근하는 일이 문제일 겁니다. 세틴님은 이미 그들의 관심을 끌고 있을 테니까요.

시온과 트레스의 말에 나는 멀뚱한 시선으로 펜던트를 쳐다보았다.

"안 도와줄 거예요?"

─왜 도와야 하는데? 더군다나 그런 귀찮은 일은 하기 싫다.

시온의 퉁명스러운 대답에 나는 펜던트의 다른 종속자들을 쳐다보았다.

"다른 분들도 비슷한 생각이세요?"

─인간을 상대하는 일이라… 나쁘지는 않지만 내 마음대로 할 수 없다는 점이…….

말끝을 흐리는 오웬의 말에 나는 눈살을 찌푸렸다.

"고위 귀족을 건드려 봤자 좋을 일은 없잖아요. 꼭 오웬의 타입이라는 보장도 없고."

오웬이 좋아하는 젊은 청년의 이미지란 내가 뽑아놓은 목록의 자들 중에는 없는 것이다. 그들의 아들들이라면 모를까, 대부분이 중년을 넘어 노년을 바라보는 나이였다.

─하지만 굉장한 내용이어서… 이런 것들이 받아질지 모르겠습니다. 차라리 그 국왕이라는 자에게 돈을 받고 넘겨도 될 텐데 말이지요.

"하지만 그래서는 내가 했다는 것이 들통나잖아요. 그 국왕님께서 이것은 눈감아줄 것인지, 아니면 숙청의 기회로 삼을 것인지도 확신할 수 없고 말이죠."

타국과의 결탁은 눈감아줄 수 없는 부분이기는 하지만, 집안 내의 살인이나 뇌물 수수, 청탁 같은 것은 그대로 모른 척할지도 모른다는 생각이 들었던 것이다. 얕볼 수 없는 사람이라는 것은 알겠지만, 신뢰하는 것은 조금 더 시일이 지난 후에 생각해 볼 문제였다.

　―…사람을 상대하는 것이라면 다른 분들보다는 제가 나을 겁니다. 마법으로 모습을 바꿀 수도 있고, 또… 익숙하니까요.

트레스의 말에 나는 펜던트의 다른 돌들을 쳐다보았다.

"다른 분은요? 없어요?"

　―내가 하지…….

힉! 나는 움찔하며 펜던트를 쳐다보았다.

"아, 아리시네스가요? 저기… 다른 모습으로 변신할 수…….."

　―있어…….

그의 음습한 목소리에 등줄기로 소름이 쫘악 돋아났다.

"하, 하하… 그, 그러세요."

나는 어색하게 웃으며 고개를 돌렸다. 항상 느끼는 거지만 저 목소리는 적응이 안 된다.

　―나도 할게. 물론 대가는 있는 거겠지?

오웬의 목소리에 나는 고개를 끄덕였다.

"예. 딱 하루만 줄 거지만요."

　―…너무 인색한 거 아냐?

흘기는 듯한 시선에 나는 펜던트를 바라보며 말했다.

"남자… 꼬셔도 아무 말 안 할게요."

　―좋아!

에레타나 세리나는 이 일이 그리 마음에 들지 않는지 계획을 말하자 더 이상 아무 말도 하지 않았다. 시온과 레스트레온은 무슨 시시한 뒤치다꺼리쯤으로 여기고 상대해 주려고 하지 않았다. 샤이시스는 사람을 대하는 일에 익숙지 않고 말이다.

'하지만… 대체 아리시네스가 어떻게 흥정을 하려고 그러는 거지? 걱정된다, 걱정돼…….'

각자 열 명 정도의 정보를 받고, 트레스와 오웬, 그리고 아리시네스는 호텔 방을 나갔다. 말은 저녁때까지는 돌아온다고 했지만, 실제로 시간이 얼마나 걸릴지는 알 수 없는 노릇이었다. 나는 급사를 불러 아침 식사를 시키고 다시 방으로 돌아왔다.

'이제는 정말 기다리는 일만 남은 건가.'

아직 식사도 도착하지 않았으므로 나는 물끄러미 펜던트를 바라보았다. 이제까지 내게 말을 붙이지 않았던 나머지 세 사람이 떠올랐던 것이다. 내 시선을 느낀 것인지 레스트레온이 말을 걸었다.

—왜 그러는 거냐?

"음… 그 안에서요. 각자 이야기할 수 있는 거지요? 제게 꼭 말을 걸지 않아도 각자 이야기를 나눈다던가……."

내가 말하자 레스트레온은 냉험한 목소리로 말을 잘랐다.

—아니, 그런 것은 없어. 계약자는 우리의 행동을 제어할 수 있지만, 우리는 그렇지 못하지. 너는 계약의 말을 실행함으로써 우리의 목소리를 단절시킬 수 있지만, 우리는 네 뜻에 의한 것이 아니라면 우리의 목소리를 감출 수조차 없는 거다.

"어… 죄송해요."

무심결에 대답하자 레스트레온은 다소 누그러진 말투로 말했다.

—네가 죄송할 것까지는 없겠지. 네가 이렇게 만든 것은 아니니 말이다.

내가 이들을 이렇게 만든 것은 아니었지만, 괜히 미안하다는 생각이 들었다. 언제나 유리창 너머의 세상을 보듯 내 행동이나 돌아가는 일들을 이들은 지켜만 보고 있어야 하는 것이다. 시온은 종속자들 모두가 나를 통해 이 세계에 어떤 영향을 끼치고 싶어할 것이라고 말했지만, 나는 이들이 그럴 수밖에 없다는 생각이 조금… 들었다.

'그렇다고 해서 이용당해 줄 생각 같은 것은 없지만……'

때마침, 방으로 식사가 도착하여 문을 열었다. 나는 아까의 레스트레온의 말도 있었기 때문에 종속자들에게 같이 먹겠냐고 물었지만, 샤이시스와 레스트레온만이 먹겠다고 대답했다. 시온은 귀찮다는 투였고, 세리나와 에레타는 천족이기 때문에 음식을 먹지 않는다고 했다.

─그런데, 벌써 네 명을 불러내지 않았어? 더 부를 수 있나?

지나가는 듯한 시온의 목소리에 나는 눈을 동그랗게 떴다. 그러고 보니 트레스, 오웬, 아리시네스에 지금 자유 시간을 즐기고 있는 이플리트가 있는 것이다. 이 이상 부르는 것은 무리다.

"우… 죄송해요……."

고개를 푹 수그리며 말하자 레스트레온은 피식 웃었고, 샤이시스는 괜찮다고 말했다. 하지만 이래 가지고는 괜히 놀린 꼴밖에는 되지 않는 것이다. 나는 평소에 종속자들을 그리 많이 부르려 하지 않았던 것도 잊고, 설명서를 꺼내서 무슨 방법이 없나 찾아보았다.

[현재 소환할 수 있는 인원은 다섯 명.]

'한 명 늘었잖아……? 대체 어떻게 했길래 늘어나는 거지?'

다시 빤히 설명서를 내려다보았지만, 다른 글귀가 떠오를 기미가 보이지 않았다. 내가 설명서를 펜던트로 들어 보이자 시온이 말했다.

─그게 뭐가 어쨌다는 거냐?

"전보다 늘었잖아요."

─…쓸데없는 소리 말고 밥이나 먹어. 네가 늘었다고 한 명이라도 더 불러낼 거냐? 아니잖아.

'아니, 뭐… 아니긴 하지만…….'

그렇다고 언제까지나 한두 명만 부를 생각은 없었다. 어느 정도 익숙해진다면 좀 더 많은 수를 불러낼 생각이었던 것이다. 열두 명 전부를 불러낼 수 있으면 좋겠지만, 아직 그 정도로는 친해지지 않은 데다가 한도가 어디까지인지 알 수 없었다.

"가끔이기는 하지만 많이 불러낼 때도 있는 거잖아요. 계속 늘어나서 신기한데… 뭘 어떻게 했길래 느는 거죠? 따로 훈련 같은 것을 한 적도 없는데."

─우리의 힘을 빌린다고는 해도, 육체라는 그릇은 네 것을 사용하는 거잖아. 아마도 너는 처음보다 체력이나 마력이 월등히 높아졌을 거야.

'그런가? 나 자신은 전혀 느끼지 못하겠는데.'

세리나의 말에 나는 고개를 끄덕이며 펜던트의 샤이시스와 레스트레온을 쳐다보았다. 아까 먹겠다고 말했으니 둘 중에 한 사람이라도 밖으로 나오라는 뜻에서였다. 번갈아가며 나와도 상관없고 말이다. 하지만 레스트레온은 흥미가 떨어졌는지 거절했고, 샤이시스만이 나왔다.

"…사람으로 변신 안 해요?"

"뭐 하러? 나는 이게 편해. 방 안에서는 다른 인간들의 시선을 의식

할 필요도 없고."

샤이시스의 말에 나는 내 식사를 적당히 접시에 덜어다 바닥에 내려놓았다. 샤이시스가 의자에 앉아 음식을 먹는 것은 문제가 있었던 것이다. 내가 접시를 바닥에 내려놓자, 샤이시스는 음식 위로 고개를 숙이고 우적우적 먹기 시작했다.

'헉! 꼬, 꼬리를 흔든다… 맛있다는 건가?'

내가 놀란 눈으로 샤이시스를 쳐다보자 내 시선을 느꼈던 것인지 샤이시스가 고개를 들었다.

"왜 그러는 거지?"

"아뇨. 꼬리가 흔들려서……."

그러자 샤이시스는 눈매를 좁히며 말했다.

"…그런 건 조건반사야."

'누가 뭐라나…….'

아침 식사였지만, 적은 양을 시키지 않았기 때문에 양은 충분했다. 양상추 샐러드에 넙치 구이를 먹고 망고 푸딩을 들었다. 샤이시스는 푸딩보다는 파이 쪽이 좋다고 했기 때문에 후식으로 들어왔던 체리 파이를 내려주었다. 먹다 보니 상당히 많은 양이었음에도 하나도 남기지 않고 다 먹어버렸다.

'두 사람이 함께 먹은 거니까. 하지만 생선 머리를 먹어버린 것은…….'

반을 잘라서 머리 쪽을 샤이시스에게 건네고, 꼬리 쪽을 내가 먹었던 것이다. 당연히 뼈는 꼬리 쪽의 절반만 남게 되었다. 나는 힐끗 접시를 내려다보았지만, 이미 먹어버린 것은 어쩔 수 없었다 빈 접시를 다시 손수레 위에 올려놓고 문밖으로 내보냈다.

─나갈 생각이냐?

　레스트레온의 물음에 나는 고개를 끄덕였다. 지금 입고 있는 옷은 길이가 조금씩 길었으므로 방으로 들어가서 중성일 때 샀던 옷으로 갈 아입었다. 대충 옷을 챙겨입고 나오자 펜던트 속의 세리나가 말했다.

　─확실히 중성일 때와의 차이를 못 느끼겠어.

　"…알고 있으니까 각인시키지 말아요."

　옷은 남거나 모자라는 것이 없이 딱 맞았다. 세리나의 말을 부정할 수가 없는 것이다. 게다가 딱 붙는 옷을 입지 않고서야 성별 자체도 분간이 되지 않았다.

　'한마디로… 남자일 때도 어깨 폭이 그리 크지 않다는 거로군. 열여섯이 그리 어린 나이는 아닐 텐데… 내가 성장이 느린 건가…….'

　쓸데없는 생각에 암흑의 오라를 띠고 있는 나를 샤이시스는 한숨을 쉬며 바라보았다.

【제6화】

마를 부르는 자

마를 부르는 자

복도에서 마주친 사람들마다 벽으로 붙어 최대한 떨어지려 하고 있었다. 누군가의 호위 역으로는 딱이겠지만, 안타깝게도 나는 그런 것이 필요없었다.

"그 모습으로 그냥 나갈 거예요?"

샤이시스에게 묻자 내 옆에서 걷고 있던 그는 뭐가 문제냐는 듯이 나를 돌아보았다. 샤이시스는 잠시 우리 곁을 지나던 사람이 멀어진 것을 확인하고는 입을 열었다.

"물론이다."

'송아지만한 개(?)가 말을 하면 사람들이 이상하게 생각할 텐데······.'

결코 입 밖으로 낼 만한 소리는 아니었지만, 저 모습 그대로는 제대로 말을 할 수가 없는 것이다. 저 모습 하나만으로도 눈에 띄는데, 거기다 말까지 하면… 누군가 잡아다 서커스단 같은 곳에 팔고 싶어할지 모른다. 혹은 특이한 취향을 가진 부자나 귀족한테 팔아넘긴다던가.

하지만 샤이시스는 인간의 모습으로 변해야 할 필요를 느끼지 못하는 모양이었다.

"뭐가 문제지? 지금처럼 인적이 드문 곳에서만 말을 하면 될 일이 아니냐."

"그렇기는 하지만… 당사자가 지켜줄는지……."

다소 의심스럽다는 듯이 말하며 물끄러미 바라보자 샤이시스는 이해할 수 없다는 듯이 고개를 갸웃했다.

"확실히 지킬 거다. 소란이 일어나면 곤란해지니 말이다."

'…전에 한번 해본 적이 있었던 건가.'

호텔 안에 애완 동물 반입 금지라는 말이 있었던 것은 아니지만, 샤이시스가 워낙 크기가 큰 터라 지배인이며 급사가 당황한 눈길로 나를 쳐다보았다. 하지만 그렇다고 해서 샤이시스를 가리키며 얌전해요~ 따위를 말할 수는 없는 노릇이다. 그랬다가는 화를 낼 테니까.

지배인은 불평을 해야 하나 말아야 하나로 갈등하는 듯이 나를 쳐다보았지만, 나는 그를 무시하고 호텔 밖으로 나왔다.

무투대회도 흐지부지 끝나고, 한때 일었던 소동도 가라앉은 수도는 한가한 모습이었다. 축제도, 따로 화젯거리도 없는 이상은 조용해지기 마련이었다. 커다란 개(?)처럼 보이는 생물체가 거리를 배회하자 사람들의 시선이 모였지만, 오가는 사람이 그리 많지 않아 큰 소란이 일지는 않았다.

'확실히 은색 털을 가진 개(?)는 흔치 않지.'

신기한 듯 힐끗힐끗 바라보는 시선에 나는 그렇게 생각했다. 샤이시스는 크기도 컸지만, 보기 드문 은색 털을 가지고 있었던 것이다. 사실 은색의 털을 가진 동물에 대해서는 들어본 적도 없다. 뭐, 또 내가 모르는 세계이니 있을지도 모르겠지만 말이다.

"우와! 만두가 있다!"

나는 놀란 눈을 하고 근처 노점상으로 달려갔다. 간단한 구조로 된 노점상에서 만두처럼 보이는 음식이 있었던 것이다. 몇 가지 튀김과 꼬치, 구이 등을 팔고 있는 가게의 주인은 송아지만한 샤이시스와 함께 내가 달려오자 깜짝 놀라며 나를 쳐다보았다.

"헤에~ 과연 사람들의 생각은 비슷비슷한 모양이네~"

집에서 자주 먹던 반달 모양이나 동그란 모양의 만두가 아니었다. 얇은 피로 속을 막대기 모양으로 감싸 기름에 튀긴 음식이었다. 이것저것 종류별로 한 봉지를 사서 얼른 노점상을 빠져나왔다. 오래 있었다가는 장사하는 데에 방해가 될 테니까.

나는 주위를 두리번거리다 광장의 한쪽에 커다란 동상이 있는 것을 보고 그 앞의 받침대에 앉았다. 조금 높아서 발이 닿지 않을 정도였지만, 그늘이 져서 시원할 것 같았기 때문이다. 내가 올라가자, 샤이시스가 어렵지 않게 내 옆으로 올라서 앉았다.

"아직 오전이라 한산하네요. 샤이시스, 먹을래요?"

내가 튀김을 내밀며 말하자 샤이시스는 고개를 끄덕였다. 튀김과 만두처럼 보이는 것 네 개를 샤이시스에게 건네주고 나도 만두처럼 보이는 그것을 집어 드는데, 누군가 내 앞으로 걸어왔다.

"심심한가 보지?"

히죽거리며 웃는 낯에 나는 눈을 깜박이고는 만두(?)를 입에 넣었다. 바삭한 것이 내가 생각한 만두와 비슷한 맛이었지만, 뭘 넣었는지 이쪽은 약간 톡 쏘는 맛이 있었다. 내가 만두를 우물거리며 고개를 돌리자 내게 말을 걸었던 남자는 싱긋 웃으며 다시 말했다.

"아가씨… 아니, 꼬마인가? 우리 재미있는 곳으로 가지 않을래? 내가 좋은 곳을 알고 있는데……."

나는 모른 척하고 봉투 속으로 다시 손을 집어넣었다. 꼬치는 샤이시스가 먹기 불편한 것이었으므로 하나씩만 샀다. 정체 모를 해산물이 끼워진 꼬치를 덥석 베어 무는데, 남자가 내 옆으로 앉으며 은근한 목소리로 말했다. 나보다 머리 하나는 더 큰 남자였는데, 어린아이 취급하는 것이 은근히 기분 나빴다.

"뾰로통해 보이는 표정이 제법… 으왁!"

내 등을 돌아 불쑥 모습을 드러내는 샤이시스의 모습에 남자는 질겁을 하며 자리에서 일어났다. 샤이시스가 그 커다란 이빨을 드러내며 으르렁거렸던 것이다. 남자는 그것에 사색이 되더니, 샤이시스가 동상의 단상 아래로 뛰어내리자 금세 도망쳐 버렸다.

"…저런 녀석은 모른 척하는 게 아니라 따끔하게 혼을 내줘야 귀찮게 하지 않아."

다시 어슬렁 단상 위로 올라가며 샤이시스는 그렇게 말했다. 꼬치를 거의 다 먹어가던 나는 우물거리며 그에게 말했다.

"내가 만만해 보이나 봐요. 전에도 그렇고, 다들 쉽게 접근하는 거 보면."

―눈은 동그랗고, 체구는 작고 호리호리하잖아. 그렇게 생각해도 할 말 없는 거지.

세리나의 말에 나는 눈살을 찌푸렸다.

"…지금 내가 발육 부진이라는 거예요?"

―그런 말은 안 했어!

하지만 그렇게 들렸다고요. 나는 내가 못해도 평균 정도는 된다고 생각했는데, 여기서 어르신(?)들과 어울리다 보니 어쩐지 어린아이 취급을 받는 것 같았다. 사실, 라힐이나 레오폴드를 제외하고는 다들 스무 살 이상의 어른인 것이다. 그들과 비교하여 체격이 작더라도 그건 당연한 일이 아닌가.

'이런 소리 해봤자 세리나는 레오폴드랑 비교해도 차이가 많이 난다고 하겠지만……'

―하지만 굳이 그런 이유를 대지 않더라도… 일단 머리 색이 튀니까.

시온의 퉁명스러운 목소리에 나는 펜던트를 내려다보았다.

―내가 밖으로 나갔을 때에도 다들 쳐다보더군. 이곳은 검은 머리 색이 있더라도 너나 나처럼 짙은 검은색은 드물기 때문에 눈길을 끄는 걸 거다.

아뇨. 시온은 일단 키가 크기 때문에 보기 싫어도 눈에 보여요. 군중 속에 있으면 시온의 머리만 윗세계를 바라보고 있으니까. 시온의 키를 십 분의 일 정도만 받았으면 좋겠다는 얼토당토않은 상상을 하며 나는 두 번째 꼬치로 손을 가져갔다. 물론 샤이시스에게는 아까 먹었던 것 말고 다른 튀김 세 개를 건네고 말이다.

"잘하고 있는 건가……"

굴꼬치를 우물거리며 말하자 세리나가 물었다.

―왜? 뭔가 이상해?

"아뇨. 지금까지는 잘하고 있는 것 같은데… 확실히는 모르겠어요."

나는 고개를 저으며 펜던트의 동공을 바라보았다. 동공 속에는 누구인지 모를 남자가 저택의 집사로 보이는 사람의 안내를 받아 이층으로 올라가고 있었다. 내가 보고자 한 사람은 아리시네스이므로 저 남자는 분명 그일 것이다. 평범한 인상의, 약간 후줄근한 옷차림의 남자로 변신한 그는 연신 굽신거리며 계단을 올라갔다.

─협상을 할 본인을 만나려는 거라면 저런 방법을 쓸 필요가 있나? 곧장 찾아가면 그만이잖아.

시온이 퉁명스럽게 말하자 레스트레온이 한심하다는 듯이 말했다.

─그렇게 하면 상대가 이상하게 생각하고 경계를 할 거 아냐. 수상쩍게 생각할 수도 있고.

커다란 홀을 지나 복도를 지나는 아리시네스는 주의 깊은 눈길로 저택의 내부를 살피고 있었다. 나는 아리시네스의 행동이 심히 불안스러웠지만, 내 쪽에서는 펜던트 동공 너머의 목소리까지는 들을 수가 없었다. 혹 종속자들이 이쪽을 향해 말을 한다면 모를까.

"오, 안으로 들어갔다! 들어갔어!"

─누군지 알겠냐?

시온이 물었지만, 아리시네스가 들어간 방 안에 있는 남자는 내가 모르는 사람이었다. 어차피 나도 작위와 성만 알 뿐이지, 얼굴까지는 알지 못했다.

"모르겠어요. 아리시네스에게 건넸던 목록의 사람일 텐데……."

─이쪽에서 말을 걸면 들을 수 있잖아. 말을 걸지 그래?

세리나의 물음에 나는 물끄러미 펜던트의 동공을 들여다보며 말했다.

"물어보기 무섭잖아요."

─…뭐 때문에 녀석을 무서워하는 거야? 녀석이 어디가 무섭다고.

시온의 툴툴거리는 말에 나는 단호히 대답했다.

"전부 다요!"

—너 난 안 무서워하잖아.

그게 불만인 건가? 이런 말은 미안하지만, 시온은 진짜 무섭지가 않다. 무언가가 아리시네스와는 근본적으로 다르다고. 아리시네스는 속에 있는 무언가를 끄집어내는 것처럼 묘하게 두려움을 느끼게 만들지만, 시온은 마족 특유의 위험스러움이 느껴질 뿐이지 아리시네스와 같은 것은 없었다.

동공 속의 아리시네스는 평소의 그라고 생각할 수 없는 표정으로 무언가를 말하고는 바라듯 남자를 쳐다보았다. 그러자 남자는 경멸하듯 아리시네스를 쏘아보고는 금고를 열어 금화가 담긴 주머니를 건넸다. 무게를 가늠하듯 자루를 받아 드는 모습에 남자가 무어라고 달하자, 아리시네스는 얼른 품속에서 봉투 한 장을 꺼내 남자에게 내밀었다.

—성공한 모양이로군.

레스트레온의 목소리에 나는 고개를 끄덕였다. 비굴한 표정을 띠며 밖으로 나온 아리시네스는 저택 안에서 자신을 미행하기 위해 누군가 뒤따라온다는 사실을 알고 근처 술집으로 들어갔다. 주인에게 화장실이 어디 있는지를 묻고 안으로 들어가 모습을 바꾼 것이다. 다른 사람의 모습으로 화장실을 나오자 미행을 하던 남자들은 그를 알아보지 못했다.

'무언가 능숙하네.'

일단을 봐서는 안심해도 될 것 같았다. 사실 위험해지더라도 저들이 위험해지지 종속자들에게는 아무 문제가 없는 것이 아닌가. 나는 새우튀김을 우물거리며 펜던트의 동공에서 눈길을 떼었다.

"일단 괜찮은 것 같으니까 덮어두고."

─얼마 보지도 않았는데 덮어두냐?

시온이 핀잔을 주었지만, 하루 종일 펜던트의 동공을 들여다볼 수도 없는 노릇이었다. 나는 세 개 정도 남은 튀김을 샤이시스에게 건네고 마지막 남아 있던 만두를 입에 물었다.

"종일(우물)… 그것만 쳐다보고 있을(우물우물)… 수는 없잖아요."

─다 씹고 말해!

시온은 괜히 성질이야. 나는 빈 종이 봉지를 들고 동상의 단상 위에서 내려왔다.

"다시 왕궁으로 돌아가려는 건가?"

샤이시스의 물음에 나는 멀리 보이는 왕궁을 쳐다보았다. 오늘 낮 동안은 아리시네스나 다른 종속자들이 괜찮은 것인지 살펴볼 생각이었지만, 그들은 생각 이상으로 잘해주는 것 같았다. 그런 거라면 그 일에 대해서는 더 이상 신경 쓸 필요가 없는 것이다.

"그 공작 말고도, 배후에 대해서 알고 있는 사람이 또 있잖아요. 만나러 가려고요."

─무언가 알고 있을까? 그 녀석 바보 같던데.

레스트레온의 단호한 한마디에 나도 그런 것이 아닐까 생각했지만, 그래도 혹시 모르는 일이었다.

"그래도 혹시 모르잖아요. 일단은 마족이니까, 이 근방에 있는 마족에 대해서 알고 있을지 모르죠."

─그 녀석을 우습게 여기거나 싫어하는 녀석을 말이냐?

그럴지도 모른다는 생각은 들었지만, 시온이 말하니까 진짜 같았다.

"만나보면 알겠죠 뭐."

나는 그렇게 말하고는 왕궁을 향해 돌아섰다.

몇 번이고 들어갔다가 나왔던 곳이었지만, 높은 첨탑을 둘러싼 성벽을 지날 때는 기분이 좋지 않았다. 저 안에 들어갔다가 그대로 빠져나오지 못할 듯한 기분이 드는 것이다. 그것은 내가 관광지의 성을 찾아온 것이 아니라는 것을 의식하고 있기 때문일지도 몰랐다.

'꼭 개학식 날 학교 건물을 보면 이런 기분이 들더니만……'

샤이시스에게는 이미 보이지 않게 하라고 말한 뒤였다. 왕에게서 왕실의 문장이 새겨진 반지를 받은 적이 있었기에 통과하는 것은 문제가 아니었지만, 샤이시스가 들어가는 것은 제지를 받을 것 같았기 때문이다. 아니, 확실히 제지할 거라고 본다.

성문을 지나며 슬쩍 반지를 보이자 병사는 다급히 경례를 붙였다. 덕분에 주위에 있던 사람들이 이쪽을 쳐다보기는 했지만 무난히 안으로 들어갔다.

"어디에 두었을 것 같아?"

샤이시스의 물음에 나는 힐끗 안쪽의 커다란 돔이 보이는 건물을 쳐다보았다.

"지난번 자리에서 옮기지 않았을 것 같긴 한데… 그 궁정 마법사라는 사람의 연구실이라던 지하 실험실이라던가, 지하 감옥 같은 데에 있을 것 같아요."

─죄다 접근하기 힘든 곳만 있구나. 어떻게 들어갈 생각이야?

세리나가 묻자 나는 펜던트를 들여다보며 말했다.

"부탁할 거예요."

─너 그걸 들어줄 거라고 생각하는 거냐?

"날 찾아온 거잖아요. 만나게 해줄 거라고 생각하는데?"

당연하다는 듯이 시온에게 대답하자 그가 한숨을 쉬는 소리를 들을 수 있었다.

　─마음대로 해라. 별로 될 것 같지는 않지만.

　"가끔이라도 사람에게는 긍정적인 사고가 필요하다고요."

　─안 어울리는 소리는 작작해!

　투덜거리는 시온의 외침을 한 귀로 흘리며 나는 우선 궁정 마법사라는 그 사람을 찾았다. 처음 보았던 곳이 왕궁의 지하 취조실이므로 내가 그냥 들어가려 하면 들여보내 줄 리가 없으니 말이다.

　"아뇨. 이곳에는 계시지 않습니다. 혹 저녁때쯤이라도 돌아오실지 모르니 기다리시겠습니까?"

　낯 모르는 청년이 고개를 저으며 하는 말에 나는 눈살을 찌푸렸다. 물어물어 찾아간 곳이 그 마법사 할아버지의 집무실이었던 것이다. 정작 문을 두드리니 책상은 비어 있고, 안에는 서류 같은 것을 정리하고 있던 이 녀석뿐이었다.

　'내가 미쳤나! 지금 시간이 몇 시인데! 저녁때까지 몇 시간이나 남은 줄 알아!'

　…라고 소리치고 싶었지만, 일단 꾹 누르고 방긋 웃으며 눈앞의 청년에게 물었다.

　"그럼 어디 가셨는지……."

　그러자 청년은 여전히 딱딱함으로 무장한 무표정한 얼굴로 대답했다.

　"개인적인 용무 중이시라 저도 알지 못합니다."

　'공무 수행 시간 중에 잘도 개인적인 용무로 자리를 비웠다고 말하는군.'

청년의 눈빛은 '이제 볼일 다 끝났으면 돌아가시죠?' 였지만, 내 볼일은 지금부터였다. 나는 슬쩍 청년을 얼굴을 쳐다보고는 이렇게 말했다.

"그럼 마법사님께서 돌아오신다면 이렇게 전해주시지 않겠습니까? 그 마족에 대한 단서를 잡았다고 말입니다."

순간 무표정했던 청년의 눈이 커졌다. 잠시 당혹스러운 표정을 지었던 청년은 얼른 낯빛을 바꾸며 말했다.

"저녁 전에 들어오실지도 모르는데, 바쁘시다면 제가 직접 전해 드릴 수도 있습니다."

안 됐지만, 전해줄 단서 같은 것은 전혀 없었다. 미끼를 덥석 물은 청년을 바라보며 나는 냉담하게 말했다.

"마법사님께 직접 전해 드려야만 하는 것이라서요. 나중에 뵙도록 하겠습니다."

꾸벅 인사를 하고 나가려는데, 청년이 다급히 내 윗옷 자락을 붙잡았다. 내가 놀란 얼굴로 그를 쳐다보자 청년은 조금 무안했던지 얼굴을 붉히며 말했다.

"스승님께서 말씀하시지는 않았습니다만, 어디를 가셨는지 짐작 가는 곳은 있습니다. 제가 그리로 안내해 드리지요."

'미끼를 덥석 물다 못해 삼켰군……'

나는 청년의 말에 천천히 고개를 끄덕였다.

궁정 마법사라는 사람은 내 예상대로 지하 취조실에 있는 모양이었다. 몇 개의 문을 통과하고, 긴 지하의 터널을 내려가자 전에 본 적이 있는 커다란 철문이 눈에 들어왔다. 문 앞을 지키고 있던 병사와 기사는 의심스러운 눈길로 나를 쳐다보았지만, 청년이 눈짓을 보내자 문을 열어주었다.

커다란 철문의 옆으로 조그맣게 나 있던 쪽문을 지나자 거대한 돔의 내부가 한눈에 들어왔다.

'여전하네…….'

바닥에는 커다란 마법진이 그려져 있고, 그 중앙에는 예의 그 마족이 심드렁한 표정으로 앉아 있었다. 돔 한쪽으로는 여러가지 기재들이라던가, 마법 도구들이 놓여 있고, 몇몇 마법사들이 심각한 표정으로 무언가를 하고 있었다. 그 반대쪽으로는 만약의 사태를 대비한 기사들이 서서 연구를 지켜보고 있었지만, 솔직히 별반 도움이 될 거라고는 생각되지 않았다.

그 모든 것을 지휘하고 있던 왕궁의 수석 마법사 할아버지는, 자신의 제자와 함께 돔 안으로 들어서는 나를 발견하고는 손을 멈추고 다가왔다.

"오오, 이게 누구신가! 여기에는 어쩐 일이지?"

놀란 듯이 묻는 말에 제자인 청년 쪽에서 공손한 어조로 그에게 말했다.

"저 마족에 대한 단서를 가지고 온 사람입니다."

청년의 말에 마법사는 순간이었지만 눈살을 찌푸렸다. 그러더니 웃으며 청년에게 말했다.

"알았으니, 너는 사무실로 돌아가거라. 내 맡겼던 일도 잊지 말고."

"아, 알겠습니다."

청년은 아쉬운 듯이 돔 안을 쳐다보고는 바삐 밖으로 빠져나갔다. 길게 울리는 철문의 문소리를 들으며 마법사는 내 쪽으로 고개를 돌렸다.

"똑똑한 척은 다 하지만, 그리 영리하지는 못한 녀석이지. 아마도 자네가 그 마족을 잡았다는 사실을 기억하고 그 말을 믿은 걸세. 그래, 무슨 용무로 나를 찾은 건가?"

자신의 제자가 속아 넘어간 것이 대수롭지 않다는 듯이 말하며 노마 법사는 나를 쳐다보았다. 내가 막 대답하려는데, 그는 나를 물끄러미 쳐다보더니 이상하다는 듯이 말했다.

"전과는 조금 달라 보이는군. 그… 저주가 풀린 겐가?"

의심스러운 어조로 하는 말에 나는 서둘러 고개를 끄덕였다. 그냥 하는 소리이긴 하지만, 이 사람 앞에서 아프렌 족이니 어쩌니 한다면 상당히 위태로울 것 같다.

"그래서 용무는?"

간단한 물음에 나는 다시 간단히 대답했다.

"저 마족과 할 얘기가 있어서요."

내 대답에 궁정 마법사는 눈을 깜박였다.

"아는 사이였나?"

"아뇨. 하지만 저쪽에서는 나를 알고 있는 것 같아서요. 비록 이름뿐인 것 같지만… 그에 대해 물어볼 것이 있어요."

마법사는 자신의 연구와 마법에 대한 것이 아니라면 관심이 없는지 대수롭지 않다는 듯한 어조로 말했다.

"마음대로 하게. 하지만 비밀은 보장 못해. 보다시피 저 마법진 밖으로 빼낼 수는 없으니까 말이야."

"상관없어요."

내가 대답하자 마법사는 마음대로 하라는 듯이 돌아섰다. 낯선 사람의 등장에 잠시 손을 놓고 이쪽을 바라보고 있던 궁정 마법사들은 이쪽의 마법사 할아버지가 신경 끄라는 듯이 손을 내젓자 고개를 돌렸다.

'뭘 연구하는 거지? 확실히 마족은 잡아놓은 것 같은데……'

슬쩍 크리스탈 케이스며 연구 자재들을 쳐다보았지만, 나로서는 알 수가 없었다. 나는 경계 어린 시선으로 이쪽을 바라보는 기사들의 눈길을 받으며 마법진 앞에 섰다. 마법진 안의 마족은 관심없다는 듯이 자신의 손목에 찬 수갑을 바라보고 있었다.

—며칠 사이에 많이 바뀐 모양이로군.

"글쎄요. 저 마법사님이 무얼 연구하는 것인지 우리는 모르니까요."

나라면 필요한 것만 묻고 죽여 버리던가, 봉인해 버리던가 하겠지만 저 사람은 생각이 다른 모양이었다. 내가 다가오자 무신경한 눈길로 수갑을 쳐다보던 마족이 휙 고개를 들었다.

"너는… 그때의 그 꼬마로군."

나 작은 데 보태준 거 있냐! 그렇게 작지는 않아! 이 안에 십대가 없어서 그런 거라고!

나는 눈살을 찌푸렸지만, 마족은 대수롭지 않은 표정으로 내 옆 자리를 바라보았다.

"대단한 걸 끌고 다니시는군. 내게는 다 보이지 그게……."

"그럼 내가 누군지도 알고 있겠군?"

내가 묻자 마족은 가소롭다는 듯이 나를 쳐다보았다.

"네깟 인간이 누구길래 내가 알아야 하는 거지?"

"왜? 대로 위에서 큰 소리로 불러댔잖아. 날 보고 싶어서 부른 것이 아니었나 보지?"

그러자 마족의 눈매가 가늘어졌다. 그는 믿어지지 않는다는 투로 나를 쳐다보았다.

"네가… 그 레플리카냐?"

"그래."

순간 앉아 있던 마족이 튀어 올랐다. 거대한 전류가 마법진 위로 흐르고 마족의 손목과 발목에 채워졌던 구속구의 문장들이 번쩍번쩍 한 빛을 발했다. 쏟아지는 빛의 사슬이, 마족의 몸을 이리저리 구속했지만, 녀석은 몸부림치며 나를 향해 손을 뻗었다. 하나, 이중 삼중으로 된 마법진의 실드가 그것을 허용하고 있지 않았다.

갑작스러운 난동에 대기하고 있던 기사들이 놀란 것인지 황급히 내 쪽으로 달려왔다. 나는 조금 놀라 뒤로 물러섰을 뿐, 그를 빤히 바라보고 있었다.

"내 기억에 당신에게 원한을 살 만한 일을 한 기억은 없는데?"

"네 녀석이 아니라면 이 저주받을 마법진 안에 갇힐 일도, 이런 수모를 당할 일도 없겠지! 네놈을 갈기갈기 찢어 펄떡펄떡 뛰어오르는 네 심장을 산 채로 뽑아주마! 뜨거운 핏물로 가득 찬 네 심장을 물어뜯는 것도 유쾌한 일이겠지!"

'비릴 텐데……'

마법의 사슬에서 불꽃이 튀어 올랐지만, 그에 묶여 있는 마족은 물러설 생각이 없는 것 같았다. 팔다리를 휘감고, 상체를 기어올라 간 사슬이 목을 휘감자 마족은 다시 한 번 몸부림치며 울부짖었다. 그 섬뜩한 기세에 나는 멋쩍은 표정으로 그를 쳐다보았다.

―네놈이 멍청한 것을 누굴 탓하는 거냐?

시온, 그런 말을 해봤자 화만 낼 거 아녜요. 시온의 싸늘한 목소리에 내가 한숨을 쉬며 무어라 말할 찰나, 그 말을 옮겨주는 이가 있었다.

"'네놈이 멍청한 걸 누구 탓을 하는 거냐'라고 말하는군."

"샤이시스! 그걸 전해주면 어떻게 해요!"

당황해서 소리쳤지만, 이미 쏟아버린 물이요, 깨져 버린 항아리, 다 타버린 문서… 가 아니로군. 아무튼!

다가온 기사들이 웬 소란이냐는 얼굴로 나를 쳐다보았지만, 나로서는 답해줄 말이 없었다. 갑자기 화를 내는데 나더러 어쩌라고. 마족이 다시 진정된 듯싶자, 기사들은 내 정체를 묻고 싶다는 표정으로 나를 쳐다보았지만, 나는 모른 척하고 다시 마족에게 고개를 돌렸다.

"내 탓을 해봤자… 내 쪽은 정당방위라고요."

사실 홧김에 던진 그게 맞을 줄은 몰랐다. 사납게 뜬 눈으로 나를 노려보는 모습은 시온을 닮았지만, 아쉽게도 박력이 부족했다. 시온은 저렇게 사납게 소리치지 않아도 더 무섭단 말이지.

어차피 저쪽은 내가 물어볼 말에 대해서 짐작하고 있을 터였다. 무언가 협상을 원할지도 모르지만, 나는 그런 협상에 응할 마음도 권한도 없다.

"…무언가 크게 기대를 하고 여기에 온 것은 아니에요."

"나를 이곳에서 빼내준다는 것이 아니라면 꺼져라. 나는 아무것도 할 말이 없어."

그에 나는 물끄러미 그를 바라보며 말했다.

"그러니까… 당신을 그렇게 만든 녀석을 위험에 빠뜨릴 생각은 없어요?"

내 물음에 마족은 고개를 들어 나를 쳐다보았다.

"어차피 당신은 그 안에서 빠져나올 수 없잖아요? 당신을 원망하고 있는 나라든지, 당신을 이곳으로 인도한 그자를 어떻게 할 수 없지요. 하지만 나라면……."

무표정한 얼굴로 나를 쳐다보고 있던 마족이 입을 열었다.

"네가 그자를 어떻게 해보겠다는 거냐?"

가볍게 코웃음을 치는 말에 나는 그의 앞에 쪼그리고 앉았다.

"할 수 있다고 생각하는데. 그쪽도 잡혔잖아요."

내 말에 마족은 울컥한 얼굴이었지만 입을 다물었다. 그러다가 문득 생각난 듯이 나에게 물어왔다.

"그런데… 뭘 던진 거였냐?"

"돌이요."

"……."

냉큼 대답하는 말에 마족은 다시 입을 다물었다. 뭘 던진 거라고 상상한 건지는 모르겠지만, 돌 맞는데. 그에 마족은 한 차례 한숨을 쉬며 입을 열었다.

"돌이었단 말이지……."

곱씹듯이 중얼거리는 말에 나는 또다시 발작하지 않을까 하여 긴장된 얼굴로 그를 쳐다보았다. 하나 그럴 생각은 없는지 그는 무시무시한 얼굴로 나를 쳐다보며 말했다.

"…내가 알고 있는 것은 얼마 되지 않는다. 나는 그것이 그저 인간의 마법사가 보낸 전령이라고 생각했으니까. 그것은 형체없는 그림자처럼 움직이고 있었다. 일종의 무빙 아머와 같은 것이었지. 그것은 흥미를 끌 만한 제의를 내게 했고, 나는 그것을 받아들여 여기까지 왔다."

"하지만 그쪽은 만족할 만한 결과를 얻지는 못했을 거예요."

"흥! 이 꼴이 되었으니 할 말은 없지만……."

시선을 피하듯 마족은 눈길을 돌리며 중얼거렸다.

"짐작 가는 자는 없지만, 이 대륙으로 소환된 마족에 대해서는 조금 알고 있다. 얼간이 같은 인간의 마법사가 불러낸 자들이지."

힐끗 이쪽을 보는 궁정 마법사들의 시선에 마족은 히죽 웃었다.

"계약에 실패한 자, 영혼을 먹히고만 마법사의 행세를 하는 마족과 타인의 목숨을 대가로 마족과의 계약을 이어가고 있는 인간… 그들이 불러낸 마족이 있다."

"추정 연령이라던가, 사칭하고 있는 이름, 눈 색깔이나 머리 색 같은, 구별할 수 있는 신체적 특징 같은 것을 이야기해 줄 생각은 없어요?"

모호한 마족의 말에 내가 그렇게 묻자 그는 눈을 찡그렸다.

"마족의 모습이 너희 인간과 같을 거라고 생각하는 거냐? 아니라면 그렇게 허술하리라 바라는 거냐? 내가 말할 수 있는 것은 이것뿐이다."

불쾌하다는 듯이 대답하는 그를 나는 물끄러미 바라보았다.

"그럼 당신 이름은……?"

"…인간에게 가르쳐 줄 이름 따위는 없다."

매몰찬 대답에 나는 어깨를 으쓱해 보이고는 자리에서 일어났다. 더이상 그는 말해 줄 것 같지 않았다.

'인간과 연관되어 있는 마족이 최소 둘 이상이라는 건가…….'

떠오른 생각이 머리를 무겁게 짓누르는 것 같았다.

지하 취조실을 빠져나왔을 때에는 점심때가 한참 지났을 시간이었다. 점심을 먹은 것은 아니었지만, 길거리에서 튀김이며 이것저것을 사 먹은 탓인지 배가 고프지는 않았다. 어두운 터널을 지나 지상으로 나오자 나는 팔을 쭉 뻗고 기지개를 켰다.

"우으~ 살 것 같다!"

"네가 배고프다는 말을 하지 않다니 별일이구나."

샤이시스의 말에 나는 피식 웃었다.

"그럼 밥 먹으러 가요?"

―그것도 좋지만, 지금쯤 돌아오지 않았을까?

레스트레온의 말에 나는 힐끗 펜던트를 내려다보았다.

"하지만 아직 저녁때도 안 됐는데……."

―거래를 한다 해도 몇 시간씩 걸리는 것은 아닐 테니까 말이야. 길어야 삼사십 분 정도라고 생각하면 벌써 왔을 수도 있지.

"고의적으로 기다리게 하는 사람도 있을 것 같은데…….'

내가 말하자 레스트레온은 은근히 뻔뻔스럽다는 듯이 내게 말했다.

―그럼 그런 일일 거라고 생각하면서 우리들한테 부탁한 거냐?

"이런 어린 녀석이 정보를 팔러 왔다고 하면 누가 들여보내겠어요. 게다가 난 감출 수가 없으니까 얼굴 팔리잖아요."

―…언제나 변명은 좋구나.

시온의 목소리에 나는 미안한 듯이 웃었다. 사실 그 일은 내가 맡기에는 무리가 있다. 나는 화제를 전환할 겸해서 지나온 통로의 끝에 있는 문을 돌아보며 말했다.

"아까의 그 시설… 뭘 실험하려던 걸까요?"

―글쎄. 인간이 마족을 가지고 할 만한 실험은… 그다지 좋은 것이라고는 생각할 수 없는데.

실험이라… 세리나의 말에 나는 어쩐지 불안감이 생겼다.

"으… 설마, 생체 실험 같은 것은……."

―글쎄요. 그를 구속했다고는 하지만, 그 정도였으니까요. 아직까지

커다란 위해를 끼쳤다고는 생각할 수 없겠지요.

"그런가? 인간은 인간이 아닌 종족에게 냉정하지. 하물며 마족에게 자비를 베풀 거라고는 생각하지 않을 거다. 마족이 인간을 벌레 취급하는 것처럼, 붙잡힌 마족은 인간에게는 단지 실험체일 뿐이지……."

샤이시스의 말에 나는 오싹 소름이 돋는 것을 느꼈다. 나는 천천히 인간의 모습으로 자신을 드러내는 샤이시스를 보면서 말했다.

"그, 그런 거면… 다시 마계로 보낼 수는 없어요? 차라리 죽이는 게 낫지 그런 건……."

―어째서냐.

시온의 싸늘한 목소리에 나는 눈을 크게 떴다.

"어째서라뇨? 시온도 마족이잖아요!"

―마족인 것은 상관이 없다. 아니, 차라리 마족이기 때문에 당연한 것이지. 그것밖에 되지 않는 녀석이라면 벌레처럼 바닥을 기다 죽는 것이 마땅해. 나는 오히려 네게 해를 가하려던 녀석을 생각하는 네 모습이 우습다고 생각한다. 녀석을 거기서 꺼내주면 놈이 네게 무슨 짓을 할 거라고 생각하는 거냐?

"뭐, 구해줘서 감사하다는 말을 들을 거라곤 생각지 않지만……."

뺨을 긁적이며 하는 말에 시온은 냉담하게 대답했다.

―놈이 단언했던 대로, 네 육신을 찢어 심장을 꺼내 씹을 거다. 마족에게는 강한 자가 위에 올라서는 것이 당연하다. 짓밟히는 것을 원하지 않는다면 강해질 수밖에.

"그래도 꿈자리가 사납잖아요. 악악거리며 내 이름을 불러대기는 했지만 위해를 끼칠지도 모른다는 거지, 위해를 끼쳤다는 아니었잖아요. 물론 수도를 불바다로 만든다느니 어쩌니 하며 떠들기는 했지만, 실제로 한 건 내가 던진 돌에 맞고 기절한 거였으니까."

　—…어처구니없는 어린애의 주장이다.

　시온이 말하자 나는 씩 웃었다.

　"청소년인데."

　굳이 그런 적자생존을 주장할 필요는 없지 않은가 싶었다. 그런 건 너무 삭막하다. 내가 할 수 없다는 것이면 모르지만, 종속자들의 힘을 빌린다면 가능한 것이다. 외면하는 것은 내 인간됨을 버리는 것처럼 생각되었다. 그러자 레스트레온이 내게 말했다.

　—아직 단언할 수는 없지. 좋지 못한 꼴이라는 것은 확실하지만, 세틴 네가 그곳에 들어갔음에도 당황하거나 감추는 기색은 없었으니까.

　'그런 거면 좋겠지만…….'

　그 궁정 마법사라는 사람의 처음 눈빛이 좋지 않게 생각되었던 것이다. 솔직히 말해 샤이시스의 말대로 인간이 타 종족에게 냉정하다는 점은 부인할 수 없었던 것이다. 보통의 사람이라고 하는 자들이 자신과 다른 것에 대해 그리 호의적이라고는 생각되지 않았다.

　"그래도 좋은 사람도 분명히 있어."

　나지막이 중얼거리는 말에 샤이시스가 힐끗 나를 쳐다보았다.

　해가 저물 정도의 시간은 아니었지만, 저녁 시간이 가까워지고 있었다. 일찍 시장을 보러 나온 아낙들이라던가, 오전의 업무를 끝마친 사람들이 거리를 걷고 있는 것이다. 성문을 통과하는 사람들의 모습도 뜸해지고, 오가는 마차나 말의 수도 줄어들었다.

　나와 샤이시스는 성문을 통과해 호텔 쪽을 향해 걸었다. 성문을 지키던 병사는 혼자 들어갔던 내가 본 적 없는 남자와 나오자 고개를 가웃하는 것 같았지만 제지하지는 않았다.

"일정이 빡빡하다고 해야 하나… 저녁에 사람을 만나고 또다시 다음날 아침에 심사를 봐야 한다니 너무한 것 같아요."

"그럼 한 가지를 취소하면 되는 일 아니냐."

당연한 듯이 하는 말에 나는 샤이시스를 돌아보았다.

"샤이시스는 한꺼번에 두 가지를 가지고 싶다는 생각은 해본 적 없어요? 혹은 두 가지를 함께 해야 하는 상황이라던가."

"원하는 것을 얻기 위해서라면, 그에 따르는 책임도 질 수밖에 없는 거지."

그에 나는 물끄러미 그를 쳐다보았다.

"마족이나 환수나, 자신들의 규칙에 대해서는 엄격한 것 같아요."

"규칙이든 삶의 방향이든, 지키는 것이 아니라면 소용이 없는 거다."

'당연한 말이기는 하지만 그런 것을 지키는 사람은 별로 없다고요.'

샤이시스는 자신이 당연하다고 생각하는 것에 규칙이라는 이름을 붙이는 것을 신기하게 생각하는 것 같았지만, 그게 당연한 쪽이 나는 더 이해가 가지 않았다. 어느 것이든, 너무 당기는 줄은 끊어지기 마련이 아닌가. 그래 봐야 나는 너무 무르다니, 물렁하다니 하는 소리를 듣고 있지만 말이다.

'사실 이런 건 지키지 않는 사람이 해봤자 소용없는 일이지.'

내가 호텔로 들어서자 오래간만에 지배인이 아주 반가운 얼굴로 나를 맞았다. 솔직히 이야기하는 거지만, 나는 이 사람이 친근하게 굴면 무섭다 못해 의심스럽다. 이 사람 날 싫어하는 거 아니었어?

"잘 돌아오셨습니다, 손님!"

촉촉히 젖은 눈으로 그렇게 말하니 몸 둘 바를 모르는 게 아니라…

소름 끼친다! 대체 왜 이래요?!

내가 질겁을 하며 그를 쳐다봄에도 지배인은 알아차리지 못하고 얼른 급사에게 손짓했다. 급히 급사가 호텔의 식당 쪽으로 달려가는 것을 보고 나는 미심쩍은 눈빛을 보냈다.

"무슨 일이에요?"

한숨 돌렸다는 듯이 윗주머니의 손수건을 꺼내 이마 위로 흐르는 땀방울을 꼼꼼히 닦던 지배인은 내 물음에 고개를 돌렸다.

"그… 손님이 찾아오셨습니다."

"손님이요?"

내가 여기로 돌아왔다는 것을 아는 사람이 별로 없을 텐데? 아니, 아닌가? 왕궁에서 그런 소란을 일으켰으니 말이다. 하지만, 그 국왕이나 가짜 왕자의 성격을 봐서는 그 사실을 떠벌리지 않았을 텐데?

'티아인가?'

힐끗 식당으로 통하는 통로 쪽을 바라보자 급사와 함께 걸어나오는 누군가의 모습을 볼 수 있었다. 한눈에도 눈에 띄는 금발 머리에 파란 눈을 가진 키가 큰 남자는… 흐억!

"훼, 훼르드……."

내가 급히 호텔의 입구 쪽으로 돌아서자 지배인이 매달리듯 내 팔을 잡았다.

"어디를 가시는 겁니까?!"

"에잇! 놔요! 잊어버렸던 일이 생각났단 말이에요!"

나는 팔을 뿌리치며 도망치려 했지만, 지배인은 내 다리를 붙잡고 매달렸다. 캬악! 왜 매달리는 인간들이 이렇게 많은 거야! 저 인간은 왕족도 아니잖아! 하나 지배인은 왕족이 아닌, 귀족에게도 약한 것인지

굳게 휘감은 다리를 놓을 생각을 하지 않았다.

"세틴님!"

훼르드 백작의 감격 어린 목소리에 나는 움찔했으나 순간 내가 여자의 모습으로 변했다는 사실이 떠올랐다.

'그, 그래… 걱정할 필요 없어. 나는 지금 여자다! 저 백작 녀석의 범위 밖인 거야!'

내 곁에 선 샤이시스는 끼어들어야 하나 말아야 하나로 나와 훼르드 백작, 그리고 지배인의 모습을 살피듯 쳐다보고 있었다. 그에 훼르드 백작은 눈살을 찌푸리며 지배인을 노려봄과 동시에 경계하듯 샤이시스를 쳐다보았다. 샤이시스는 가소롭다는 듯이 마주 보았으나, 훼르드 백작은 얼른 내게로 눈길을 돌리며 다가왔다.

"세틴님, 걱정 많이 했었습니다. 어째서 아무런 말도 없이 파베르 가의 영지로 떠나 버리신 겁니까?"

어째서라니. 당신 나와 그다지 친하지도 않았잖아! 언제부터 안부를 전하던 사이라고 그걸 알려!

지배인은 백작의 눈치를 보며 슬쩍 내 다리를 잡았던 손을 놓았다. 하나, 나는 그를 놓칠 생각이 없었다. 나를 악의 구렁텅이에 몰아넣고, 자기는 어디를 토껴! 돌아서는 그의 목덜미를 턱하니 잡자 그는 놀란 얼굴로 나를 쳐다보았다.

"무, 무슨 일이십니까?"

"정말 이럴 거예요, 지배인?"

끓어오르는 분노를 억누르며 지배인에게 말하자 지배인의 이마 위로 한 방울의 진땀이 흘렀다.

"무슨 말씀이신지 저는 도통……."

뭐가 무슨 말씀이신지야! 보통 호텔에 숙박하는 사람은 누구라도 말해 주지 않는 게 기본이잖아! 한데 왜 저 인간은 여기서 진을 치고 있는 거냐고! 내가 계속 여기에 묵는다는 것은 레오폴드나 타아, 라힐밖에 모르는데! 거기다 심지어 급사를 시켜 불러오기까지 해? 이건 빼도 박도 못할 증거라고!

단순히 호텔에 들어서다 백작과 만난 것이면 모르지만, 급사가 손수 백작을 모셔왔던 것이다. 아니라면 그냥 방으로 돌아가 버릴 수도 있었는데 말이지.

"백작이 물어봤어도 모른 척하는 것이 기본이잖아요! 그런데 대기하고 있다가 가르쳐 줘요?"

"모, 모른 척이라뇨! 백작님께서는 알고 오신 겁니다!"

"그렇다고는 해도 직접 가서 모셔올 필요는 없는 거잖아요! 최소한 나한테 만나고 싶은지 아닌지는 물어봤어야죠!"

낮은 목소리로 소근거리는 말에 백작이 의아하게 쳐다보았지만, 그런 것은 상관이 없었다. 내 말에 지배인은 슬쩍 눈길을 돌리며 백작에게 말했다.

"험. 두 분, 좋은 시간 보내십시오. 저는 밀린 업무가 있어서 이만……."

"무슨 얼어죽을 좋은 시간이에요!"

내가 버럭 소리를 지르자 지배인 잰 걸음으로 얼른 식당으로 가버렸다. 카운터에 남아 있는 종업원과 급사는 나와 눈이 마주치자 얼른 고개를 돌렸다.

'내가 언젠가는 파묻어 버린다, 당신들!'

분노의 오라를 마구마구 발산하는 내게 백작은 성큼 다가오며 말했다.

"그때는 실례가 많았습니다."

"아, 예에……."

어떤 때를 말하는 것인지 모르겠지만, 아무튼 실례가 많았다니까 고개를 끄덕여 주었다.

"아직 저녁 전입니다만… 식사는 하셨습니까?"

지금은 저녁을 준비해야 하는 시간이지 식사를 할 시간은 아니었다. 나는 머뭇거리며 그를 쳐다보았다.

"약속을 잡아놓았는데……."

그의 얼굴 위로 아쉬움의 표정이 스치는 것을 보고 나는 쾌재를 불렀다. 약속을 잡았다는 말 자체는 거짓이 아니었다. 다만 저녁 식사 약속이 아니라는 거지.

"며칠 전에 제 저주가 풀렸어요. 원래 모습으로 돌아온 거죠."

내가 쾌활한 목소리로 덧붙이자 백작은 눈에 띄게 당황한 얼굴로 나를 쳐다보았다.

"그, 그렇습니까?"

"예. 더 하실 말씀이 있으신 건가요?"

정중한 어조로 묻자 백작은 무언가를 말하려다 입을 다물었다.

"아닙니다. 좋은 시간 보내십시오."

살짝 고개를 숙이고 그가 돌아서자 나는 한숨을 내쉬었다. 일단 한 고비를 넘겼달까. 더 이상은 훼르드 백작이 내게 관심을 기울일 일이 없는 것이다. 이럴 때는 여자로 바뀐 체질에 대해 감사할 수밖에 없었다.

"미남이잖아. 잘해보지 그래?"

근처에서 들려오는 목소리에 나는 깜짝 놀라 뒤를 쳐다보았다. 오윈이 호텔의 정문을 통해 걸어 들어오고 있었던 것이다. 내가 당황하는 모습을 지켜보고 있었던 것인지 그녀는 싱글거리며 말했다.

"저만한 남자는 흔치 않아. 얼굴 잘생겼지, 지위에, 재산에……."

"흔치 않아도 별수없어요. 남자를 좋아하니까."

그러자 오윈은 피식 웃었다.

"그러니까 딱이잖아, 너한테? 너는 여자도 남자도 좋아할 수 있으니까."

"아뇨. 이건 전혀 다른 문제예요. 나는 동성애를 인정은 하지만, 내가 하고 싶은 생각은 없다고요. 더군다나 만약 내가 남자와 여자 중에 어느 한쪽의 성으로 고정된다면 그쪽 성에 맞는 이성을 선택하지, 동성애로 빠지지는 않을 거예요."

내 말에 오윈은 빤히 날 쳐다보았다.

"그걸 어떻게 장담해?"

"지금의 내가 여자한테 매력을 느끼지는 않으니까요."

"남자일 때도 별로 다르지 않았던 것 같은데?"

"그때도 남자한테 매력을 느낀 적은 없어요."

눈살을 찌푸리며 말하자 오윈은 빙긋 웃으며 물었다.

"그럼 여자는?"

"여자는……."

나는 말을 하려다가 입을 다물었다. 여자에게도 무언가 특별한 것을 느낀 적은 없었다. 하지만 그건 그럴 만한 사람을 만나지 않았기 때문이 아닌가.

"이성을 볼 때마다 어떻게든 반응을 해야지만 동성애자가 아니라고는 생각하지 않아요."

내 마지못한 대답에 오웬은 키득거리며 웃었다.

"그래그래, 아직 어리다."

내 나이가 많다고는 생각하지 않지만, 그런 소리를 들을 정도는 아니라고요! 하지만 오웬은 내 생각 따위는 아랑곳없는지 품속에서 무언가를 끄집어냈다. 가죽 주머니에 담긴 것은 한눈에도 무거워 보였다.

"그게 뭐예요?"

투덜거리듯이 말하자 오웬은 내 손을 잡아 자루를 쥐어주었다. 쩔그렁거리는 소리를 들어봐서는 돈인 것 같았다.

"수금 끝냈어. 그러니까 난 쉬어도 되는 거지?"

"그렇기는 하지만… 다른 사람들이 돌아올 때까지 기다리지 않을 거예요?"

내가 묻자 오웬은 고개를 저었다.

"그럴 필요가 있겠어? 그럼 내일 저녁에 보자."

그녀가 살짝 내 뺨에 입을 맞추고 물러나는 것을 나는 멍하니 바라보았다. 한꺼번에 여러 명을 내보낸 것은 실수가 아닌가 하는 생각이 조금씩 들기 시작했다.

트레스와 아리시네스는 생각처럼 빨리 돌아오지 않았다. 트레스는 저녁 시간이 다 되어서야 돌아왔고, 아리시네스는 저녁을 다 먹은 후에도 오지 않은 것이다. 펜던트의 동공으로 확인해 본 결과로는 누군가를 만나는 것 같았지만, 그것만으로는 안심할 수 없었다.

자정이 가까워지는 시간이 되도록 돌아오지 않아 강제로 불러들일까 말까에 대해 고민하고 있을 때쯤에 아리시네스가 돌아왔다.

"자아……."

선뜻 내미는 돈주머니를 나는 물끄러미 바라보며 그에게 물었다.

"무슨 일이라도 있었던 거예요?"

"물론 사고가 있었지……."

아리시네스는 그렇게 말하며 키득거렸다. 나는 미심쩍은 듯이 그를 바라보며 그의 손에서 주머니를 받았다.

"무슨 사고인데요?"

"글쎄……."

뒷말을 흐리며 아리시네스는 눈길을 피했다. 그러면서도 힐끗 나를 쳐다보는 것이 이야기해 주고 싶은 모양이었지만… 나는 듣고 싶지 않아! 듣고 싶지 않다고!

"아, 아무튼. 트레스는 나중에 쉬기로 했지만 오웬은 벌써 나갔어요. 아리시네스는 어떻게 할 거예요?"

어느 쪽이든 빨리 떨어지는 것이 나를 위해서 좋은 일이었다. 하나 아리시네스는 그렇게 생각하지 않는 모양이었다. 깊게 눌러쓴 후드 속에서 창백한 얼굴을 빛내며 내게 이렇게 말한 것이다.

"같이 있어주지……."

"뒷말 끌지 말아요!"

몸서리를 치며 소리쳤지만 아리시네스는 히죽히죽 웃을 뿐이었다.

'여기에도 날 놀리는 데 재미 붙인 사람(?) 하나…….'

경계 어린 눈초리로 아리시네스를 쏘아봄에도 아리시네스는 묘한 곡조의 노래를 흥얼거릴 뿐이었다. 한데, 그것을 보고 있던 샤이시스가 자신은 이제 필요없지 않느냐며 돌아가겠다고 말한 것이다.

"으아앙! 안 돼요오!"

내가 그의 허리를 붙잡고 늘어지자 샤이시스는 눈매를 좁히며 나를 쳐다보았다.

　"하지만 둘씩이나 있을 필요는 없잖아?"

　"내가 있어요! 내가!"

　내 필사적인 외침에 샤이시스는 뚱한 표정을 짓기는 했지만 펜던트 속으로 돌아가지는 않았다. 나는 그가 본래의 모습으로 돌아가는 것을 보고 펜던트 속에서 세리나를 불러냈다. 자정까지는 십여 분 정도 남아 있었지만, 꼭 열두 시 정각에 그 자리에 가야만 하는 것은 아니라고 생각했다.

　"게이트는 흔적이 남으니까. 워프시켜 줄게."

　세리나의 손짓에 우리가 그녀의 곁으로 다가가자 세리나가 힐끗 아리시네스를 노려보는 것이 보였다. 하나 세리나의 눈길을 받은 아리시네스는 히죽 웃을 뿐이었다.

　"발밑이 허전한 느낌이 들더라도 놀라지 마."

　속삭이는 말에 나는 고개를 끄덕이고 발밑을 내려다보았다. 그러자 샤이시스가 내 소맷자락을 입으로 잡아당기며 충고했다.

　"그냥 다른 사람들을 보고 있는 것이 좋을 거다."

　내가 고개를 끄덕인 순간, 세리나가 입속으로 무언가를 중얼거렸다. 나는 샤이시스의 은빛 털을 바라보다 무심코 바닥을 쳐다보았다.

　우리의 주위로 커다란 마법진이 그려지고 있었다. 순식간에 바닥의 회색빛이 흐려지고 어두워지는 듯싶더니, 발 아래로 짙은 녹음이 휙휙 지나갔다. 연기를 피워 올리는 굴뚝과 성의 뾰족한 지붕이 지나가고, 수많은 사람과 도시가 마법진 아래를 지나고 있었다.

　'우와아……'

정신없이 바닥의 풍경을 바라보는데 예고없이 발밑을 든든히 받쳐 주던 감각이 사라졌다.

"으헉!"

비명을 지르며 샤이시스를 붙잡을 찰나 다시 발밑으로 딱딱한 무언가가 와 닿았다. 고개를 쳐들며 주위를 바라본 순간 나는 내가 난생처음 보는 집무실 안에 있다는 것을 알았다.

"이제 돌아가도 되는 거지?"

세리나의 딱딱한 목소리에 나는 고개를 끄덕였다. 그녀는 어쩐지 기분이 좋지 않은 것 같았다. 힐끗 아리시네스를 노려보고 다시 펜던트 속으로 들어가는 모습에 나는 의아한 표정을 지었다.

'왜 그러는 거지?'

공작의 집무실은 전에 보았던 왕실의 것과 비견될 만큼 화려하고 넓은 곳이었다. 창에 쳐진 두꺼운 커튼과 화려하게 내부를 비치고 있는 상들리에에 나는 눈살을 찌푸리며 그의 모습을 찾았다. 넓은 내부였지만, 어디에도 병사나 근위병의 모습은 찾을 수 없었다. 공작이라면 필시 나를 경계하여 그런 자들을 불러들일 거라고 생각했다.

"세르티드… 레플리카 님이십니까?"

정중하고도 예의 바른 목소리에 나는 고개를 돌렸다. 공작의 커다란 책상 근처의 커튼 뒤였다. 커튼 뒤에 여자가 숨어 있었던 것이다. 그녀는 잠시 몸을 숨기느라 구겨졌던 치마를 펼치며 앞으로 나섰다.

"처음 뵙겠습니다. 저는 에드위나 리엔 세이지언입니다. 세이지언 공작의 동생이지요."

그녀의 말에 나는 얼떨떨한 표정으로 그녀를 쳐다보았다. 그리고 보니 그녀의 모습이 세이지언 공작과 닮아 있었던 것이다. 양쪽의 머리칼 일부를 땋아 단정히 뒤로 늘어뜨린 그녀는 세이지언 공작과 같은 머리 색과 눈동자 색을 가지고 있었다. 좀 다른 것이라면 유리알 같은 공작의 눈빛과는 달리 그녀의 것은 좀 더 인간적으로 보인다는 것이다.

'속았군. 그리고 보니 이름란에는 그저 세이지언이라고만 쓰여져 있었어.'

아차 싶었지만 이미 쏟아버린 물이었다. 그녀는 나의 기색을 눈치챈 것인지 성큼 앞으로 다가오며 말했다.

"제 오라버니인 척했던 것은 사과드립니다. 하지만 그렇게 하지 않으면 오시지 않을 것이라 생각했기에……."

"틀린 말은 아니지만 기분은 가히 좋지 않네요. 왜 날 만나려고 했던 거죠?"

로브를 눌러쓴 아리시네스가 아닌, 그의 곁에 있던 내가 말을 걸자 에드위나는 조금 놀란 것 같았지만, 차분히 말을 이었다.

"오라버니께서 어젯밤에 돌아오지 않으셨어요."

나는 순간 눈매를 좁혔다.

"그런 거면, 경찰… 아니, 경비대에 연락해요."

내가 투덜거리며 말하자 에드위나는 발끈한 얼굴로 내게 말했다.

"이해하지 못하시는군요! 오빠는 그런 사람이 아니에요!"

"나는 세이지언 공작에 대해서 그리 많이 알지 못해요. 만나봤다고 해봤자 인사를 한번 나누었을 뿐이니까. 그러니 세이지언 공작이 일 때문에 집을 비운 것인지, 아니면 잠깐 즐기기 위해 외박을 한 것인지 알 길이 없지요."

어깨를 으쓱하며 대답하자 에드위나의 얼굴이 붉어졌다. 자신의 오빠가 모욕을 당했다고 생각하는 모양이었다.

"나 역시 오빠가 무슨 일을 하고 있었는지는 확실히 알지 못해요. 하지만……."

그녀는 힐끗 잘 정리가 된 공작의 서재를 돌아보았다.

"집무실이라면 무언가 단서가 있을 거예요."

"무언가 잘못 알고 있군요. 난 공작과 친한 사이도 아니고, 그를 찾아야 할 의무도 없어요."

"그렇지만 두 사람은 같은 적을 두고 있는 것이 아닌가요?"

에드위나의 날카로운 목소리에 나는 눈살을 찌푸리며 그녀를 쳐다보았다.

"적의 적은 동지가 될 수 있지요. 오빠는 결코 내게 그에 대한 것을 말하지 않았지만, 오빠가 두려워하고 있는 존재가 있다는 것은 알고 있었어요. 그렇기에 자신이 돌아오지 않는다면 당신에게 연락하라고 내게 말을 남겼던 거고요."

"…아시트하고는 어떻게 알고 지내는 사이예요?"

내 물음에 그녀는 의외라는 표정을 지었다.

"저희 할아버지 때부터 친분이 있었던 분이세요."

할아버지 때부터?! 하긴, 녀석의 그 나이를 생각하면 그다지 놀랄 일도 아니었다.

'이 자식, 죄다 숨기기만 하더니…….'

나에게 숨긴 것이 이것뿐만은 아닐 테지만, 눈앞의 아가씨도 그 이상은 알지 못하는 것 같았다. 나는 한숨을 쉬며 그녀에게 말했다.

"이런 일이라면 별 관계도 아닌 나보다는 아시트가 믿을 만하잖아요. 그에게 부탁하지 않고 왜 나를 불러오게 한 거죠?"

"저도 어째서 오빠가 당신을 불러달라고 한 것인지 이유를 알지 못해요. 하지만 그럴 만한 이유가 있는 것이겠죠."

"이봐요. 당신이 지금 내게 무슨 소리를 하고 있는 건지나 알고 있는 거예요? 끌려간 장소도, 하다못해 추측되는 곳도 없이 사람을 찾아 달라고 말하고 있는 거라고요!"

내가 소리치자 그녀는 시선을 늘어뜨리며 입을 다물었다.

"미안해요. 제가 아무런 연고도 없는 분께 무리한 요구를 한 거군요. 알겠어요. 이제부터라도 제 힘으로 어떻게든 찾아보겠어요."

고집스러운 그녀의 말에 나는 얼굴을 찡그릴 수밖에 없었다.

"으이그!"

나는 투덜거리며 그녀를 쳐다보았다. 어차피 이대로 돌아가 봤자 마음이 편치 않을 것이다.

"정말이지, 이런 일인 줄 알았다면 오지 않았다고요!"

내 외침에 그녀의 표정이 환해졌다.

"도와주실 건가요?"

"별수없죠 뭐. 어디부터 찾아야 하는 거예요?"

내 물음에 그녀는 곧장 책상 위에 정리된 서류철을 가리켰다. 얼마 되지 않는다고 생각한 순간, 내 곁에 있던 샤이시스가 말했다.

"저 책상 뒤에 있는 책장을 보아하니… 전부 기록을 정리해 둔 서류철이군."

책상 뒤에 있는 책장이라면, 벽 한 면을 뒤덮을 만큼 크다. *끄악! 저 걸 언제 다 봐!*

'이렇게나 빨리 내 결정을 후회하게 될 줄은 몰랐군.'

나는 속으로 한숨을 쉬며 서류철을 덮었다. 나는 저것이 몇 년에 걸쳐 쌓인 것이라고 멋대로 판단을 내리고 있었지만, 내 추측은 틀린 것이었다. 근 삼 개월간의 전 영지와 수도의 이러저러한 결재 서류의 사본과 통계, 작황량이나 그 밖의 기타 등등의 요점을 추려놓은 서류가 주를 이루고 있었던 것이다.

삼 개월이라고는 하지만 그중 지난 것은 두 달뿐이고 나머지 한 달은 아직 중반에도 들어가지 않았다고 생각할 때, 공작의 업무량은 상당한 것 같았다.

'하지만 아무리 왕국의 하나뿐인 공주의 약혼자라 해도, 이런 것은 왕의 업무잖아. 이런 것까지 살펴보는 건가?'

극비 서류라고는 할 수 없지만, 공작의 집무실에 있는 것은 공작가의 영지에 대한 것만이 아니었다. 왕국의 전체적인 보고와 이런 저런 자질구레한 것까지 있는 것을 보면 꼭 공작이 나라를 다스리는 꼴이었다.

"공작이 없어졌는데, 공작가에서는 난리가 나지 않았어요?"

내가 서류를 뒤적이며 묻자 에드위나는 살펴보았던 서류를 정리하며 말했다.

"적당히 둘러대 두었기 때문에 오늘내일까지는 괜찮을 거예요. 하지만 좀 더 길어지면 소란스러워지겠죠."

사실을 말하자면 소란스러워지는 모습도 괜찮을 거라는 생각이 들었지만, 에드위나는 나와는 생각이 다를 것이다. 나는 필요없다고 생각되는 작황이던가, 물가, 조세율에 관한 서류를 미뤄두고. 요 한 달간 수도에서 벌어진 사건을 모아둔 파일을 집어 들었다. 그것만 해도 양이 상당해서 파일 다섯 개 분량이었다.

'끔찍하네……'

물론 내용이 아니라, 양이 끔찍하다는 소리다. 나는 범인이 명확한 살인 사건이라던가, 갖가지 폭행 사건 같은 것들은 대충대충 넘기면서 미해결 사건들만 뽑아내었다. 몇십여 건의 살인 사건과 범인이 잡히지 않은 폭행 강도 같은 사건을 들여다보다, 딱 한 장으로 처리된 종이 한 장을 발견했다.

'뭐야? 익사 사건… 죽은 다음에 사체가 강에 버려졌고… 사체에 외상이 없다는 건가?'

평민이었지만 어느 정도 부를 가진 남자였는지 부검이 실시되었다. 사인이 밝혀지지 않아 보관되던 시체는 유족들의 요구로 매장된 것으로 되어 있었다.

'이것 한 장뿐인가……'

서류철을 전부 뒤져 봤지만, 비슷한 사건은 없었다. 나는 무언가 물어보려고 아리시네스를 돌아보았다가 그가 커튼을 약간 젖히고 창밖을 보는 것을 보았다.

"아리시네스, 왜 그래요?"

"아니……"

내가 서류를 탁자 위에 내려놓으며 묻자 그는 무심한 눈매를 후드 속으로 감추며 커튼 자락을 놓았다.

"신경 쓰지 말고 계속해."

"창밖에 뭐가 있어요?"

"파리……"

진심인가? 나는 물끄러미 그를 쳐다보았지만, 더 이상 물어보기를 포기하고 펜던트 쪽으로 고개를 돌렸다. 마족이 아리시네스만 있는 것이 아니었다.

"시온, 사람의 몸에 상처를 주지 않고 죽이는 것이 가능해요?"

―병으로 죽은 거라면 외상은 없지.

"부검에는 병이 없었다고 되어 있거든요. 나이는 사십대 중반이지만… 지병이 있었던 것도 아니고요."

그러자 내 곁에서 길게 하품을 하고 있던 샤이시스가 말했다.

"혼이 빠져나가면 죽어. 생명력이 빨리는 것도 그렇기는 하지만 그런 건 바싹 말라 버리니까……."

샤이시스는 별 생각 없이 대답한 것이었지만, 새로운 서류를 가지고 오던 에드위나의 얼굴이 사색이 되었다. 툭 하고 바닥으로 떨어져 흩어지는 서류철에 나는 그녀를 쳐다보았다.

"저기……."

"바, 방금… 저……."

"거기까지요!"

분명 한마디만 더 나왔어도 '개'라고 했을 것이 분명했다. 그랬다가는 샤이시스가 노골적으로 화를 냈을 것이므로 사태의 악화는 불을 보듯 뻔한 것이다.

"샤이시스는 그러니까… 환수예요. 그래서 사람의 말을 할 수 있는 거죠. 일단 해는 끼치지 않을 거니까 신경 쓰지 말고 하던 일이나 계속하자고요."

내 말에 에드위나는 마지못한 얼굴로 고개를 끄덕였다. 환수라는 존재를 처음 보는 것인지 믿어지지 않는 눈치였다.

'확실히 말을 하는 환수는 드물지.'

"이쪽의 서류를 보면 빈민가의 규모가 축소되었어요. 근 세 달 만에. 처음에는 전염병 같은 것이 돌아서 그런 게 아닌가 했는데, 이달에 들어서는 그에 대한 보고가 없더라고요. 전염병이라면 이 정도 관심을 두는 선에서 끝내지 않았겠지요. 최근에 빈민들이 이동을 한다던가, 수도 밖으로 나간다거나 하는 소문을 들은 적 없어요?"

에드위나에게 묻자 그녀는 고개를 저었다. 귀족의 여식이니 그런 일에 관심을 둘 것 같지는 않지만, 공작의 여동생이니 또 모르는 일이었다.

"그런 소문은 없었어요. 다만 빈민촌의 규모를 축소시킨다는 소리는 들은 적 있지만……."

"상당한 수가 줄었는데도 왕궁에서 보이는 관심은 그 정도군요."

내가 냉담하게 말하자 에드위나의 얼굴이 빨개졌다. 서류에 있었던 남자는 그나마 문제를 삼은 사람이 있었지만, 일반 평민의 경우에는 다른 것이다.

서류철을 보면 대부분이 귀족 중심이었다. 전체 인구의 10%도 안 되는 귀족이 서류의 대부분을 차지하는 것을 보면 일반 평민은 제대로 된 수사를 받지 못한다는 소리다. 만약 부랑자나 빈민이 이런 종류의 시체가 된다면 적당히 처리해 버릴 것이 분명했다.

'하지만 이 둘을 연관시키기에는 근거가 빈약해. 누군가의 증언이 있다면 다행이겠지만……'

공작이라면 틀림없이 그에 대한 증거를 잡았으리라 생각되었지만, 지금 내가 보는 것에는 그런 것이 끼어 있지 않았다.

"생각할 것도 없이 물어보면 그만인데 말이야."

이 정도의 숫자가 줄어들었다면 빈민가의 분위기가 꽤나 흉흉해졌을 것이 분명했다.

'하지만 게빈이나 랄프는 그런 분위기를 풍기지 않았어. 그렇다는

것은 보통 사람들도 감지하지 못했다는 건데……'

내가 서류를 덮고 몸을 일으키자 에드위나가 힐끗 나를 쳐다보았다.

"어디 가시게요?"

"확인하고 싶은 게 있어서요. 샤이시스, 여기서 에드위나와 같이 있어주세요. 혹시 모르니까."

내가 말하자 샤이시스는 고개를 끄덕였다. 그러자 에드위나가 말했다.

"어디를 가시려는 건데요? 저도 함께 가겠어요."

"에? 아니요. 그럴 필요는 없는데요."

내가 어색하게 웃으며 거절하자 에드위나는 단호한 목소리로 말했다.

"아뇨. 저도 가겠어요. 부탁을 드린 것은 저인데, 세틴님만 위험에 빠뜨릴 수는 없어요. 게다가 이 근방이라면 세틴님보다는 제가 더 잘 알고 있어요. 틀림없이 도움이 될 거예요."

틀림없이 도움이 될지, 방해가 될지 어떻게 알고? 내가 미심쩍은 얼굴로 그녀를 쳐다보자 어찌할 줄 모르는 표정으로 나를 쳐다보았다.

"…그럼 같이 가요. 나중에 군말하기 없기예요."

벗어두었던 겉옷을 걸치며 말하자, 에드위나는 싱긋 웃었다.

"걱정 마세요!"

【제7화】
브릴런트 백작가

브릴런트 백작가

　　자정이 넘은 시간이었으므로 순찰을 도는 경비병을 제외하고는 사람이 돌아다니지 않았다. 가로등 불빛이 거리로 빛을 던지고, 음영 짙은 건물의 그림자가 길게 늘어졌다. 어디에도 불이 켜진 집은 없었고 이따금씩 거리를 돌아다니는 검은 고양이의 울음소리만 들려왔다.

　'기분 묘하네.'

　에드위나와 함께 공작가를 나온 나는 거리를 걸으며 그렇게 생각했다. 우리는 지금 수로를 따라 형성되어 있다는 빈민가를 찾아 시내를 내려가고 있었다. 이따금씩 거리를 걷는 경비대의 모습이 보였지만 주의를 끌지 않기 위해 건물 뒤로 숨었다.

　에드위나의 안내를 따라 앞으로 나아가자 길을 따라 길게 늘어서 있던 가로등의 수가 줄어들면서 어두컴컴한 골목길에 들어섰다. 그곳에는 가로등이 나 있지 않은 것인지 어디에도 불빛이 보이지 않았다. 길의 오른쪽으로 좀 더 그럴듯한 건물이 보였으나 에드위나는 얼굴을 붉히며 그곳이 사창가라고 알려주었다. 그녀 역시 알고만 있었지, 직접 와보는 것은 처음인 모양이었다.

사창가 쪽에서는 약간의 불빛과 욕설과 웃음소리가 조금씩 들려오고 있지만 이쪽은 고요했다. 빈민촌은 좀 더 아래쪽으로 들어가야 한다는 그녀의 말에 나는 비스듬히 나 있는 길을 따라 아래로 내려갔다.

위치가 어떻게 되어 있는 것인지 위쪽으로는 전에 건넌 적이 있는 다리가 보이고 있었다. 다리 위쪽으로는 환한 가로등의 불빛이 보였지만 여기에는 아무것도 없었다. 수로는 마치 어두운 터널 같았다. 한 치 앞도 분간할 수 없는 어둠 속에 물에 비치는 달빛만이 흐릿한 빛을 전하고 있었다.

"너무 어두운데요."

내가 목소리를 죽여가며 말하자 에드위나가 손을 들어 올리며 무어라 중얼거렸다. 아스라한 빛덩어리가 그녀의 손바닥 위로 떠오르자 나는 놀란 얼굴로 그녀를 쳐다보았다.

"어? 그게……."

─정령이야.

속삭이는 듯한 세라나의 목소리에 나는 신기한 듯이 그것을 바라보았다. 빛은 강렬하진 않았지만, 주위를 분간할 정도는 되었다. 은은한 빛이 수로를 비치는 것을 보고 샤이시스가 말했다.

"정령사였군."

"하급 정령을 간신히 부릴 정도지만요."

에드위나는 그렇게 덧붙이며 주위를 둘러보았다. 정령의 빛에 드러난 수로의 풍경이 보였다. 수로의 가장자리로 쭉 늘어서 있는 판잣집으로 나는 눈길을 돌렸다. 무너지거나 부서진 곳을 판자로 막고, 입구는 문 대신 천이 드리워져 있었다.

"그런데 위에서 이 빛이 보이지 않을까요?"

내가 에드위나의 정령을 바라보며 묻자 에드위나는 괜찮다고 말했다. 때때로 빈민들이 불을 피우기도 한다는 것이다. 사실 다리 위쪽의 경비대에서 관심이 있어도 이 아래쪽으로는 좀처럼 내려오지 않는다고 했다.

"빈민들이 들끓는 곳으로 일부러 내려오는 기사나 병사들은 없을 테니까요."

씁쓸한 그녀의 목소리에 나는 무표정한 얼굴로 주위를 둘러보았다. 정령의 희미한 빛이 주위를 비추고는 있지만 누구 하나 밖을 내다보거나 나오는 사람이 없었다. 심지어 수로의 길바닥 위에도 쓰러져 잠들어 있는 부랑자나 거지의 모습이 보이지 않았다.

'빈민가를 축소시킨다더니 사람이 얼마나 줄어든 거지?'

전염병이 돌았다고는 생각할 수 없었다. 그런 것이었다면 왕궁에서 가만있지 않았을 것이 분명했다.

나는 주위를 두리번거리다 희미한 바람에 펄럭이고 있는 천 한 자락을 발견했다. 그것은 한 판잣집의 입구에 문 대신 걸려 있는 것이었다.

'아무도 없는 건가?'

고개를 갸웃거리며 펄럭이는 천의 뒤를 바라보았지만, 인기척은 느껴지지 않았다. 다가가 천을 걷자 어두컴컴하여 분간할 수 없는 내부가 눈에 들어왔다.

"에드위나, 이쪽을 좀 밝혀주지 않겠어요?"

가볍게 부탁하자 그녀는 고개를 끄덕이며 정령을 판잣집의 내부로 보냈다. 빛의 정령이 희미한 빛을 흩뿌리며 판잣집의 내부로 들어가자 어둠이 일시에 걷혔다. 나는 판잣집 안으로 들어가 내부를 살폈다.

"아무도 없는데?"

샤이시스의 말에 나는 고개를 끄덕였다. 비운 지 얼마나 됐는지는 알 수 없지만 더러운 모포 한 장과 낡은 헝겊 인형 하나가 바닥을 뒹굴고 있었다. 나는 힐끗 내부를 훑어보고는 다시 밖으로 나왔다.

"다른 곳으로 가보죠."

내 말에 에드위나는 고개를 끄덕이며 근처의 판잣집으로 돌아섰다.

그 옆의 집에도, 건너편에 있는 집에도 사람은 없었다. 주워서 모은 듯한 자질구레한 물건들이 가득 쌓여 있는 판잣집에서 빠져나온 나는 다른 건물로 돌아섰다. 순간 바스락거리는 소리가 들렸다.

"응?"

내가 막 고개를 돌리려 하자 아리시네스가 내 어깨를 잡았다. 에드위나의 뒤에 있던 샤이시스가 튀어 오르듯 앞으로 달려가자 곧바로 무언가가 넘어지는 듯한 소리가 들려왔다. 에드위나와 함께 달려가자 정령의 불빛 아래 그 누군가의 모습이 드러났다.

'어린애……?'

열 살을 조금 넘겼을 듯한 어린아이였다. 두 눈 가득 두려움을 담고 있는 아이는 입을 벌렸지만 소리를 지르지는 않았다. 내가 의아하게 쳐다보자 샤이시스가 말했다.

"말을 못해. 목소리 자체가 나오지 않는 것 같다."

샤이시스의 말에 아이의 눈이 커졌다. 땟국물 가득한 사내아이의 눈길에 샤이시스는 아이의 몸을 누르고 있던 자신의 몸을 일으켰다.

"어떻게 할 거지? 이 상태로는 무언가를 물어볼 수도 없을 텐데?"

"가만……."

내 뒤에 서 있던 아리시네스가 입을 열었다. 후드 아래로 창백한 아리시네스의 모습이 드러나자 아이는 겁을 먹는 것 같았지만 아리시네스는 상관하지 않고 아이의 전신을 훑어보았다.

"간단한 거다……."

"예?"

내가 어리둥절해하는 사이 아리시네스가 아이에게로 다가갔다. 아이는 달아나려 했지만 샤이시스가 큼지막한 앞발로 등을 누르고 있었기 때문에 그러지 못했다. 아리시네스가 아이의 등줄기에 손을 가져가는 듯하자 갑자기 아이가 무언가를 토해냈다.

기묘하게도 아이는 욱욱거리는 소리마저 없었다. 저녁에 먹은 것이 없는지 불투명한 액체를 쏟아내는데, 거기에 이상한 것이 섞여 있었다.

'뭐야? 설마 배가 고파서 종이를 먹은 건가?'

아이의 뱃속에서 나온 것은 조그만 양피지 조각이었다. 눈가에 눈물이 맺힌 아이는 캑캑거리며 몸을 일으켰다.

"어?"

스스로 자기가 낸 소리에 놀랐는지 눈을 동그랗게 뜨더니 아이는 목소리를 가다듬듯 소리를 냈다.

"아, 아아… 내… 내 목소리 들려요?"

우리를 돌아보며 묻는 말에 나는 고개를 끄덕였다. 묻는 듯이 아리시네스를 쳐다보자 그는 허리를 굽혀 그 양피지 조각을 들어 올리며 말했다.

"이런 거다……."

구겨진 조각을 펼치자 불로 지진 듯한 조그마한 문양이 나타났다.

"이게 뭐죠?"

"저주지… 목소리가 나오지 않게 하는……."

—덧붙여 그 사람의 위치가 어디에 있는지도 알 수 있게 하는 것입니다. 하지만 그리 오래가는 것은 아니지요.

트레스의 덧붙임에 나는 아이를 쳐다보았다.

"너, 혹시 네 주변의 다른 사람들도 말을 못하는 거야?"

내 물음에 아이는 겁을 먹은 눈길로 고개를 끄덕였다.

—아마도 구호 물품 같은 것에 섞어두었을 겁니다. 빵이나 나누어 주는 수프에 섞여 있는 것을 먹었다면 몰랐겠지요. 저런 작은 조각이니 알아차리기도 쉽지 않고요.

"신전에 발을 들이는 것만으로도 파해될 수 있는 하급의 수법이지만, 이들에게는 충분했던 것 같군."

이런 부랑자들이 신전으로 들어갈 수 있도록 허락해 주지는 않았을 테니 말이다. 아리시네스의 말을 듣고 있던 나는 인상을 찌푸렸다.

"그런 구리구리한 신전도 신전의 구실을 제대로 할 수 있는지는 의문스럽잖아요. 어차피 별로 효과도 없었을 거예요."

내 부루퉁한 말에 샤이시스는 물끄러미 나를 쳐다보았다. 랄프의 동생인 안의 일도 있고, 이곳의 신전은 정말 마음에 들지 않았다.

우리의 이야기를 들으며 눈치를 살피고 있던 아이는 주춤거리며 우리들에게 말했다.

"저어… 그럼 말을 못하는 것이 병이 아니라는 건가요? 고칠 수 있어요?"

"신전에 들어가는 걸로 고칠 수 있는 거라지만……."

내가 말꼬리를 흐리자 펜던트 속의 트레스가 말했다.

―그런 것이 아니라도 일이 주일이면 저주는 사라집니다. 그것을 다시 먹는 것이 아니라면 말이지요.

"신전에 들어가면 고칠 수 있어요?"

아이의 밝은 목소리에 아이에게 대답했다.

"그래 봤자 다시 걸려 버리면 소용없잖아. 대체 언제부터 그랬던 거야?"

"저는 한 일주일 정도 되었어요. 제 동생은 좀 더 오래됐구요."

"…이 주가 넘었어?"

"예. 한 달 반 정도……."

그에 나는 찡그리며 아리시네스와 에드위나를 돌아보았다.

"정기적으로 뭘 먹느냐고 묻는다면 이상한 일이겠지만… 여기에도 무료 급식소라든지, 그런 게 있어?"

"무료 급식이요?"

어리둥절한 표정을 짓는 아이에게 나는 다시 물었다.

"누가 빵이나 수프 같은 것은 나누어 주거나 하지 않느냐고."

"신전에서 나온 견습 신관이 가끔 빵이며 수프를 나누어 주고는 해요. 그런데 그게 문제가 있어요?"

불안한 목소리로 묻는 말에 에드위나가 앞으로 나서며 물었다.

"그런데 왜 여기에는 아무도 없는 거지? 다들 다른 곳으로 옮긴 거니?"

그녀의 물음에 아이는 잠시 경계 어린 눈빛으로 그녀를 쳐다보았지만, 생각을 바꾼 듯이 말했다.

"보통 사람들은 아직 모르지만… 수도에는 괴물이 있어요."

"괴물?"

"아직은 우리 같은 가난한 사람들만 노리고는 있지만, 이따금씩 술에 취해 꼬부라진 아저씨들을 데려가는 것을 봤다고요. 그러고는 어김없이 강 하구에서 시체로 발견되지요. 그 괴물이 우리가 여기에 있다는 것을 알고 있기 때문에 여기에는 이제 아무도 살지 않아요."

"그럼 넌 왜 돌아온 거야?"

내가 묻자 아이는 힐끗 근처 판잣집을 바라보며 말했다.

"돌아온 거 아니에요! 물건을 가지러 온 것뿐이지!"

"이 밤에? 위험하지 않아?"

에드위나가 묻자 아이는 불쾌한 듯이 말했다.

"오히려 낮에 이곳으로 돌아오는 것이 더 위험해요. 그 괴물의 눈에 띄니까."

"무슨 소리야?"

"낮에 다리 위에서 아래를 내려다보고 있는 것을 봤어요! 긴 로브에 망토를 걸치고 있었지만 후드 속에는 아무것도 없었다고요!"

꼬마가 말한 것은 그 마족이 말했던 것과 흡사했다. 마족 역시 형체 없는 그림자와 같은 것이 찾아왔다고 말했다. 무빙 아머와 같은 원리라면 속이 빈 로브를 움직이게 하는 것도 가능할 것 같았다.

'문제는 그 견습 신관이라는 녀석인데…….'

견습 신관의 복장을 하고, 자신을 그런 자라고 밝혔다고 해서 견습 신관이라는 보장은 없었다. 옷 따위야 훔치거나 만들면 그만인 것이다. 더군다나 견습이라면 아직 제대로 된 신성력을 다루지 못했을 테

238 펜던트

니 신성력으로 자신을 증명할 필요도 없었을 것이다.

"그 견습 신관이라는 자를 찾으면 되는 거 아닌가요?"

에드위나의 말에 나는 고개를 저었다.

"그 얼굴이 진짜라면 말이죠. 견습 신관이라는 것은 어차피 가짜일 테고, 얼굴도 많은 사람한테 보였을 테니 진짜였을 것 같지 않은데……."

"그런 식으로 한다면 아무런 단서가 없는 거나 마찬가지잖아요!"

"그렇네요……."

"그렇다니요, 그게 무슨 말씀이세요!"

간단히 수긍하는 내 말에 에드위나는 기막히다는 듯이 소리쳤다. 하지만 그녀가 말한 대로 그런 식으로 말한다면 아무런 단서가 없는 것이 맞지 않은가. 나는 화를 내는 에드위나에게서 고개를 돌리며 펜던트의 트레스에게 물었다.

"저 양피지 조각으로 역추적할 수 없어요?"

―가능하기는 합니다만 힘들 겁니다. 저주에 걸린 사람의 수가 적다면 괜찮겠지만, 이 경우에는 많은 사람들이 저주에 걸렸기 때문에 각자가 내뿜는 파장에 가리울 겁니다. 또 어느 것이 추적하는 자인지 알 수 없고 말입니다.

'결론은 못 찾는다는 소리군.'

나는 눈매를 좁히며 아리시네스의 손에 들린 양피지 조각을 쳐다보았다.

"그럼 일단은 움직이는 사람들만이라도 찾을 수는 없어요?"

내가 말하자 트레스는 알았다는 듯이 대답했다.

―습격하려는 자라면 지금 움직이고 있을 거라는 소리군요. 알겠습

니다. 아리시네스님을 불러주시겠습니까?

트레스의 말에 나는 잠시 아리시네스에게 트레스의 말을 전해주었다. 트레스와 몇 마디 이해할 수 없는 말들을 주고받은 아리시네스는 알겠다며 따라오라고 했다.

우리가 빈민가를 나오자 아이는 망설이는 듯하더니 우리의 뒤를 따라왔다.

"왜?"

내가 아이를 돌아보며 묻자 아이는 눈을 동그랗게 뜨며 말했다.

"아직 동생이 말을 못한단 말이에요. 도와주세요!"

"그런 거라면 신전으로 가면 되잖아. 게다가 우리는 네가 말한 그 괴물을 찾으러 가는 거니까 따라오지 마."

내가 말하자 아이는 시무룩한 얼굴로 걸음을 멈추었다. 무언가의 자취를 쫓던 아리시네스는 나를 돌아보며 말했다.

"뭉쳐 있던 무언가가 갑자기 움직이기 시작했다. 사방으로 흩어지고 있어!"

사방으로 흩어진다면… 그 괴물을 피해 도망치는 건가?! 내 뒤에서 아리시네스의 말을 듣고 있던 아이는 갑자기 나를 밀치고 앞으로 달려 나갔다. 멍하니 그 모습을 바라보던 나는 땅을 박찼다.

"쫓아가요! 저 꼬마가 아는 곳인가 봐요!"

골목과 골목을 지나 빈 나무 상자 같은 것을 모아두는 창고 같은 곳이 밀집된 지역이 나타났다. 그곳에 부랑자나 빈민들이 모여 있던 것인지 한 남자가 겁에 질린 얼굴로 달려나오고 있었다. 아이는 그 남자를 붙잡으며 급하게 물었다.

"제시! 제시는요?"

하지만 남자는 아이와 같은 저주에 걸려 말할 수 없는 상태였다. 고개를 저으며 뿌리치는 손길에 아이는 바닥에 주저앉고 말았다.

아리시네스는 그런 아이의 곁을 지나며 말했다.

"이쪽이다, 세틴. 어떻게 하길 원하는 거냐?"

"배후를 알아야 하니까 소멸시켜서는 안 되겠지요."

불러낸 시온의 검이 내 오른손에 쥐어지는 것을 느끼며 전방을 노려보았다. 아리시네스는 기분 나쁜 웃음을 머금으며 내게 말했다.

"일부만 있어도 되는 거겠지?"

"…예."

나는 샤이시스와 에드위나에게 아이와 함께 있어달라고 말하고는 창고 안으로 뛰어들었다. 어두컴컴한 창고의 한가운데에는 반쯤 꺼다만 모닥불이 흐트러져 있었다. 한쪽에 쌓아놓은 빈 나무 상자가 무너져 있는 것을 보고 나는 천천히 주위로 눈길을 돌렸다.

"아리시네스, 이 안에 있는 거예요?"

속삭이는 말에 아리시네스는 고개를 끄덕였다. 어디선가 가느다란 숨소리가 들리고 있었다. 내가 그쪽을 향해 고개를 돌리자- 갑자기 커다란 무언가가 내 앞으로 날아왔다.

─세틴! 베지 말아요! 그건 사람이에요!

에레타의 비명에 나는 날아오는 그것을 받으며 뒤로 넘어졌다. 그녀의 말대로 그것은 아직 온기를 품고 있는 사람이었다. 던져진 사람의 뒤로 기척이 일자 아리시네스가 움직였다. 내뻗은 소매 속에서 다섯 줄기의 촉수가 튀어나오면서 허공을 꿰뚫었다.

두 가닥의 핏줄기가 허공으로 튀어 오르며 내뻗어져 있는 촉수가 흔들렸다. 가볍게 바닥의 파편이 튀어 올랐지만 어두운 탓에 보이지 않

있다. 그러자 아리시네스는 거의 다 꺼져 가는 모닥불을 향해 손가락을 튕겼다.

천장으로 치솟는 불길에 삽시간에 창고 안이 환해졌다. 주변을 분간할 수 있게 되자 나는 내던져졌던 사람의 상태를 살폈다. 떨리는 듯이 들려왔던 숨소리가 들리지 않기에 나는 급히 그의 입가로 손을 가져갔다. 숨을 쉰다면 미약하게라도 숨결이 느껴져야 할 텐데 손에는 아무것도 느껴지지 않았다.

"숨을 쉬지 않아요."

―아직 죽은 것은 아니에요, 세틴. 혼을 돌려놓으면⋯⋯.

'혼? 혼이 빠져나간 건가? 하지만 그 꼬마는 분명 사람을 잡아갔었다 말했는데?'

불길에 의해 주변이 밝아졌지만 사람들을 공격했던 그 무엇의 모습은 보이지 않았다. 단지 보이는 것이라고는 바닥에 떨어져 있는 핏방울뿐이었다. 아리시네스와 나는 창고의 문가를 가로막고 있었고, 창고의 어디에도 부서진 흔적은 없었다.

"아직 이 안에 있어⋯⋯."

비웃는 듯한 아리시네스의 목소리에 나는 주위를 둘러보았다. 꿰뚫렸던 상처는 아물었는지 어디에도 피가 떨어지는 것이 보이지 않았다.

'마족인가?'

마족이라면 상상 이상의 재생력으로 금세 상처를 치유했을 것이 분명하다. 골치 아픈 재생력에 눈에 보이지 않는 상대라 곤란하겠다고 생각하고 있는데 갑자기 아리시네스가 내게 말했다.

"까맣게 타버린 것이라도⋯ 괜찮은 거겠지⋯⋯?"

"예?"

순간 불길이 좌우로 퍼지며 창고 안을 휩쓸었다. 태풍 같은 불길이 창고 곳곳으로 퍼지며 빈틈없이 불길로 감쌌다. 불길로 인해 보이지 않았던 그것의 존재가 드러났고, 그것은 울부짖었다. 고통 어린 비명을 지르며 울부짖는 순간, 아리시네스의 촉수가 소매 속에서 튀어나오며 그것을 꿰뚫었다.

사방에서 꿰뚫리는 촉수가 그것의 살을 움켜쥐는 듯 당겨지자 나는 눈을 질끈 감으며 고개를 돌렸다. 곧 생살을 찢는 듯한 파열음이 들리며 핏방울이 사방으로 퍼졌다.

"윽, 아리시네스! 너무 잔인하잖아요!"

내가 소리쳤지만 아리시네스는 아무렇지도 않은 표정이었다.

불길이 다시 제자리를 찾은 것처럼 사그라지고, 창고의 바닥 위로 둔탁한 무언가가 떨어져 내렸다. 아리시네스가 찢어발긴 그것의 육신인 것이다. 흥건한 핏방울의 흔적으로 드러난 모습에 나는 눈살을 찌푸렸다.

"처리하지 않으면 본래의 모습으로 돌아갈 거다……."

뒤를 끄는 듯한 아리시네스의 목소리에 힐끗 펜던트를 내려다보자 시온이 말했다.

─내 검으로 놈의 심장을 관통해서 바닥에 꽂아라. 그것만으로도 재생의 일부는 막을 수 있을 테니까.

시온의 목소리에 나는 찡그리며 자리에서 일어났다. 이미 그것은 재생을 시작하고 있어 상처의 일부에서 피가 멎고 찢어졌던 살 조각들이 이어 붙고 있었다. 나는 그것의 가슴 부근에서 팔딱거리는 무언가가 바로 심장이라는 것을 알았다.

"으……."

"캬학!"

질퍽한 소리가 울려 퍼지며 시온의 검이 그것의 심장을 꿰뚫었다. 심장을 관통하여 대지 위로 검날이 단단히 틀어박히자 굳어진 것처럼 그것의 재생이 멈추어졌다. 시온의 검이 효력을 발휘한 것이다. 신발 밑창으로 묻어나는 핏물에 나는 찡그리며 검의 손잡이에서 손을 떼었다.

"이게… 무슨 짓이냐……."

기괴한 소리가 그것의 입에서 흘러나오자 나는 그것의 머리라고 생각되는 부분을 쳐다보았다. 피가 흐르고, 잘려진 단면이 보임에도 그의 겉모습은 눈에 비치지 않았다.

'주문으로 그렇게 된 것이 아닌가?'

잘려진 팔이 가늘게 떨리듯 움직이고 있었다. 심장에 박힌 시온의 검을 뽑아내고 싶어하는 것 같았지만, 팔이 저 지경인 상태로는 불가능했다.

"이 사람의 혼은? 어떻게 했지?"

내가 묻자 그것은 가늘게 비웃음을 흘렸다.

"먹었다……."

'먹었다고?'

믿어지지 않는다는 듯이 그것을 쳐다보았지만 얼굴이 보이지 않아 표정을 알 수가 없었다. 아직은 온기를 띠고 있지만 서서히 식어가는 노인의 몸에서 나는 녀석에게로 고개를 돌렸다.

"네 위장을 찢어내면 혼을 찾을 수 있을까?"

킥킥거리는 낮은 웃음소리가 그것의 입에서 새어 나오고 있었다. 무표정한 얼굴로 그것을 바라보고 있던 나는 녀석을 천천히 들여다보기 시작했다. 그 짧은 순간에 노인의 몸에서 혼을 빼내 먹었다는 것이 믿어지지 않았다.

"이해하지 못하는군……. 먹었다는 것은… 흡수했다는 거다……."

"…아리시네스, 이 녀석이 그 문양이 그려진 양피지 조각을 가지고 있는 것이 맞아요? 어디에도 없는 것 같은데."

녀석의 말을 무시하고 아리시네스에게 묻자 그는 힐끗 무너진 나무 상자 쪽을 바라보았다.

"그것은 저기서 느껴진다……."

아리시네스의 말에 나는 녀석의 잔해를 넘어 나무 상자 쪽으로 다가갔다. 아리시네스처럼 확실하게 느낄 수 있는 것은 아니지만 마법적인 기색은 나도 조금은 읽을 수 있었다.

커다란 나무 상자를 치우고 부서진 잔해 속에서 나는 둘둘 말린 양피지와 커다란 유리병을 발견했다. 유리병 안에는 작은 돌들이 있었고, 그중 두어 개가 불이 밝혀져 있었다. 나는 그것들을 집어 들어 올리며 아리시네스를 돌아보았다.

"이게 뭐죠?"

"영혼을 깃들게 하는 거다……."

무심한 그의 대답에 나는 다시 잔해를 돌아보았다. 한쪽 구석에 쓰러진 중년 여인의 시체가 나뒹굴고 있었다. 나는 빛나는 돌 두 개를 꺼내 여인에게 가져가 봤다. 하나는 그대로였지만 다른 하나는 가까워지자 좀 더 강한 빛을 발했다.

"아리시네스, 이거 어떻게 해야 혼을 다시 되돌릴 수 있는 거예요?"

"그것을 먹여……."

먹이라고? 이런 돌 조각을 목구멍으로 밀어 넣었다가는 숨이 막힐 것 같은데? 나는 잠시 망설이다 여인의 입속으로 돌을 집어넣었다. 돌이 입 안으로 들어간 것을 확인하고 손을 놓자, 여자가 기침을 하며 갑자기 입 안의 돌을 뱉어냈다. 떨어진 돌은 더 이상 빛을 품고 있지 않았다. 혼이 여자의 몸속으로 돌아간 것이다.

여자가 기침을 하며 정신을 차리자 나는 그녀에게서 떨어져 그녀가 하는 양을 지켜보았다. 정신을 차린 여자는 혼란스러운 것인지 머리를 내젓고는 나와 아리시네스, 그리고 바닥에 널브러진 잔해를 보고 눈이 커졌다.

"으, 으아아아악!"

자지러질 듯한 비명에 깜짝 놀라서 몸을 움츠리는데, 여자가 다시 뒤로 넘어갔다.

"아, 기절했다."

─차라리 다행이로군.

시온의 목소리에 고개를 끄덕이며 나는 남은 돌을 가지고 노인에게로 갔다. 노인의 입속으로 돌을 집어넣자 마찬가지로 기침을 하고는 뱉어냈다.

"흐어억!"

숨이 막히는 듯한 소리를 내며 노인이 눈을 떴다.

"괜찮으세요?"

"허억… 이, 이게 무슨… 흐아악!"

노인은 바닥에 꽂힌 시온의 검과 그 정체 모를 것의 잔해를 보더니 질겁을 하며 기어가듯 창고 밖으로 뛰쳐나갔다.

'도망쳐 버렸네.'

나는 멍하니 노인의 뒷모습을 쳐다보다가 다시 안쪽으로 눈길을 돌렸다. 들썩거리며 괴물의 조각들이 한데 모이고는 있지만 잘려진 단면은 서로 붙지 않았다.

"생각했던 것과는 다른데 저걸로 추적할 수 있겠어요?"

내가 생각했던 것은 마법사가 만들어 보낸 시종마 따위였던 것이다. 하지만 저건 마법사로 인해 만들어진 물건 같은 것이 아니었다.

─저것이 어떤 존재이냐에 따라 다르겠지요.

트레스의 목소리에 귀를 기울이는데 그것이 말했다.

"원하는 것을 얻었다면 날 풀어다오……."

풀어달라고? 나는 찡그리며 그를 돌아보았다.

"왜 이런 짓을 하고 있었던 거지? 사람을 데려가서 혼을 빼내던 것이 아닌가?"

"풀어다오. 나는 새벽이 오기 전에 돌아가지 않으면 안 된다."

다급한 그의 목소리에 나는 묘한 눈길로 그를 쳐다보았다. 이 상황에 풀어달라고 말하는 것도 웃기지만 꼬마는 한낮에 저자를 보았다고 말했던 것이다. 그럼 다리 밑을 내려다보고 있었던 것은 그가 아니라는 건가?

그의 말에 아리시네스가 다가와 내게 속삭였다.

"풀어줘라……. 어차피 시온의 검에 심장을 찔린 이상 당분간은 제대로 움직이지 못할 거야……."

"하지만 다른 사람들을 공격할 수도 있잖아요."

"괜찮아. 생각이 있다……."

핏방울이 흥건한 그의 팔다리를 밟지 않도록 주의하며 나는 검의 손잡이를 잡았다. 어찌 된 일인지 아리시네스는 시온의 검을 잡을 수 없다고 말했던 것이다. 물끄러미 그자를 바라보고 있던 아리시네스는 내가 쳐다보자 고개를 끄덕였다.

'좋아!'

단단히 잡은 손잡이에 힘을 주며 그것을 끌어당기자 시온의 검은 쑥 빠져나왔다. 검을 물리며 뒤로 물러서자, 그자의 잔해가 빨려들듯 몸통에 붙는 것이 보였다.

"아리시네스!"

초조하게 그의 이름을 불렀지만, 아리시네스는 보고 있기만 했다.

몇십여 초 만에 찢겨 나간 팔다리와 살점들이 붙고 피가 흘러내렸던 흔적들이 지워졌다. 다시 보이지 않게 되어버린 것이다.

'대체!'

불만스러운 얼굴로 무언가를 말하려는 찰나 창고의 한쪽이 부서지며 커다란 구멍이 뚫렸다. 흩날리는 분진이 한쪽 방향으로 흩어지는 것이 무언가 보이지 않는 것이 도망치는 것 같았다. 순간 앞으로 달려가려는 내 팔을 아리시네스가 붙잡았다.

"왜 그래요!"

"쫓아갈 필요 없어……."

"예? 무슨 말씀이세요! 놓치면 안 되잖아요!"

내가 버둥거리며 쫓아가려 하자 아리시네스가 다시 내 목덜미를 잡았다.

"괜찮아……."

―아리시네스의 촉수가 녀석의 몸에 박혀 있을 거다. 굳이 쫓아갈 필요 없어.

한숨을 쉬는 듯한 시온의 목소리에 나는 버둥거리던 것을 멈추며 아리시네스를 쳐다보았다. 처음부터 그렇게 말해 주면 좋지 않은가. 내가 찌푸리며 그를 쳐다보았지만, 아리시네스는 눈으로 그자가 도망친 자리를 뒤쫓고 있었다.

"아리시네스, 이제 안 쫓아갈 테니까 이 손 좀 놔줘요."

어깨를 축 늘어뜨리며 말하자 아리시네스는 잡고 있던 내 목덜미를 놓았다.

"세틴님! 고함 소리가 들리던데, 괜찮으신 건가요?"

뒤늦게 창고의 입구 쪽에서 달려오는 에드위나의 모습에 나는 부루퉁한 얼굴로 그녀를 돌아보았다. 샤이시스와 함께 오는 모습이 내 고함 소리를 듣고 달려온 모양이었다.

"괜찮아요. 아무튼 그 괴물을 뒤쫓을 수 있으니까……."

나는 그렇게 말하며 아리시네스를 쳐다보았다. 아리시네스는 내 시선에 창고 밖으로 나가더니 이렇게 말했다.

"이쪽이다……."

'내가 이 마족을 왜 불렀을까. 지난번에도 그렇게 당했으면서…….'

게슴츠레한 눈길로 그의 뒷모습을 째려보았지만 아리시네스는 아는지 모르는지 유유히 어두운 골목길을 앞서 나아가기 시작했다. 서둘러 그 뒤를 쫓는 나와 에드위나, 그리고 샤이시스는 발소리를 죽여가며 거리를 걸었다.

"아까의 꼬마는요?"

내가 묻자 샤이시스는 눈으로 아리시네스의 뒤를 쫓으며 말했다.

"그 제시라는 아이를 찾아서 다른 곳에 몸을 숨기게 했다. 어차피 우리와 함께 있으면 더 위험해질 테니까."

혹시 그 괴물이 도망친 방향으로 숨은 것이 아닐까 걱정했지만, 그자가 가지고 있던 양피지 조각을 내가 가지고 있으니 별문제없을 것이라 생각되었다. 아리시네스는 시내로 들어가 주택가를 가로질렀다. 몇 번이나 경비대를 만나, 들키게 될까 조마조마했지만 이따금씩 만나게 되는 사람들은 급소를 쳐서 기절시켜 버렸다.

'뭐… 찰나간이었으니까 얼굴은 못 보았겠지.'

잽싸게 망토에 붙어 있는 후드를 뒤집어써 얼굴을 가렸던 것이다. 단번에 두 명을 쓰러뜨리자 펜던트 속의 레스트레온이 키득거렸다.

—너도 완전히 악에 물드는구나.

쓰리게 중얼거리는 세리나의 말에 나는 눈살을 찌푸리며 펜던트를 향해 말했다.

"어쩔 수 없잖아요!"

그런 식으로 하면 그 악덕 상인의 집에 들어가서 금고를 털었던 일이 더 심했잖아요! 그때는 아무 말도 안 했으면서!

하지만 세리나는 남들과는 다른 선악의 기준을 가지고 있는지 그에 대해서는 당연한 것이 아니냐는 반응이었다. 나는 고개를 젓고는 일반의 주택가를 지나 귀족들이 살고 있는 동네로 들어가는 아리시네스를 쳐다보았다.

"집 크네요."

공작가가 있던 곳과 같은 거리였다. 왕궁에는 비할 바가 못 되지만, 상당한 넓이와 규모를 자랑하는 집들이 일정한 거리를 사이에 두고 늘어서 있었다.

'가는 건 상관없는데…….'

나는 찡그리며 앞서 가는 아리시네스의 등짝을 쳐다보았다.

'너무 멀어.'

집 하나를 지나는데도 한참이 걸렸다. 현관 하나를 지나고 한참 담 벽락을 따라가도 다음 집이 나오지 않는 것이다. 성큼성큼 걷던 걸음 이 터덜터덜이 되었을 때 비로소 아리시네스가 멈추어 섰다.

"여기야."

'지금 새벽 몇 시쯤 됐을까.'

찡그리며 올려다본 저택의 불은 당연한 듯이 꺼져 있었다.

'예상컨대 오늘 잠 한숨 못 자고 내일 아침 기어나가야 할 거야, 분 명!'

"브릴런트 백작가의 문장이에요."

에드위나의 말에 나는 그녀를 돌아보았다.

"아는 집이에요?"

"알고말고요. 우리 집안과는 오랫동안 친분이 있던 집안이니까요."

"그래서 공작이 직접 움직인 건가요?"

내 물음에 에드위나는 멈칫하며 나를 쳐다보았다. 애초에 수하에게 명령을 내리지 않고 직접 움직였다는 소리에 왕족이나 친분이 깊은 자 가 끼어 있을 거라고 생각했던 것이다. 에드위나는 모르겠다며 고개를 저었다.

'하긴 백작가에 있다고 해서 꼭 백작가가 연루되었으리라는 보장은 없지. 한⋯ 3% 정도 확률로 아닐 수도 있어.'

보통은 맞을 테지만 말이다. 철창으로 된 대문에 커다랗게 새겨진 문장을 보며 나는 에드위나에게 말했다.

"에드위나는 돌아가요."

"저도⋯⋯!"

"지금부터 이 안으로 들어갈 텐데 얼굴을 보이게 되면 곤란하잖아요. 귀족가니 당신의 얼굴을 아는 사람도 있을 거고 말이에요."

나나 아리시네스는 얼굴이 팔리게 되어도 크라이드로 돌아가면 그만이지만 에드위나는 이곳에서 살아야 한다. 이상한 소문이라도 나면 곤란해질 것이 분명했다. 게다가—브릴런트 가에는 미안한 이야기겠지만—공작이 어디에 있는지 모르는 상황이므로 일단 여기저기 마구잡이로 쑤셔볼 작정이었다.

마족과 연관된 것이 아니라면 사람은 다치지 않겠지만 난장판을 만들어놓을 것이므로 구설수에 오를지 모르는 사람은 없는 것이 좋다.

내 말을 듣고 머뭇거리는 에드위나의 모습에 나는 곧장 백작가의 담을 넘었다.

"바래다주지 않아도 되는 거냐?"

철문 앞에 그대로 멈추어서 이쪽을 바라보는 에드위나의 모습에 샤이시스가 물어왔다. 공작가가 이곳에서 그리 멀지 않으니 바래다주는 것도 괜찮겠지만, 에드위나가 원치 않을 것 같았다.

"알아서 가겠지요 뭐. 그런데 어떻게 할까요? 소란을 벌이더라도 브릴런트 가 내부의 소란이어야 할 텐데……."

—혼란을 일으키는 흔한 방법으로는 불을 지르는 것이 있습니다만 그런 방법은 세틴님께서 원치 않으시겠지요. 게다가 외부의 관심을 끌게 될 테고 말입니다.

트레스의 말에 나는 눈매를 좁히며 펜던트를 내려다보았다.

"방화를 그렇게 쉽게 이야기하지 마세요. 그런 짓을 했다가는 별 관계 없는 사람들도 다친다고요."

게다가 이 세계에 화재 보험 같은 것이 있을 것이라고는 생각할 수 없으니, 브릴런트 가의 피해도 막대할 것이다. 나는 찡그리며 옆으로 퍼진 요새 같은 저택을 바라보았다.

"경비병이나 개는 기본 아니에요? 그런데 왜 조용하지?"

—너는 괴물이라도 쫓아와야 직성이 풀린단 말이냐?

시온의 말에 나는 툴툴거리며 대답했다.

"그런 것은 아니지만 너무 조용하면 불안하잖아요."

브릴런트 가의 저택에는 순찰을 도는 경비병도 어둠을 밝히기 위해 피어놓는 횃불도 보이지 않았다. 이만큼 커다란 저택이라면 응당 있어야 할 것이 보이지 않는 것이다. 저택 밖으로 지나치는 사람들이야 정원이 넓어 내부까지 살필 수 없겠지만, 안으로 들어갈수록 조용한 것이 이상하게 생각되었다.

어느 정도 가까워져 저택의 창문 윤곽이 뚜렷이 보이자 나는 아리시네스에게 물었다.

"아리시네스, 결계를 칠 수 있어요?"

내 물음에 아리시네스는 히죽 웃으며 내게 말했다.

"어떤 것을 원하느냐에 따라 다르겠지……."

"사람들이 빠져나가지 못하고, 내부의 소리가 밖으로 나가지 않으면 좋겠어요."

"지금 당장 시행토록 하지……."

음산하게 웃으며 돌아서는 모습에 나는 힐끗 그가 움직이는 것을 지켜보았다. 내가 원한 것은 건물의 전부를 감싸고, 정원의 일부가 안으로 들어올 수 있는 결계였다. 아리시네스는 그 범위를 가늠하듯 저택의 모습을 눈으로 훑었다.

그것이 끝나자 아리시네스는 소매 속에서 예의 그 구체를 꺼내 위로 치켜들어 올렸다. 금속성의 광택을 지닌 구체는 어둡게 빛나며 실제로도 시커먼 안개 같은 것을 뿜어내기 시작했다. 짙고 검은 기체가 가늘게 흩어지며 저택의 곳곳으로 스며들었다.

가느다란 기체가 정원의 나무를 뒤덮고 저택과 저택의 앞에 세워져 있는 분수대를 휘감아 감돌자 아리시네스는 낮게 무언가를 외우며 구체를 바닥으로 던졌다. 깨어질 것이라고 생각했지만, 구체는 바닥에 부딪치지 않고 그대로 잔디밭 속으로 사라졌다.

'이걸로 끝인가?'

멍하니 쳐다보는데 갑자기 하늘 위로 검은 장막이 쳐지듯 하늘이 가려지며 흐릿한 구름이며 별들이 어둠 속에 잠기기 시작했다. 시커먼 무형의 막이 저택의 전체를 감싼 것이다. 그에 아리시네스가 말했다.

"외부의 사람들은 이것이 보이지 않을 거다……. 걱정없어……."

히죽 웃으며 하는 말에 나는 오싹 소름이 돋는 것을 느끼며 결계의 내부를 바라보았다. 당연한 일이겠지만 아까보다 훨씬 더 어두운 것이 왠지 묘지의 한복판에 서 있는 것처럼 을씨년스러운 분위기가 났다.

어째서 푸릇했던 잔디밭이 갑자기 누렇게 뜨는 거냐는 말이지.

'하여간 이 사람은 이런 종류만…….'

저택의 내부에 마족이 있다면 아리시네스가 결계를 쳐놓았다는 것을 알고 있을 것이다. 그의 기운이 이미 집안의 곳곳으로 퍼져 나가고 있었던 것이다. 내가 저택의 현관을 향해 걸어가는데 샤이시스가 내 옷자락을 살짝 물며 나를 저지시켰다.

"샤이시스?"

"아까의 그 녀석과 같은 종류인 것 같다."

샤이시스의 말에 나는 힐끗 잔디밭을 내려다보았다. 짧게 깎인 잔디밭이었지만, 누군가의 발에 밟혀 눌리는 것까지 보이지 않을 정도는 아니었다.

'한두 마리가 아니잖아? 대체 이런 걸 얼마나 데리고 있는 거야?'

아리시네스는 문득 나를 쳐다보고 있었다. 죽여도 되냐는 듯한 눈길에 나는 고개를 끄덕였다. 아까의 그 괴물과 같은 것이라면 접근시키기에는 너무 위험하다.

모습이 보이지 않는다고 해서 잔디를 밟는 소리까지 지울 수 있는 것은 아니었다. 풀숲을 헤치는 듯한 소리가 산지사방에서 들려옴에 아리시네스는 앞으로, 샤이시스는 내 곁에 섰다.

가볍게 바닥을 박차는 듯한 소리가 울리자 아리시네스는 허공으로 손을 뻗었다. 그의 가느다란 손가락이 무언가를 움켜잡는 듯싶더니 갑자기 먼지처럼 스러지는 무언가의 모습이 나타났다. 깜짝 놀라서 숨을 들이키는 내 옆으로 샤이시스가 움직였다.

"크아앙!"

울부짖으며 허공을 물어뜯자 날카로운 이빨 사이로 피가 터진 것처럼 붉은 액체가 흘러나왔다.

'보이지도 않는데 잘도 싸우네.'

아리시네스의 그 공격은 상대방의 재생력, 또는 생명력을 빼앗는 것인지 그의 손아귀에 붙잡히자마자 상대는 흡사 진흙 인형처럼 무너져 내렸다. 나는 아리시네스에게 방해되지 않게 한 발 뒤로 물러서며 시온의 검을 늘어뜨렸다. 거대한 묵빛의 장검이 희미하게 울리고 있었다.

"어디까지 재생할 수 있는 것인지 볼까?"

나는 기척을 따라 한 박자를 늦추며 허공을 베었다. 검날 끝으로 얇게 베이는 듯한 감각이 느껴지자 검을 비스듬히 쳐올렸다. 비명과 혈흔이 허공을 수놓으며 검격을 따라 핏방울이 튀어 올랐다. 가느다란 숨소리, 밀려오는 듯한 미약한 공기의 흐름에 나는 검을 꺾으며 뒤를 향해 찔러들었다. 뼈를 가르는 감각이 손끝을 통해 전해졌다. 피가 뿜어지고, 상대의 위치를 파악할 수 있게 되자 거침없이 검을 휘둘렀다.

도륙된 상대가 재생을 멈출 때까지 검을 휘두르다 보니, 내 주변은 금세 피로 범벅이 되었다. 내가 대략 다섯 마리 정도를 처리했다고 생각되었을 때 샤이시스와 아리시네스가 멈추었다. 아리시네스의 주변에는 흙처럼 부서진 유골 같은 것들이 널려 있었다. 핏방울을 털어낸 샤이시스는 입 안에 있던 무언가를 뱉어냈다.

"계속 재생할 수 있는 것은 아닌 모양이군."

샤이시스는 기분 나쁜 듯이 잔디밭 위의 핏자국을 바라보며 중얼거렸다. 그러자 펜던트 속의 레스트레온이 말했다.

─상처를 재생하는 데에는 막대한 에너지가 들어가지. 고위 마족도 아닌데 그 정도의 재생력을 보인 것도 대단한 거야.

갈가리 찢어놓아도 대략 대여섯 번은 재생이 되었던 것 같았다. 결국에는 녹아내리는 듯한 자국만을 남기고 사라져 버린 그것에 나는 눈살을 찌푸리며 저택 쪽을 바라보았다.

상당한 수를 처리했다고 생각되었지만 아직도 기색은 남아 있었다. 신중히 앞으로 나아가는 우리의 눈에 저택의 현관문이 열리는 것이 보였다.

'누구지?'

저택에서 걸어나온 것은 집사 차림을 한 초로의 남자였다. 반백이된 머리칼을 뒤로 넘기고 단정한 차림을 하고 있는 남자는 우리를 보고도 눈 하나 깜짝하지 않았다. 오히려 나무라는 듯, 나와 아리시네스를 쳐다보았다.

"주인님께서는 이 방문을 매우 불쾌하게 생각하시고 계십니다. 이런늦은 시간에 예고없이 찾아오시다니요."

그에 나는 힐끗 아리시네스와 샤이시스를 쳐다보며 물었다.

"저거 뭐예요? 인간이에요?"

내 목소리에 남자는 인상을 찌푸렸다.

"여자 분께는 어울리지 않는 말투로군요. 무례한 언동은 거두어주십시오."

─외견은 인간이로군. 속은 뜯어봐야 알 테지만 말이야.

시온의 무지막지한 의견에 나는 그 집사 비스무리한 남자를 쳐다보았다.

"뜯어보는 것은 무리예요. 인간일지도 모르는데."

─적이야.

누가 뭐랬나? 단언하는 시온의 말에 나는 어깨를 으쓱해 보이며 집사를 쳐다보았다. 경멸 어린 눈빛으로 우리를 쳐다보고 있는 남자는특유의 무표정을 지우지 않으며 말했다.

"주인님께서는 관대함으로서 이번 일을 넘어가 주시겠다고 말씀하셨습니다만, 더 이상 무례한 행동으로 저택 안을 어지럽힌다면……."

장황하게 지껄이는 말에 나는 눈살을 찌푸리며 그에게 말했다.

"잡설은 집어치고, 세이지언 공작은 어디 있어요?"

"홍, 천박한 품성에 걸맞는 언행이로군요."

그 이상한 말투 계속할 생각인가? 나름대로 자신의 세계에 심취한 사람인 모양이었다.

"어떻게 하죠? 그냥 무시하고 지나갈까요?"

가느다란 눈매로 아리시네스와 샤이시스를 돌아보며 묻자 아리시네스가 키득거리며 말했다.

"내가 처리하지……."

"에? 괜찮겠어요?"

"물론……."

아니, 아리시네스가 아니라 저쪽이요. 아리시네스도 나름대로 자신의 세계에 심취한 사람이기는 하지만, 저 사람의 정체가 마족이든 뭐든 간에 전투력 자체가 비교가 되지 않는 것이다. 나는 잠시 그 남자(집사?)를 쳐다보았다가 여전히 하찮은 것을 바라보는 듯한 눈길에 고개를 돌렸다.

"마음대로 해요."

"그래……."

히죽 웃으며 아리시네스는 양손을 비볐다. 그에 나는 싸한 얼굴로 고개를 돌렸다.

'제발 그런 행동 같은 것 좀 하지 말라고! 무슨 이야기 속에 나오는 악당 같잖아!'

창백한 피부에 앙상한 나뭇가지 같은 손가락이 움직이고, 보라색의 입술이 움직여 히죽 웃는 듯이 벌어지자 더 이상 쳐다보고 있을 기분이 나지 않았던 것이다. 그에게 뭘 바라겠냐만은 최소한 저 집사 아저씨는 떨구어낼 수는 있을 것 같았다.

"가요, 샤이시스."

이대로 질질 끌다가는 날새겠다. 귀찮다는 생각에 바닥을 박차고 앞으로 달려나가자, 집사의 좌우에서 대기하고 있던 투명한 괴물들이 덤벼들었다.

'소용없다는 것을 모르는 건가?'

아까보다도 더욱 그것들의 움직임이 뚜렷이 느껴졌다. 이번의 공격은 그것들을 죽이기 위해서가 아니라 통과하기 위한 것이었기에 내 공격은 팔다리를 잘라 움직임을 봉쇄하는 것으로 그쳤다.

샤이시스는 끈질기게 덤벼드는 그들이 귀찮았던지, 이빨로 목줄기를 끊어 내던졌다. 단번에 목뼈가 으스러지는 으스스한 소리가 울려 퍼지자, 현관의 문간에 서서 그것을 바라보고 있던 집사의 미간이 찌푸려졌다. 그는 자신의 겉옷을 벗어 조심스럽게 개어놓고는 앞으로 걸어 나왔다.

"손을 더럽히는 것까지는 하지 않으려 했는데 말입니다."

펄럭 하고 얇은 피막의 날개가 집사의 등 뒤로 펼쳐졌다. 눈썹과 눈 사이가 좁아지고, 눈 바로 윗부분에서부터 뿔이 돋아났다. 보통 사람의 것과 같았던 피부가 점차 갈색으로 말라붙으며 메마른 악어 가죽 같은 피부가 드러나자 나와 샤이시스는 동시에 미간을 찌푸렸다.

"마족이었나?"

"그러면서 웬 인간인 척은."

기가 막히다는 내 말에 마족은 가늘게 웃음을 터뜨리며 말했다.

"저는 인간입니다. 이렇게 변한 지금도 말이지요. 이것은 다만 주인님의 은혜로 인한 것이지요. 그분은 제게 보통의 인간으로는 생각지도 못할 강함을 내려주셨습니다."

'역시 상태가 안 좋네.'

도취된 듯한 그의 목소리에 나는 더 이상 상대할 필요를 느끼지 못했다. 샤이시스도 비슷한 마음인지 곧장 저택의 현관을 향해 달려들었다. 그러자 집사는 날개를 쫙 펼치며 샤이시스에게 덤벼들려 했다. 했다는 것은 도중에 아리시네스에게 잡혀 버렸기 때문이다. 잔디밭을 뚫고 나온 촉수에 의해 몸이 칭칭 감기게 되었던 것이다.

아리시네스는 얇은 입술을 핥으며 황홀한 듯이 중얼거렸다.

"이런 식으로 변종된 것은 처음이야……."

저 사람이 하는 말은 더 이상 듣지 말자. 나는 측은한 눈길로 그 집사씨를 한번 쳐다봐 주고는 샤이시스와 함께 유유히 현관으로 들어갔다. 등 뒤에서 아리시네스의 촉수가 끊어지는 듯한 파열음이 들려왔지만, 아리시네스가 알아서 하리라는 생각이 들었다.

'명복을 빌어주지. 알아서 성불해라.'

현관을 통과하여 홀 안으로 들어가기가 무섭게 현관문이 닫혔다. 아리시네스의 소행이 아닐까 생각되었지만, 또 모르는 일이었다.

'설마 저택에서 일하는 사람들 모두가 아까의 아저씨처럼 변한 것은 아니겠지?'

현관 홀은 세도가의 저택답게 화려하게 꾸며져 있었다. 현관을 통과하여 홀로 들어섰을 때의 모습이 저택의 첫인상을 좌우하는 것이니 말이다. 홀의 인상과는 상관없이 피로 물든 발자국을 남기며 안으로 들어온 샤이시스와 나는 이층으로 이어지는 층계와 양 옆으로 뚫린 복도를 발견하고 갈등했다.

"공작을 어디에다 숨겼을 것 같아요?"

"글쎄, 인간의 일반적인 방법이라면 감옥이겠지."

감옥이라… 일반 주택에 감옥이 있을지는 의문스럽지만, 이런 규모의 저택이라면 불가능할 것도 없을 것 같았다. 나는 잠시 지하실이 어디 있을까 생각하다가 샤이시스에게 물었다.

"그 공작, 살아 있을 것 같아요?"

"쓸모가 있다면 살려두었겠지만, 아니라면 벌써 죽였겠지."

시체라도 찾을 수 있다면 다행일 텐데 말이다. 나와 샤이시스는 일단 오른쪽의 통로로 들어갔다.

커다란 창으로부터 빛이 들어왔던 홀과는 달리 복도는 좀 더 어두웠다.

"여기서부터는 찍기!"

"뭐?"

어리둥절해하는 샤이시스의 목소리를 뒤로하고 나는 첫 번째 문부터 열어젖혔다. 오옷, 빈방이다! 재빨리 방의 구조를 돌아보고는 다시 다음 방으로 건너갔다.

일일이 문을 열어젖히고, 방의 구조를 확인하며 뛰어다니자 나를 뒤따르는 샤이시스가 소리쳤다.

"그게 어디가 찍기냐! 그럴 거면 뭐 하러 내게 물어본 거야!"

그게 불만이에요? 하지만 어떤 성격을 가진 인간(?)인지 알지 못하는 이상은 다 뒤져 볼 수밖에 없다. 기껏 지하 감옥을 찾아냈는데, 거기에 공작이 없으면 어쩔 거란 말인가. 혹시라도 허를 찔러 일층의 방 어딘가에 숨겨놓았을지도 모르는 일 아닌가!

나는 만약을 생각하여 수상쩍은 벽을 일일이 다 깨부숴 가며 전진했다. 벽과 벽 사이, 창의 크기를 눈으로 기억해 두었다가 아래층과 위층의 넓이가 다르다던가, 창의 위치가 달라진 것처럼 느껴지면 그 옆벽을 부수어 보았던 것이다.

그러기를 몇 차례 하인들의 방문을 열어젖혔을 때, 그곳에서 누워 있는 사람들의 모습을 발견할 수 있었다. 각자 그들의 침대 옆에 희미하게 빛나고 있는 돌의 모습에 나는 그들 가까이 다가가 보았다.

─혼을 빼놓았군.

레스트레온의 목소리에 나는 고개를 끄덕였다. 본래대로 되돌릴 방법을 알고 있다면 재우는 것보다는 차라리 이런 방법이 효율적인 것이다. 나는 다시 문을 닫고 위층으로 올라갔다.

"…여기도 다 열어볼 거냐?"

샤이시스의 물음에 나는 잠시 망설이는 눈길로 길게 늘어선 복도와 좌우로 이어지는 방문들을 바라보았다.

"조, 조금 지치기는 하는데……."

"……."

샤이시스의 한심스럽다는 눈길에 나는 어깨를 늘어뜨리며 그의 시선을 피해 고개를 돌렸다.

'응?'

나는 멈칫하며 기둥을 쳐다보았다가, 다시 아래쪽으로 내려갔다. 급한 걸음으로 몇 계단씩 뛰어내려 계단에서 가장 가까운 방으로 달려가자 샤이시스가 놀란 걸음으로 뒤따라왔다.

"왜 그러는 거냐, 세틴?"

"필요없는 자리에 기둥이 있어요! 아래층 그 방의 그 위치에 커다란 장농이 들어서서 무심히 지나칠 뻔했지만, 거기는 원래 비워도 되는 공간이라고요!"

위층의 그것은 곳곳에 섬세한 문양이 들어간 필요 이상으로 화려한 기둥이었다. 그에 나는 망설이는 얼굴로 그것을 들여다보았다.

"부숴 버리기 조금 미안한 문양인데요."

―아니면 할 수 없는 거지. 그냥 부숴봐라.

시온이 태평하게 대답했지만, 막무가내로 그럴 수는 없는 노릇이었다. 신중하게 벽을 두드려 보았지만, 벽이 꽤나 두꺼운 것인지 딱딱한 소리만 났다.

'모르겠어. 뭔가 미묘한 것 같기도 하고……'

생각 끝에 길게 나 있는 홈에 시온의 검을 밀어 넣었다. 완전한 기둥이라면 밀어 넣는 촉감이 끝까지 있을 테지만, 아니라면 텅 빈 느낌이 중간에라도 있을 것이 분명했다.

"있다!"

내 짧은 외침에 샤이시스가 기둥의 밑둥을 물어뜯었다. 두터운 기둥의 겉면이 부서지며 어두운 내부가 드러났다. 이곳이 통로의 입구였는지, 긴 통로가 안쪽으로 뻗어 있었다.

―벽을 따라 가는 길이로군.

"어디로 통하는 것인지 모르겠어요. 이럴 때 이플리트가 있다면 좋을 텐데……."

"없는 녀석을 말해서 뭐 해. 들어가 보자."

"예!"

샤이시스의 말에 나는 고개를 끄덕이며 통로 안으로 들어갔다.

통로는 한 점의 빛도 없이 어두웠다. 마법의 빛이라도 띄우면 좋겠지만, 샤이시스도 나도 마법을 다룰 줄 몰랐다. 게다가 그저 희끄무레한 형체만을 분간할 수 있는 나와는 달리 샤이시스는 진짜로 앞이 보이는 모양이었다.

'피곤하네······.'

나는 앞서 가는 샤이시스의 기척과 통로의 벽을 짚으며 앞으로 나아갔다. 그러다 무언가를 발견한 것인지 샤이시스가 멈추어 섰다.

"세틴, 문이 있다."

속삭이는 듯한 목소리에 나는 샤이시스를 넘어 문을 더듬었다. 우둘두둘한 문양이 그려진 문짝이었다. 쇠로 된 손잡이가 만져져 앞으로 밀자 문은 저항없이 열렸다.

끼이익.

길게 바닥을 끄는 소리에 나는 미간을 찌푸리며 안으로 들어갔다. 안은 그리 넓지 않은 공간이 있었다. 이곳도 어딘가의 통로인지, 아래로 내려가는 계단과 앞으로 나아가는 통로가 있었다.

—방 여기저기로 이어져 있는 모양이야.

—어느 쪽으로 갈 거지?

세리나와 레스트레온의 목소리에 나는 두 개의 통로를 노려보았다.

"내가 앞으로 갈게요. 샤이시스는 아래쪽으로 가줘요."

"혼자서 괜찮겠어?"

샤이시스의 물음에 고개를 끄덕이자 샤이시스는 곧장 아래쪽으로 내려갔다.

—위쪽에도 있을지 모른다고 생각하는 거야?

"모르겠어요. 하지만 어딘가와 연결되어 있다면 아마도 백작의 방과 연결되어 있지 않을까 해서요."

마족이 누군가를 홀렸다던가, 그 사람인 척하고 있는 거라면 당연히 이 집의 주인인 백작일 것이라 생각되었던 것이다. 나는 바깥쪽의 벽 대신에, 방과 연결되어 있는 쪽의 벽을 짚으며 앞으로 나아갔다. 혹시라도 다른 방과 연결되어 있다면 그 비밀 통로의 문을 열 수 있도록 말이다.

한참을 아무 일 없이 걸어가는 것은 좋았는데, 어둡고 게다가 잠을 한숨도 못 잔 탓인지 슬슬 졸리기 시작했다. 이 상황에 잠이 오는 내 몸이 이해가 가지는 않았지만 나는 뺨을 때리고, 허벅지를 꼬집어가며 잠을 쫓았다.

"으으… 빨리 찾아야 하는데……"

벽을 짚으며 투덜거리는데, 갑자기 내 몸무게를 지탱하던 벽이 쑥 뒤로 밀려났다.

"으악!"

바닥이 순식간에 덮쳐 와 얼굴에 부딪쳤다. 즉, 바닥에 꼬꾸라진 나는 비적비적 자리에서 일어났다.

'잠을 쫓으려고는 했지만 이런 방법은 아니라고!'

잘못 넘어졌다면 코피라도 쏟았을 것이다. 나는 일단 몸을 추스르며 주위를 둘러보았다. 방은 일단 침실 같아 보였다. 침대는 비어 있었고, 아무도 없었기에 나는 주위를 둘러보고 옆방으로 통하는 방문 앞에 섰다.

하나는 밖으로 나가는 문이었고 다른 하나는 옆방의 침실, 즉 백작부인의 방이었다. 일단 방문은 백작 쪽에서 잠근 것 같았다. 문을 열고 안으로 들어가자 마찬가지로 혼이 빠져 있는 백작부인의 모습이 보였다.

'역시 백작의 짓인가?'

나는 다시 문을 잠그고 비밀 통로 안으로 들어갔다. 통로는 계속 이어지고 있었고, 위로 올라가는 계단이 있었다.

"위층이라면 방음이 제대로 되지 않을 것 같은데, 이런 곳에서 비밀 이야기를 할 수 있을까요?"

─그에 관한 것이라면 방음에 관련된 주문을 방에 깔아두면 그만입니다. 위치나 방의 구조와는 상관이 없으니까요. 소리 자체가 빠져나가지 못하도록 하는 주문이라면 얇은 판자 하나를 대어놓아도 목소리가 밖으로 빠져나가지 않을 겁니다.

트레스의 설명에 고개를 끄덕이며 나는 계단을 올랐다. 계단은 일직선으로 올라가다가 탑을 따라 돌듯 비스듬히 올라가고 있었다. 계단의 끝에는 나무로 댄 문이 있었으나 아까의 그것과는 달리 잠겨 있었다.

'이 정도야 뭐.'

손잡이를 잡고 어깨를 부딪치자 자물쇠가 부서지며 문이 열렸다. 순간 피 냄새가 코를 찔렀다.

"윽!"

방 안은 칠흑같이 어두웠다. 천장의 틈으로 바람이 새어들어 오고 있었지만 어디에도 창이 없었다. 혹 있더라도 커튼이 쳐져 있든 가려져 있는 것 같았다.

'설마, 세이지언……'

나는 재빨리 펜던트를 붙잡고 에레타를 불러냈다. 사람을 치료하는 일이라면 누구보다도 천족인 그녀가 뛰어난 것이다. 펜던트 안에서 밖으로 소환된 에레타는 즉시 허공에 작은 불을 띄워 방 안을 밝혔다.

"으… 고, 공작!"

벽에 매달려 있는 것은 세이지언 공작이었다. 양쪽 팔의 손목이 쇠로 된 수갑에 묶여 있는 그는 이미 정신을 잃어 눈을 뜨고 있지 않았다. 전신에 나 있는 상처에는 오래지 않은 핏자국이 선명했다. 또 양 손가락 끝에는 핏물이 엉겨붙어 있고 손톱이 보이지 않았다. 다리와 팔에 나 있는 검의 상흔에 내가 질린 눈길을 보내자 세리나가 싸늘한 목소리로 말했다.

ㅡ힘줄을 잘랐어. 도망치지 못하도록.

"고, 고칠 수 있겠어요?"

내가 묻기도 전에 에레타는 공작의 곁으로 다가서고 있었다. 그녀는 나의 걱정 어린 눈길에 고개를 끄덕여 보였다.

'고작 이틀 만에 사람을 이 꼴로 만들다니……'

피가 뒤엉킨 상처 위로 에레타의 손길이 와 닿자 상처가 아물기 시 작했다. 제대로 치료하지 않아 곪아가던 상처의 고름이 사라지고, 새 살이 돋아나며 상처의 흔적이 사라져 갔다. 남은 것은 약간 달아오른 듯한 붉은 상흔 정도였지만, 세리나는 그 붉은 자국도 며칠 정도가 지 나면 사라진다고 말했다.

'…일단 원망 들을 일은 없겠군.'

하지만 어째서 공작을 고문한 것인지 이해가 되지 않았다. 아직 죽 지 않은 것을 보면 원하는 것을 말해 주지 않았다는 것이겠지만… 대 체 뭘 캐내려던 것일까?

무슨 이유에서든, 내 볼일은 여기까지였다. 아직까지 본편이라 할 수 있는 마족이 나오지 않아 걱정스러웠지만 나는 공작을 데리고 도망 쳐 버리면 그만인 것이다. 에레타가 공작을 치료하는 사이 나는 시온 의 검으로 공작의 손목을 죄고 있는 한쪽 수갑의 쇠사슬을 끊었다. 다 시 공작의 손목을 죄고 있는 수갑을 잘라내는데, 갑자기 수갑에서 빛이 번쩍였다.

"뭐, 뭐야?!"

―세틴!

다급한 세라나의 목소리에 나는 검을 쥔 채로 뒤로 물러섰다. 수갑은 고리 부분이 잘려 땅바닥에 나뒹굴었지만, 수갑에서 흘러나온 문자들은 내 다리를 타고 기어오르고 있었다. 털어내려는 내 손가락 위로 마법의 문자들이 옮겨 붙자, 나는 급한 김에 펜던트로 그것을 찍어 눌렀다.

키이이이익!

괴상한 신음 소리가 펜던트 아래에서 흘러나왔다. 조심스럽게 펜던트를 들어 올리자 핏자국 같은 것이 후드득 바닥으로 떨어졌다.

"이, 이거 뭐예요?"

―저주겠지, 아마도. 왜 저 공작을 살려둔 것인지 알 것도 같구나.

세라나의 말에 나는 미심쩍은 눈으로 펜던트를 들여다보았다. 세리나의 말대로 저주라고는 해도 펜던트로 찍어 누른 정도로 저주가 저지되었다는 것이 믿어지지가 않는 것이다. 그러자 트레스가 말했다.

―펜던트는 세틴님이 이행한 계약의 매개체가 아니겠습니까? 그 수갑에 걸려 있던 저주보다 좀 더 강력한 주술이 걸려 있는 것이지요. 펜던트에 걸린 계약의 영향으로 저주가 무산된 것이 아닌가 싶습니다.

'과연 저주가 더 큰 저주를 이기지 못한 것인가……'

마음 편히 기뻐하기 힘든 심정으로 나는 펜던트를 내려다보았다.

나머지 쇠사슬을 잘라내자 공작은 떨어지듯 바닥에 주저앉았다. 에레타가 신경을 잇고 상처를 치료하고는 있지만 아직 정신을 차리지는 못한 모양이다. 나는 수갑을 잘라내고 아까와 비슷한 과정을 거쳐 저주를 파훼시켰다.

'기분 나쁜 놈 같으니라고… 이따위 것에 저주를 거냐?'

저주의 대상자는 수갑을 잘라내는 자로 국한되어 있는 모양이었다. 에레타나 가장 가까이에 있는 공작을 내버려 두고 나한테만 덤벼드는 것을 봐서는 말이다.

에레타가 어느 정도 상처 치유를 끝내자 나는 펜던트의 동공으로 샤이시스가 무엇을 하고 있는지를 들여다보았다. 샤이시스는 무슨 지하 감옥 같은 곳을 둘러보고 있었다. 두터운 책과 연구 자료 같은 것이 정리된 방을 지나 샤이시스는 안쪽으로 들어갔다.

양쪽의 벽으로는 커다란 크리스탈 케이스가 늘어서 있고, 그 안에는 정체 모를 생물들이 들어 있었다. 샤이시스가 좀 더 안쪽으로 들어가자 거기에는 무수히 많은 혼을 담은 돌들이 병에 담겨 차곡차곡 쌓여 있었다. 옆으로 돌아가 아무것도 없는 넓은 공간으로 들어서자 피로 그려진 커다란 마법진이 보였다.

몇 번이나 실패했던 듯 검붉은 진 위에는 핏덩어리의 잔해 같은 것이 남아 있었다. 샤이시스는 그것을 내려다보고는 다시 내쪽으로 고개를 돌렸다.

—그쪽은 일이 끝난 거냐?

내 시선을 느끼고 있었던 모양이다. 그에 나는 그렇다고 대답해 주었다. 공작의 치료를 완전히 끝내고 내 어깨 너머로 펜던트의 동공을 바라보았던 에레타는 나직한 목소리로 신음했다.

"에레타?"

내가 놀란 얼굴로 돌아보자 에레타는 입가를 가리며 말했다.

"마족을 불러… 계약을 하는 진이에요. 그는 타인의 영혼을 대가로 삼았던 모양이군요."

'계약이라. 백작은 이미 마족과 계약한 것이 아니었나?'

그의 집사가 그렇게 변한 것은 마족의 지식 없이는 불가능한 것으로 보였다. 실제로 그것은 아리시네스가 관심을 보일 정도의 주술이었던 것이다. 그에 나는 펜던트를 들여다보며 말했다.

"샤이시스, 돌아와요. 여기서 나가야겠어요."

—펜던트로 불러들여라. 내가 여기서 거기로 가는 것보다는 그게 빠를 거다.

"알겠어요."

샤이시스의 목소리에 나는 그를 펜던트 속으로 불러들였다. 곧 작은 빛덩어리 같은 것이 빨려들듯 펜던트 안으로 돌아왔다. 에레타는… 어? 으어어!

에레타는 세이지언 공작을 번쩍 들어 올리고 있었던 것이다. 아무리 천족이라지만 자신보다 키가 큰 남자를 아무렇지 않게, 오히려 가볍다는 듯이 안아 올리는 그녀의 모습에 나는 눈을 크게 떴다.

"어… 에레타, 안 무거워요?"

"예."

방실 웃는 얼굴에 나는 무어라 말하기 미묘한 기분이었다. 그녀는 나의 기분을 아는지 모르는지 싱긋 웃으며 내게 말했다.

"나갈까요?"

나는 고개를 끄덕였다.

누군가를 안고 지나기에 비밀 통로는 좁은 편이었다. 그에 나는 에레타에게서 백작을 받아 어깨에 걸쳤다. 에레타도 그렇지만 시온의 힘도 인간의 그것과는 많이 다른 모양이다. 진짜로 어린아이를 걸친 듯한 무게밖에는 나가지 않는다.

'그래도 레오폴드보다는 무겁네.'

나는 비밀 통로에서 가장 가까웠던 백작의 방으로 통하는 문을 열고 고개를 내밀었다. 비스듬히 열리는 문을 밀고 안을 쳐다봤지만, 방 안에서는 여전히 아무런 기척도 느껴지지 않았다.

—세틴, 뭐 해? 안 들어가?

세리나의 재촉에 방 안으로 들어가기는 했지만 불안했다. 대개 잡혀 있던 인질을 구하는 이런 상황에서는 에이~ 괜히 걱정했잖아~ 하면서 밖으로 나왔다가 먼저 출발했던 일행이 인질로 잡혀 있고, 월등히 많은 수의 적이 눈앞에 포진해 있는 위기에 봉착하기 마련이었다(별로 일반적이지는 않지만). 하지만 이 집에서는 영 소식이 없었다.

—…뭘 혼자 중얼중얼하는 거야?

또다시 울리는 세리나의 목소리에 나는 가만히 방 안을 둘러보았다.

"아까와 다른 점이……."

—있어.

냉큼 말하는 샤이시스의 목소리에 나는 펜던트를 내려다보았다.

"에? 뭐가요?"

—저기 침대를 좀 봐라. 누군가 누워 있어.

어, 정말이네. 나는 서둘러 침대 가로 다가갔다. 누군가 누워 있기는 하지만 살아 있는 사람의 모습이 아니었다. 말라비틀어진 나무토막처럼 오그라들어 알아보기 힘들었지만, 그것은 저택의 복도에서 보았던 초상화의 모습과 닮아 있었다.

—누구지? 이 저택 안의 사람인가?

"모르죠. 저도 처음 보는 얼굴인데요. 저택의 초상화와 닮은 걸 보면 브릴런트 가의 사람일 것 같아요."

백작일 확률이 크다고는 생각되었지만, 에레타의 말로는 죽은 지 한 달이 넘은 시신이라는 것이다. 공작의 동생이었던 에드위나는 브릴런트 가에 들어가려 했을 때, 백작이 죽었다거나 실종되었다는 이야기는 하지 않았다.

'누굴까?'

이 자리에 에드위나가 없는 것이 조금 아쉬웠다. 브릴런트 가와의 친분이 있는 그녀라면 알아볼 수도 있었을 텐데 말이다. 하지만 이런 자리에 에드위나를 끌고 들어올 수도 없는 노릇이었다.

—누가 옮겨놓은 거지? 아까 이 방에 들어왔을 땐 저런 시체 같은 것은 놓여 있지 않았잖아.

세리나의 목소리에 나는 무심히 대답했다.

"아마도 범인인 거겠죠."

그러자 시온이 이해할 수 없다는 듯이 물었다.

—무슨 이유로 말이냐? 이런 시체 따위는 너에게 위협이 되지도 않을 텐데.

그야 당연히 위협이 되지는 않지만 시체를 옮기는 이유 따위를 생각해 보면 자신에게 혐의가 돌아가지 않게 한다던가, 동시에 타인에게 혐의를 뒤집어씌울 때…….

'뒤집어씌워?'

순간 싸한 기운이 전신을 감돌았다. 처음부터 백작의 방과 비밀 통로의 문은 잠겨져 있지 않았던 것이다. 어떤 장치를 건드려야만 열리는 것이 아니라 밀면 그대로 열렸다. 만약 내가 쓸데없이 뒤지고 다니는 수고를 하지 않고 백작의 방으로 곧장 들어갔다면, 그대로 백작의 벽에 나 있는 틈 같은 것을 발견했다면 아마도 손쉽게 비밀 통로를 발견했을 것이다.

어디선가 들려오는 쿵쾅거리는 발소리에 나는 공작을 내던지고는 엎어지듯 백작의 방문 앞으로 달려가 문을 잠갔다. 내가 문을 잠그자마자 거세게 문을 두드리는 소리와 사람들의 고함 소리가 들려왔다.

"백작님! 백작님, 괜찮으십니까?"

"주인님! 문을 열어주십시오!"

문 손잡이를 비틀어대는 소리와 두드리는 소리에 나는 잽싸게 근처의 의자를 들고와 손잡이에 받쳤다. 이대로 진입을 허가할 생각은 눈곱만큼도 없었다. 곧이어 백작부인의 방과 연결되는 문도 마찬가지였다. 두드리는 소리에 나는 테이블 앞의 의자를 공수해 손잡이에 받쳤다.

"아리시네스! 뭐 하고 있어요!"

급하게 펜던트를 들여다보며 소리치자 동공에 아리시네스의 모습이 비쳤다. 예상대로 그의 곁에는 흙덩이처럼 부서진 정체 모를 것들의 사체가 즐비하고… 저건, 웬 핏덩이야?

"…아리시네스?"

손가락과 뺨에 묻은 핏자국을 할짝거리는 아리시네스의 모습에 나는 눈매를 좁히며 중얼거렸지만, 아리시네스는 대답해 주지 않았다. 그가 어딘가로 고개를 돌리는 모습에 나는 급히 펜던트를 부여잡았다. 그의 눈동자 위로 열락 같은 살기가 묻어나고 있기 때문이다.

"제2조 7항 강제 집행, 아리시네스!"

자줏빛 기류가 일며 시커먼 빛덩이 같은 것이 바닥을 통과하여 펜던트 안으로 흡수되었다. 아리시네스가 쳐다보았던 방향에는 저택의 현관이 있었던 것이다. 저택의 하인들이 다시 일어났다 친다면 현관에서 쏟아져 나온 인간들은 분명 저택의 하인, 혹은 병사들이었을 것이다.

"세틴, 어쩌려고요?"

에레타의 걱정스러운 물음에 나는 찡그리며 들썩거리고 있는 문을 돌아보았다. 이미 하인들이 몸을 부딪쳐 문이 조금씩 부서지고 있었다.

"도망칠 거예요. 일단 공작은 회수했으니까, 뒤처리는 나중에! 여기서 붙잡혀 버리면 심사는 틀린 거라고요!"

급하게 세리나를 부르자 펜던트 밖으로 나온 그녀는 내게 공작을 붙잡고 있도록 했다. 누군가 도끼를 들고 온 것인지 문의 윗부분이 부서지고, 팔을 안으로 집어넣었다. 더듬거리는 손이 의자를 치우고 문의 손잡이를 움켜쥘 찰나 공중에 붕 뜨는 듯한 느낌이 나를 사로잡았다.

"으아악!"

나는 공작과 함께 수풀 위로 떨어지며 나뒹굴었다. 생전 본 적이 없는 들판 위였다.

"세틴!"

달려온 에레타와 세리나가 나를 일으켜 주었기에, 나는 넘어지며 부딪친 부위를 어루만지며 주위를 두리번거렸다. 벌써 날이 밝아서 저 멀리 산 너머로 태양 빛이 보이고 있었다.

"으에… 여기는 어디예요?"

주위는 숲으로 둘러싸여 있고, 내가 떨어진 곳은 풀이 길게 자라난 수풀 위였다. 그에 세리나는 내 상처를 살피며 말했다.

"에나시올의 근방이야. 지난번에 시간이 남았을 때에 잠깐 둘러본 적이 있지."

그랬나? 몰랐네. 수풀 위로 떨어진 공작에게도 큰 상처는 없었다. 내 덕분에 내던져지기도 하고, 수풀 위에 내동댕이쳐지기도 했지만 말이다.

"호텔까지 가기에는 시간이 너무 촉박해서, 그게 시간이 좀 걸리는 주문이거든. 내 본래 힘이 회복된다면 그 정도는 금방이지만."

직접 보지 못했으니 확인할 길은 없지만 세리나가 그렇다고 말하니 믿어주는 수밖에 없다. 세리나는 다시 호텔로 데려다 준다며 워프를 준비하려 했지만 나는 그것을 거절했다.

"아직 완전히 아침은 아니죠?"

에레타를 돌아보며 묻자 그녀가 대답해 주었다.

"새벽 네 시나 다섯 시 정도일 거예요, 세틴."

"그런 거면 괜찮아요. 심사는 정오니까."

귀족 나으리들께서는 아침 일찍 나오는 그런 업무 따위는 보지 않는 것인지 정오까지 나오라고 했었던 것이다. 시간은 아직 충분했다.

"일단은 공작의 저택으로 돌아가요. 에드위나에게 물어보고 싶은 것도 있고, 또 그 백작가의 저택에서 무슨 일이 일어날지 보고 싶어요."

내 말에 세리나는 곧장 공작의 집무실로 게이트를 열었다.

【제8장】
탐색

탐색

집무실에는 다행스럽게도 에드위나 말고는 아무도 없었다. 만약의 사태에 우리가 또다시 이곳으로 돌아올 수도 있다고 생각하고 집무실에 아무도 들이지 않았던 것이다. 에드위나는 공작을 보고 크게 놀라며 당황스러워했다.

"오빠!"

부둥켜 안은 그녀에게 에레타가 말했다.

"상처는 전부 치료했어요. 체력은 쉬면서 보충하면 될 거예요."

에드위나는 울먹이며 고개를 끄덕였다. 허둥지둥 하인을 부르려는 그녀의 모습에 나는 에드위나를 붙잡았다.

"잊었어요? 공작이 이런 상태라는 것을 들키면 안 되잖아요."

"하지만 침대에 눕혀야 할 텐데……."

"그 정도는 내가 해도 돼요. 그보다 묻고 싶은 게 있는데."

내 말에 에드위나는 어리둥절한 얼굴로 나를 쳐다보았다. 그에 나는 힐끗 집무실에 나 있는 창을 돌아보며 물었다. 아마도 지금 공작의 저택을 벗어나 브릴런트 백작가가 있는 거리로 나간다면 무언가를 볼 수 있을 터였다.

"최근 브릴런트 가에 무슨 일은 없었어요? 그… 백작이 죽었다던 가."

"백작님께 무슨 일이 있는 건가요? 설마 오빠를 저렇게 만든 것이……."

불안한 시선으로 세이지언 공작을 돌아보며 하는 말에 나는 그녀에게 답했다.

"아직은 아무것도 몰라요. 일단 공작이 갇혀 있던 것을 발견하고 데리고 오기는 했지만 백작을 만나보지는 못했으니까요. 내가 그 안에서 시신을 봤는데 그게 누군지 알 수가 없어서 그래요. 혹시 백작이 실종되었다던가, 몇 달 동안 저택을 비웠다던가 하지 않았어요?"

내 물음에 에드위나는 고개를 저었다.

"아뇨. 몇 주 전에도 파티에서 백작님을 뵙고 인사를 드렸는걸요. 그 후에 집을 비우셨는지는 모르지만, 그런 소문이나 말을 들은 기억은 없어요."

"그럼… 백작가에 수상한 사람이 들어왔다는 소리 같은 것은요?"

별로 가망성없는 이야기이기는 했지만 혹시나 해서 물은 거였다. 하지만 에드위나는 모르겠다는 얼굴이었다.

"글쎄요, 그런 소리는 듣지 못했는데… 하인들에게 묻는다면 어떻게 알 수는 있겠지만, 그렇다면 오라버니를 저렇게 만든 것이 백작가의 사람이 아니라는 건가요?"

"그건 공작이 깨어나면 알 수 있겠죠. 나보다는 공작이 좀 더 많은 것을 조사했을 테니까요. 그 안에서 들은 것도 있을 테고… 아무튼 저쪽에서도 공작이 살아 있다는 사실을 안다면 내버려 두지 않을 거예요. 그러니 되도록이면 공작을 밖에 보이지 않도록 해요."

저쪽에서는 아마도 제일 먼저 공작가를 주시할 것이 분명했다. 공작이 그곳을 빠져나왔다면 공작가와 접촉할 것이 분명하니까. 그러자 에드위나는 무언가를 결심한 것인지 표정을 굳혔다.

"저어… 그것 때문인데요……."

머뭇거리는 말에 내가 주춤 뒤로 물러서자 에드위나는 얼굴을 붉히며 말했다.

"아직 말도 꺼내지 않았는데 왜 그러시는 거예요?"

"아뇨. 어디선가 봤던 패턴 같아서……."

"무슨 말씀을 하시는 거예요!"

에드위나는 소리치다가 입을 꾹 다물었다. 지금 상황에서 내게 소리치는 것은 맞지 않다고 생각하는 모양이었다.

'뭐야? 또 부탁할 것이 남았어?'

신중히 에드위나를 마주 보자 그녀는 조바심이 나는 얼굴로 내게 말했다.

"잠시 오라버니를 숨겨주시지 않겠어요? 그곳이라면 저들도 생각하지 못할 거예요."

"에. 그런 거면 아시트가 있잖아요."

내 말에 에드위나는 낯빛을 흐렸다.

"아시트님은… 그때 이후로는 연락이 되지 않아요. 제발 부탁드릴게요."

다가와 덥석 손을 잡으며 하는 말에 나는 눈매를 좁히며 그녀를 쳐다보았다. 대체 뭐냐고 이 상황은······.

'아시트··· 예전부터 생각한 거지만 널 만난 이후로 되는 일이 없어!'

"도움을 받을 다른 사람은 없는 거예요?"

"저는 정치에 대해서는 잘 알지 못해서··· 제가 아는 분은 아시트님과 세틴님뿐이에요."

정치와는 상관없다고 생각됩니다만. 그러나 '도와주세요, 제발!' 이라는 눈길로 쳐다보는 에드위나의 모습에 나는 고개를 푹 수그렸다.

"···이 빚은 언젠가 갚는 거겠죠?"

"고마워요!"

와락 끌어안는 통에 그냥 안겨 있는데, 세리나가 성큼 다가와 그녀와 나 사이를 떼어놓았다. 내가 그녀를 멀뚱히 쳐다보자 세리나는 눈을 흘기며 말했다.

"필요한 것은 다 물어보았잖아. 그쪽에서 먼저 움직였을지도 모를 일이고··· 얼른 돌아가는 것이 좋아."

"아, 예. 뭐 상관은 없지만······."

에레타는 우리가 소란을 떨고 있는 와중에 공작을 챙기고 있었다. 세리나가 워프를 준비하자 나는 에드위나에게서 떨어져 에레타의 곁으로 갔다. 에드위나는 긴장된 얼굴로 부탁한다고 말하며 우리에게서 물러났다.

"돌아가자, 세틴."

세리나의 말에 고개를 끄덕인 순간, 주위의 풍경이 바뀌며 수많은 풍경들이 스쳐 지나갔다. 두 번째였지만 여전히 적응이 되지 않는 상황에 나는 에레타의 팔을 붙잡으며 간신히 균형을 잡았다. 마지막에 바닥이 닿지 않는 듯한 감각은 도무지 익숙해지지 않았다.

'으엑!'

잠시 잠깐의 순간이 지나가고 다시 발밑으로 단단한 바닥이 느껴졌을 때에는 호텔의 내 방으로 돌아와 있었다. 몇 시간 전과 전혀 다를 바 없는 룸의 모습에 나는… 졸렸다.

"으ㅇㅇㅇ……."

괴상한 신음 소리를 내며 몸을 축 늘어뜨리자 세리나가 묘한 눈길로 나를 쳐다보았지만 졸린 것을 어쩌랴.

'잠이 모자라… 잠이……'

눈을 가늘게 뜨고 벽난로 위의 시계를 보니 아직 다섯 시 십 분이었다. 정오까지는 대략 일곱 시간 정도가 남은 것이다. 비틀비틀 침실로 기어들어 가는 내 모습에 세리나가 소리쳤다.

"세틴! 이 인간은 어떻게 할 거야!"

"잠옷으로 갈아입혀서 하나 더 있는 방에 눕혀주세요~ 저는 잘래요~"

―뭐? 너 심사는?

샤이시스의 물음에 나는 침대 위로 풀썩 쓰러졌다.

"열두 시에 시작이에요. 그러니까 열한 시에 깨워줘요~"

―뭐? 너 일어날 수 있겠어?

―아야, 일어나! 뭘 잔다고 그래? 넌 어차피 이대로 자면 못 일어난다고!

샤이시스와 시온의 목소리에 나는 웅크리며 이불을 끌어당겼다. 안 들려, 안 들린다고~

그에 에레타가 다가와서 내게 이불을 덮어주었다. 그녀는 이불을 목까지 끌어 올리고 펜던트를 이불에 가리지 않도록 위로 올려놓았다.

"세틴, 그럼 우리는 어떻게 하지요?"

"우웅. 하루 자유 시간이요."

"알겠어요."

웃으며 물러나는 에레타의 모습에 당장 샤이시스의 항의가 들어왔다.

—그럼 나는!

"내일이요… 잘 테니까 열한 시에 깨워… 줘… 요오……."

나는 그렇게 중얼거리며 잠 속으로 고꾸라졌다.

—…는 건가?

나지막이 들려오는 목소리에 나는 가늘게 눈을 떴다. 원하던 대로 푸욱 잠을 잔 터라 기분이 날아갈 듯이 좋았다. 하지만 잠은 잘수록 고픈 것이 세상의 이치! 나는 이불을 끌어당기며 얼굴을 파묻었다. 그러자 누군가 한숨을 쉬며 다시 말했다.

"계속 잘 생각인가? 벌써 여섯 시인데."

'응? 여섯 시? 여섯 시… 라고오오오!'

내가 벌떡 일어나자 목소리의 주인공은 움찔하며 뒤로 물러섰다. 하지만 그런 것을 신경 쓸 정신이 남아 있지 않았다. 여섯 시라니! 이 무슨 청천벽력인가! 구르듯 거실로 나가자 벽난로의 시계가 척하니 시야로 들어왔다. 두 개의 바늘이 당당히 가리키는 시간은 여섯 시 삼 분. 무어라 변명을 하고 달려가기에도 너무 늦은 시간인 것이다.

"우에⋯⋯."

망연자실하게 털썩 바닥에 주저앉자 내 방으로 들어왔던 누군가가 내게로 다가오는 발소리가 들렸지만 내 머리 속으로 떠오른 것은 다른 생각이었다.

"왜 안 깨웠어요!"

—시계가 보여야 깨우지! 누가 이불 속으로 펜던트를 끌어들이래!

펜던트를 들여다보며 소리치자 즉각 시온의 목소리가 들려왔지만 이미 틀려 버린 일이었다. 거만이 하늘을 찌르는 귀족들이 날 여섯 시간이나 기다렸을 리 만무하고, 내 심사는 없던 것으로 처리될 것이 분명했다.

"아흐흑! 괜히 와이번을 길들인 거잖아, 그럼!"

—그게 억울한 거냐?

시온의 기가 차다는 목소리에 나는 고개를 끄덕였다. 그럼 그게 억울하지 뭐가 억울한 것이겠는가. 일이 이렇게 되어버렸으니 국왕에게 돈을 확실히 받아 챙기고 나머지 귀족 여러분께 뜯을 수 있을 만큼 뜯은 다음 국외로 튀어야겠다는 생각이 머리 속으로 떠올랐다.

우울한 낯빛으로 어떻게 돈을 뜯을까를 생각하는데, 뱃속에서 꼬르륵 하는 소리가 났다.

'그래도 배는 고프네.'

나는 부스스 일어나 나를 깨웠던 사람을 돌아보았다.

"어? 누구⋯⋯?"

공작 얼굴 위로 황당하다는 표정이 떠오르는 것을 보고 순간 어젯밤의 상황들이 떠올랐다.

"아, 잠깐! 잠깐! 방금 일어나서 정신이 없었던 것뿐이에요!"

재빨리 변명하자 공작은 묘한 시선으로 나를 쳐다보며 말했다.

"그렇다면 다행이로군. 그런데 내가 왜 여기에 있는 거지?"

당신이 에드위나에게 내게 부탁하라고 말해 놓고 가서 그런 거잖아! 구해줘도 불만이냐! 내가 불만이라는 두 글자를 이마 위에 새겨놓은 듯한 표정으로 공작을 쳐다보자 공작은 힐끗 시선을 돌렸다.

"네가 구한 건가… 그런데 이 손은 어떻게 된 거지? 분명 손톱이 뽑혔을 텐데."

그가 들어 보이는 손가락에는 손톱이 자라나 있었다. 나는 신기한 듯이 그것을 쳐다보았지만 대답해 줄 말이 없었다.

"나도 모르죠. 내가 치료를 맡긴 것은 다른 사람이니까."

정확히 말하자면 사람이 아니라 천족이었지만 그것은 일단 접어두었다. 그러자 공작이 물었다.

"그런데 옷은……."

"내가 안 갈아입혔어요."

공작은 내가 가지고 있던 잠옷들 중에 하나로 갈아입혀져 있었다. 덧붙여 말하지만 나보다 체격이 커서 옷이 작았다.

'세리나가 갈아입혔을 것 같기는 한데, 나는 모르지. 그대로 자버렸으니.'

공작은 거북스러운 표정을 지었지만 모르는 것은 모르는 것이다. 더 이상 할 말은 없었으므로 나는 급사를 불렀다. 똑똑 문을 두드리는 소리에 문을 열자 급사가 슬쩍 허리를 굽히며 내게 인사했다.

"오늘 낮에 왕궁에서 편지가 왔었습니다만, 아무리 두드려도 문을 열어주시지 않기에……."

정중히 내미는 한 장의 종이 봉투를 받아 들고는 공작을 돌아보았다.

"밥 먹을 거죠?"

"아……."

"요리장 추천 이 인분이요."

간단히 시키고 급사가 방 안을 들여다보기 전에 문을 닫았다. 공작은 왕궁에서 온 편지라는 말에 호기심이 생겼는지 힐끗 내 손에 들린 편지 봉투를 쳐다보았다. 별로 숨길 필요를 느끼지 못했으므로 나는 그가 보는 앞에서 봉투를 뜯었다. 편지지는 문양이 없는 흰 것으로, 그리 길지 않은 문장이 쓰여져 있었다.

'하여간 되게 한가한 왕이야.'

과반수 이상의 귀족들이 일신상의 문제로 불참을 선언했네. 때문에 오늘의 심사는 불가능하게 되었으니 적당한 날을 잡아 다시 연락하겠네.

—빌 크라이드.

P. S:혹시 자네 짓인가?

"내가 뭘 어쨌다고 내 탓이냐는 거야? 나는 아무 짓도 안 했구만."

투덜거리며 봉투와 편지를 테이블 위에 올려놓자 공작이 무표정한 얼굴로 나를 바라보았다. 표정을 숨기고 있는 얼굴에 나는 눈매를 좁히며 말했다.

"왜요?"

"여긴 크라이드인가?"

조심스럽게 묻는 말에 나는 피식 웃으며 커튼 앞으로 다가갔다. 이러니저러니 할 것 없이 베란다로 통하는 유리문의 커튼을 젖히자 크라이스의 수도 트리니시의 전경이 펼쳐졌다.

"팔마스가 아니란 것은 알겠죠? 한데 왜 날 지목한 거예요? 아시트도 있는데."

"그는 따로 할 일이 있었으니까. 하지만 어째서 선뜻 날 구해준 거지? 함정일지도 모른다는 생각 같은 것은 하지 않았던 건가?"

그에 나는 그를 돌아보았다.

"함정일까가 아니라 함정이었어요, 거기는. 별로 통하지는 않았지만…… 대체 뭘 알고 있는 거예요? 솔직히 말해 나는 당신이 살아 있을 거라고는 생각하지 못했어요."

내 물음에 공작은 진지한 얼굴로 한숨을 쉬며 소파에 앉았다.

"아시트는… 시즈 출신이지."

'시즈?'

내가 힐끗 펜던트를 쳐다보자 얼른 트레스가 이야기해 주었다.

―대륙의 북부 지방입니다.

"아시트의 어머니는 대륙에서 손꼽히는 마법사, 대륙을 여섯 등분하고 있는 세력들 중에 하나지. 아시트는 그의 어머니와는 그리 친하지 않지만, 그녀의 부탁을 거절하지는 않아. 그는 어머니의 부탁으로 누군가를 찾기 위해 팔마스로 온 거야."

대륙을 여섯 등분하는 세력이라… 아시트의 어머니는 그와 같이 아프렌 족이라고 했는데, 마법사란 말인가?

"아시트는 우리 고조부님이 젊었을 때에 만나, 그리 꾸준하지는 않지만 관계를 이어오고 있었다. 때문에 나 역시 팔마스 내부에 퍼지고 있는 어떤 세력에 대한 불안감을 그에게 말해, 그가 팔마스를 주시하게 되었지. 하지만 이쪽에서 그를 알아간 만큼 아시트에 대해서도 노출이 되어 그가 위험해진 거다."

"아시트가 위험해진 거랑 당신이 위험해진 거랑 무슨 상관이에요?"

내가 뚱한 표정으로 말하자 공작은 피식 웃으며 대답했다.

"그들이 내게서 알아내려고 했던 것은 아시트의 행방이었어. 나를 살려둔 것도 나를 이용해 아시트를 사로잡으려던 거였지. 실상 움직인 것은 전혀 다른 사람이었지만……."

공작은 그렇게 말하며 나를 쳐다보았다. 동생에게 부탁은 했었지만 내가 진짜 오리라고는 생각하지 못한 모양이었다.

"아시트는 그 자신의 어머니에게 그가 쫓고 있던 자가 팔마스에 있다는 사실을 알리러 갔어. 내게 당신을 추천한 것은 아시트야."

역시 이 자식… 모든 일의 원흉 같으니라고! 내가 싸한 얼굴로 고개를 돌리는 사이 공작은 자리에서 일어났다. 그에 나는 그가 방으로 돌아갈까 봐 얼른 그에 물었다.

"그럼 당신은 아시트가 그 어머니를 데리고 돌아올 때까지 숨어 있을 작정이에요?"

"…그리 오래 걸릴 거라고는 생각하지 않아."

"그럼 그들이 아시트의 어머니에게 바라는 것이 뭐예요?"

내 물음에 공작은 힐끗 나를 쳐다보았다.

"나도 자세히는 몰라. 다만… 그의 어머니가 젊었을 때에 봉인한 무엇이라고만 들었을 뿐이야."

"그럼 한 가지 더! 그들… 마족이에요?"

"마족이겠지. 마계에서 무언가를 불러내어 사람에게 씌우려 하는 것들 말이야……."

쓸쓸하게 중얼거리며 돌아서려는데, 궁금한 것이 하나 더 생기고 말았다.

"저기, 한 가지만 더 물을게요!"

"……."

공작은 한숨을 쉬더니 다시 자리에 앉았다.

"천천히 물어봐. 목숨을 구해줬는데 꼭 말하지 말아야 할 것이 아니고서야 전부 말해 주지. 아, 그전에……."

공작은 자신이 입은 옷, 즉 잠옷을 내려다보며 말했다.

"다른 옷은 없는 거야? 씻고 갈아입고 싶은데."

"있기는 있는데… 그것보다 큰 것은 없어요."

내 말에 공작은 입을 다물었다. 불만 어린 시선으로 자신이 입은 옷을 내려다보는 눈길에 나는 볼멘소리로 말했다.

"…옷 사줄게요."

누가 아시트 친구 아니랄까 봐.

내가 공작에게 더 묻고 싶었던 것은 어째서 백작가에 찾아갔냐는 것이었다. 아시트가 그의 어머니를 모시고 돌아올 때까지만이라도 기다려도 되지 않았느냐는 물음에 공작이 대답했다.

"그의 어머니는 아시트와는 전혀 다른 성격이야. 호의적인 자와 자신에게 적의를 품은 자, 그리고 쓸모없다고 생각되는 자들을 냉정하게 구분하지. 그 사람이 오면… 아마 브릴런트 가는 회생하기 힘들 거야."

이미 브릴런트 백작은 죽었고, 집안에서 그런 일이 벌어졌다는 사실이 알려진다면 사실 죽은 것이나 다름없겠지만…….

'알려지지만 않으면 그만 아닌가?'

"설마 설득하려고 했던 거예요?"

"백작은 이미 손쓸 도리 없이 변해 버렸어."

무겁게 중얼거리는 말에 나는 눈을 동그랗게 뜨며 그에게 반문했다.

"언제 만났는데요?"

"언제 만났느냐니? 그야 며칠 전이지. 내가 돌아오지 않은 직후 편지를 아시트에게 건넸을 테니까."

"하지만……."

나는 백작의 방 안에서 죽은 지 한 달이 넘은 사체를 발견했던 것을 말해 주었다. 나는 그것이 영락없는 백작의 사체일 거라고 생각하고 있었던 것이다. 그에 공작은 믿을 수 없다는 반응이었다.

"나는 분명히 그를 만났어!"

"그럼 방 안에 있던 시체는요?"

아마도 집 안 사람들에게 그런 소란을 피우게 했으니 지금쯤 브릴런트 가에서는 누군가가 죽었다고 하며 소란을 피웠을 것이라고 생각되었다. 우리가 그 방 안에서 그러한 일을 맞았던 것까지 이야기하자, 공작은 팔마스로 돌아가겠다고 했다.

"에? 아시트가 돌아올 때까지 여기 있겠다고 한 것 아니었어요?"

"백작이 어떻게 되었는지 알아야겠어!"

"그거라면 여기 있어도 알 수 있어요!"

내가 그렇게 소리치며 펜던트를 들여다보자 당장 불만스러운 목소리들이 터져 나왔다.

―누굴 쳐다보는 거야? 누가 니 종인 줄 알아?

―정찰 임무 같은 것은 적당한 사람이 있을 거라고 생각되는데요.

―난 사양하겠다. 인간들의 주위를 돌아다니면서 염탐하는 것은 거북스러운 일이야.

―그런 건 이플리트 시켜!

에이이! 치사스럽게! 그럼 내가 가란 말이에요! 자기들이 나보다 훨씬 능력이 좋으면서! 내가 막 항의의 말을 할 찰나 누군가 유리문을 밀고 안으로 들어왔다.

"내가 뭘 어쨌다는 말이야?"

내가 놀란 얼굴로 돌아보자 공작은 즉각 허리춤을 더듬었으나 잠옷에 검을 차고 있을 리가 없었다. 그가 막 대항할 태세를 갖추려는 것을 보고 나는 손을 저었다.

"아, 저… 아는 사람이에요."

"뭐냐, 그 인간은?"

이플리트는 힐끗 공작을 쳐다보며 내게 물었다. 파티장에서 봤던 공작의 얼굴을 기억하지 못하는 모양이었다.

"세이지언 공작이에요."

"아아."

대수롭지 않은 듯이 대답하는 말에 공작은 무표정한 눈길로 이플리트를 바라보았다. 나름대로 그에 대해 판단을 내리고 있는 모양이었다. 이플리트는 이번에도 또 다른, 빨간 곱슬 머리칼 청년의 모습을 하고 있었다.

"이제 슬슬 한 가지 모습으로 정착시킬 생각 없어요?"

"없어. 마음에 드는 모습이 있어야지."

그런 이유였나? 단호한 얼굴로 고개를 젓는 이플리트의 모습을 약간 한심하다는 눈길로 흘겨주고는 나는 그에게 말했다.

"팔마스에 가서 브릴런트 가에 대해서 좀 알아봐 주세요."

"별로 어려울 건 없지만… 어쩨 허드렛일만 나를 시키는 것 같다?"

미심쩍은 듯이 나를 내려다보는 눈길에 나는 배시시 웃었다.

"에이이~ 그럴 리가요~ 지난번에 보여주셨던 이플리트의 능력을
콱 믿고 있다고요, 저는!"

엄지손가락을 세우며 강하게 부르짖자 이플리트는 상당히 의심스러
운 듯 나를 쳐다보았다.

"별로 믿음이 가지는 않지만… 나만큼 할 수 있는 녀석도 없으니 가
도록 하지."

─바보 같은 놈.

시온이 조그마한 목소리로 그렇게 말했지만, 이플리트는 제대로 듣
지 못한 모양이었다. 뭐라고 한 거지? 라는 듯한 시선으로 펜던트 쪽을
바라보는 것에 나는 얼른 말했다.

"브릴런트 가의 집안 사람들이 어떻게 되었는지, 그것만 가르쳐 주
시면 돼요."

물론 그것은 공작이 궁금해하는 것이었지만, 그에 대해서는 이플리
트에게 말하지 않았다. 공작 때문에 자신을 보내는 것이라면 화를 낼
것이 분명하다. 그에 이플리트는 수퍼에 음료수 사러 가는 사람처럼
훌쩍 테라스를 넘어 사라져 버렸다. 그러자 공작이 말했다.

"인간이 아니로군."

"예. 제 계약자들 중에 하나예요. 이플리트가 브릴런트 가의 소식을
금방 가져다줄 테니까 쓸데없는 생각은 말아요."

당부하듯이 말하자 공작은 납득한 얼굴은 아니었지만 고개를 끄덕
였다.

급사가 가져온 저녁을 먹고─음식을 가져오면서 슬쩍 안을 들여다보려는
눈치여서 얼른 문을 닫아버렸다─적당한 옷을 공작에게 건네자 공작은 그
것을 들고 욕실로 들어갔다 나왔다. 내가 생각 끝에 건넨 옷은 소매가

없는 셔츠에 칠부(?) 바지였다.

'쳇, 내가 입으면 그냥 바지인데 공작이 입으니까 칠부잖아! 공작이 나보다 다리가 길다는 거야?'

속으로 툴툴거리며 공작을 쳐다보는데, 공작이 불만스러운 얼굴로 자신의 모습을 훑어보며 물었다.

"이것밖에는 없는 건가?"

"있지만 어차피 길이는 안 맞아요."

내 말에 공작은 조용히 입을 다물었다. 그나마 내가 옷을 헐렁한 것을 구입해서 망정이지, 만약 좀 더 작은 것을 구입했다면 쫄티가 되었을지도 모를 일이었다. 그것도 나름대로 재미있었겠지만… 나는 웃음을 감추며 공작에게 말했다.

"망토 걸치고 나가면 되잖아요. 어차피 지금은 밤이고, 옷 가게는 가까이 있으니까."

"망토도 네 길이에 맞추었다면 나한테는 짧을 텐데."

헉! 그러고 보니 그렇네. 망토라고 무조건 긴 게 아니지! 내가 허를 찔린 표정으로 공작을 쳐다보자 공작은 조용히 한숨을 쉬었다.

"그냥 이 모습으로 나가지. 망토까지 짧으면 정말 볼 만할 거야……."

밤이라고는 하지만 가로등 불빛으로 밝혀진 거리는 완전한 밤이 아니었다. 환한 거리와 그 거리를 오가는 사람들 탓에 대낮처럼 활기에 가득 차 있는 것이다. 내가 묵고 있는 호텔은 번화가에 세워진 터라 근처에 상점들도 많았다. 공작은 뒤도 볼 것 없이 가장 가까운 옷 가게로 들어갔다.

"설마 대책없이 옷을 사버리는 만행을 저지르지는 않겠죠?"

당장 갈아입을 옷을 들고 탈의실로 들어가는 공작에게 그렇게 말하자 공작은 즉각 대답했다.

"사례는 반드시 하도록 하지."

"할 거면 아시트 몫까지 해줘요."

공작은 피식 웃으며 탈의실 안으로 들어가 버렸다. 옷걸이가 좋으면 뭐도 잘 어울린다고, 공작이 탈의실을 빠져나오자 옷 가게 점원은 낯간지럽게도 눈이 부신다는 듯 찬사를 퍼부었다. 눈매를 좁히며 공작을 바라보는 내 모습에 공작은 고개를 저으며 딱 두 벌만 사가지고 가게를 나왔다.

'두 벌이라도 이거 비싸잖아.'

내 분명 장담하는데, 저 인간 가격표는 살피지도 않고 옷을 산 것이 분명했다. 가지고 있는 돈 모두! 아니, 절반만 걸겠어.

옷 가게를 나온 우리는 따로 들를 곳도 없었기 때문에 곧장 호텔로 돌아갔다. 호텔의 지배인이 의심스러운 듯이 공작을 쳐다보는 것 같았지만 정체 모를 사람들이 내 방을 드나드는 것은 익숙할 터였다. 종속자들이 하도 들락날락하니까.

방으로 들어가자 이플리트가 기다리고 있었다. 그에 나는 반색을 하며 말했다.

"어? 벌써 끝난 거예요?"

"끝났다면 끝난 건데……."

이플리트는 말끝을 흐리며 힐끗 펜던트를 바라보았다.

"건물 전체에 결계가 쳐져 있어 안으로 들어가지 못했어. 더군다나 그 주위에서도 사람이 들어가기만 하고, 나오지를 못해서 난리가 난 모양이더군. 벌써 인간들이 그 주위를 둘러싸고 있어."

'그, 그게 무슨 소리……? 결계라니?'

어리둥절해하며 이플리트를 쳐다볼 찰나 내 뇌리를 스치는 것이 있었다. 나는 펜던트를 들여다보며 소리쳤다.

"아리시네스, 설마 그 결계를 그대로 두고 온 거예요?!"

아리시네스가 주위의 사람들이 알아차리지 못하도록 집 주위에 결계를 쳐두었던 것이다. 내가 부탁한 것이기는 했지만… 아리시네스가 돌아오면 결계도 풀리는 것이 아니었어?

─내가 친 것이기는 하지만… 결계를 유지하는 힘은 내가 가지고 다니는 녀석에게서 나오는 것이니까…….

키득거리는 말에 나는 그가 일부러 그런 것이 아닌가 하는 의심이 들기 시작했다.

"그, 그럼 그 구체를 파괴하면 되는 거예요?"

─되기는 하지만… 피해 다니지 그게.

슬슬 날 놀리려고 하는 소리가 아닌가 하는 생각이 들고 있다. 내가 눈매를 좁히며 펜던트를 들여다보자 트레스가 말했다.

─아리시네스님이 하신 일이라면 그분이 풀어낼 수 있는 거겠지요. 애초에 밖에서 안으로는 들어갈 수 있는 결계가 아닙니까?

'하여간 결계도 희한한 것을 썼다니까. 들어가기만 하고 나오지 못하게 하는 것은 또 뭐야?'

그런데 세리나는 어떻게 거기에서 워프를 시켰는지 모르겠다. 아리시네스의 결계가 쳐져 있었는데 말이다. 결계를 깨지 않고 밖으로 나오다니, 천족에게는 무언가 특별한 방법이라도 있는 건가? 내가 이 점을 트레스에게 말했더니 트레스는 그런 것은 아니라고 말했다.

─그분은 아마도 공간을 비틀었을 겁니다. 그러니까, 아리시네스님

의 결계의 일부를 반대로 틀었던 것이지요. 한쪽으로만 들어가는 것이 가능한 결계라면 힘의 방향을 바꾸는 것만으로도 빠져나올 수 있습니다.

…그런 건가. 라고 말하고 싶지만 솔직히 무슨 소리인지 알 수가 없었다. 그저 드는 것은 마법사는 아무나 할 직업이 아니라는 것 정도였다.

'대충 이해는 가, 대충.'

곁에서 이플리트의 말을 듣고 있던 공작은 초조한 모양이었다. 표정을 겉으로 드러내는 사람은 아니었지만, 무언가를 묻지 않고 조용히 우리의 말을 듣고 있는 것만으로도 그것을 알아차릴 수 있었다.

"지금은 세라나도 없는데, 워프할 수도 없고."

—범위는 읽히겠지만, 그 정도라면 저도 가능합니다.

트레스가 말했지만 솔직한 심정을 말하자면 이 밤에 다시 팔마스로 건너가고 싶은 마음이 없었다.

"공작님! 내일 가요, 내일!"

단호한 어조로 말하자 공작은 복잡한 표정으로 나를 쳐다보았다.

"나는 백작의 생사를 알아야겠어. 그는 내 아버지 같은 사람이야."

나는 한숨을 쉬며 공작에게 말했다.

"하룻밤 사이에 무슨 일이 벌어지지는 않아요. 그들의 계획에 백작을 죽이는 것이 있었다면 백작은 벌써 죽었어요."

"어째서 그걸 확신하는 거지?"

공작이 날카로운 어조로 묻자 나는 한숨을 쉬듯 그에게 말했다.

"당신이 풀려난 지 일곱 시간도 더 됐으니까요. 무슨 일을 벌일 생각이었다면 이미 벌이고도 남을 시간이죠. 그리고 그 시체가 백작님이 아니라면 그날 밤 백작은 그 저택에 없었을 거예요. 자택 안에서 그것도 자신의 방에서 사람이 죽는다면 무엇보다 본인이 의심받게 되니까."

게다가 그것은 공작을 이용하여 아시트를 끌어들이려는 함정이었던 것이다. 그런 이상한 소동을 벌였던 것을 보면 그 사건의 주동자는 합법적으로 아시트를 사로잡으려 했던 것 같았다. 아마도 공작의 수갑에 걸려 있던 저주는 목숨을 노리는 것이 아니라, 마법이나 힘을 봉인하는 종류였을 것이다.

"그 시체가 백작님이었다면 백작님은 이미 오래전에 죽은 것이고, 아니라면 살아 있는 거죠. 무언가 바뀔 수 있는 것이 아니라 고정된 사실이에요. 확인하느냐 마느냐의 시간만이 걸리는 거죠. 무언가 바뀔 수 있는 것이 아니라면 급할 게 없잖아요."

내 말에 공작은 가라앉은 눈빛으로 나를 쳐다보았다.

"당신은 아시트의 지원을 기다려야 하는 상황이잖아요. 무모한 행동으로 녀석을 곤란하게 만들지 말아요."

물론 아시트 녀석을 편들자거나 녀석을 위한다거나 녀석이 위험에 빠질까 봐 하는 소리는 절대절대 아니다. 이 밤에 다시 거기로 기어들어 가고 싶은 생각은 손톱만큼도 없는 것이다. 내가 했던 말대로 무언가 달라지는 것도 아닌데 서두르고 싶은 생각은 조금도 없었다.

"알겠다. 내가 너무 내 감정만 앞세웠는지도 모르겠어……."

공작은 그렇게 말하며 돌아서 방으로 들어갔다.

'훗, 미안하지만 나는 당신 안 믿어.'

나는 이플리트를 펜던트 안으로 불러들이고 다시 트레스를 불러냈다. 의아한 얼굴로 나를 쳐다보는 트레스에게 말했다.

"내일 아침까지 방 밖으로 못 나가게 손 좀 써주세요."

"그, 그렇게까지 할 필요가 있겠습니까?"

"다시 잡혀간 것을 구출해 오는 것은 귀찮잖아요."

작은 목소리로 대답하자 트레스는 할 수 없다는 듯이 방문과 테라스며 창문에 주문을 걸기 시작했다. 흥! 아시트 녀석의 친구가 한 말 따위를 믿는 것은 어리석은 짓이지. 내 경험에 의하면 위험은 생기기 전에 방지하는 것이라고!

아침에 일어난 공작이 어딘가 뚱한 표정을 짓는 것을 봐서는 내 추측이 착각이 아니었던 것 같았다. 트레스가 정해준 시간은 여덟 시간으로, 그 시간이 지날 때까지는 방 밖으로 나갈 수가 없는 것이다. 하품을 하면서 방에서 기어나오는 나를 공작은 묘한 표정으로 쳐다보았다.

"왜요?"

눈을 비비며 묻자 공작은 무언가를 말하려다 입을 다물었다.

"아니야."

'밖에 나가려고 시도한 거 맞다니까.'

나는 속으로 고소를 머금으며 욕실로 들어갔다. 나는 아침을 먹고 출발하고 싶었지만, 공작의 표정을 보아하니 그런 소리를 꺼내면 화를 낼 것 같았다. 때문에 옷만 갈아입고 트레스를 불렀다.

"오웬이 아직 돌아오지 않았습니다만……."

"오웬이요?"

오웬이라면 어젯밤에 돌아왔어야 했던 것이다. 아직 돌아오지 않았다는 것은… 내가 테라스 난간에 매달려 아래쪽을 쳐다보자 오웬이 나를 발견하고 손을 흔들었다.

"저기 있네요. 결계 때문에 못 들어왔나 봐요."

아니나 다를까, 트레스가 결계를 풀자 오웬이 들어오며 말했다.

"이번에는 내 탓이 아니야. 결계 때문에 어쩔 수 없었으니까."

—어쩔 수 없기는 무슨, 그 정도 결계도 못 부순단 말이야?

기가 막히다는 듯이 시온이 말하자 오웬은 그녀 특유의 간드러지는 목소리로 대답했다.

"어머, 무슨 그런 험악한 말을 할까. 무슨 이유로 쳐진 결계인지도 모르고 함부로 부숴대는 그런 아둔한 짓은 할 수 없지."

—그래서 밖에서 밤을 지샜다?

"글쎄, 밖에서 지샜을까, 안에서 지샜을까?"

빙글거리며 웃는 말에 나는 눈매를 좁히며 답했다.

"별로 알고 싶지 않네요."

오웬이라면 안에서 지샜을 것이 뻔하지 않은가. 그녀가 밤바람을 맞아가며 테라스를 올려다보는 짓을 할 리가 없다. 내가 일어나는 시간이야 뻔하니 어디선가 밤을 지새고 나와서 그 시간에 맞추어 기다린 거겠지. 오웬은 내 대답에 배시시 웃으며 펜던트 안으로 돌아갔다.

아직 펜던트에 대해서 알지 못하는 공작은 연달은 트레스와 오웬의 등장에 다소 놀란 듯했다.

"트레스, 팔마스의 에나시올로 워프시켜 줘요. 공작가나 브릴런트가의 저택 말고, 시가지에서 그리 떨어지지 않은 사람이 별로 없는 곳으로요."

내 말에 트레스는 잠시 생각하는 듯하더니 고개를 끄덕였다.

"알겠습니다. 그렇게 하지요."

손짓하는 트레스의 모습에 나는 공작과 함께 그에게 다가갔다. 내가 공작의 팔을 잡고, 트레스가 내 손을 잡았다.

"워프!"

짤막한 시동어를 외치자 순간 주위의 풍경이 쏜살같이 지나갔다. 스쳐 지나가는 풍경을 눈에 담을 새도 없이 갑자기 주위가 어두워졌다 생각한 순간 트레스가 잡고 있던 내 손을 놓았다.

"도착했습니다."

"아, 예."

나는 약간 멍한 얼굴로 고개를 끄덕였다. 도착한 곳은 지난밤에 부랑자들을 찾아 들어왔던 그 창고였다. 그런 소란이 일어나고 창고의 여기저기가 부서진 탓인지 부랑자들의 모습도 보이지 않았다. 공작은 어지러움증을 느끼는지 고개를 젓고는 주위를 둘러보았다.

"여기는 어디지?"

"에나시올의 시내 어딘가요. 내가 알고 있는 곳이니까 밖으로 나가요."

공작을 끌고 밖으로 나가자 무표정했던 그가 이채를 띠었다. 여기가 어디인지 알아차린 모양이다.

"내가 알고 있는 거리로군."

"얼굴은 감추는 것이 좋을 거예요. 당신을 찾고 있는지도 모르니까."

"그에 관한 문제라면……."

내가 공작에게 말하자 트레스가 앞으로 나섰다. 마법으로 간단히 인상을 바꿀 수 있다는 것이다. 완전히 얼굴을 바꾸는 것이 아니라, 일부를 환영으로 감추는 것이라는 말에 공작은 트레스의 말을 승낙했다.

"어떤 식으로 바꿀까요?"

내게 묻는 말에 나는 잠시 고민스러운 표정으로 공작의 얼굴을 쳐다보았다. 뚱한 표정을 짓고 있는 공작은 무심한 어조로 말했다.

"눈에 띄지 않는 평범한 얼굴로 해주면 그만이라고 생각하는데."

"그러니까, 평범한 얼굴이 어떤 건데요?"

내가 다시 공작에게 묻자 공작은 머뭇거리며 주위로 지나가는 사람들을 쳐다보았다. 그는 술집 앞에서 웬 아가씨에게 수작을 걸고 있는 건달을 쳐다보더니 그를 가리켰다.

"저런 얼굴이 아닐까?"

"…저런 얼굴을 하고 싶어요? 트레스, 그냥 내 얼굴이랑 비슷하게 해주세요."

"그랬다가는 눈에 뜨일 거라고 생각하는데요."

"별로 그럴 거라는 생각은 들지 않는데… 아무튼 나와 얼굴이 비슷하면 형제라고 말해도 되잖아요."

ㅡ아, 아무거나로 좀 바꿔! 뭘 그딴 걸로 시간을 끌고 있어!

성질 급한 이플리트의 목소리에 나는 눈살을 찌푸리며 펜던트를 내려다보았다.

"시온 닮아가는 거예요?"

ㅡ거기서 내 이름이 왜 나와!

ㅡ연상되는 게 있으니까지.

참견하는 오웬의 말에 둘이 붙어 싸우기 시작했다. 트레스는 그 소리에 못 말리겠다는 듯이 고개를 저으며 손바닥을 공작의 얼굴에 가져 갔다.

"약간 화끈한 느낌이 들 겁니다."

트레스의 딱딱한 목소리에 공작은 조용히 눈을 감았다. 잠시 트레스의 손바닥에서 빛이 번쩍이더니 공작의 얼굴에서 손을 치웠다.

"와!"

―흐음… 세틴이 나이가 들면 저런 느낌일까?

오웬의 중얼거림을 들으며 나는 신기한 듯이 공작의 얼굴을 들여다 보았다. 공작은 좀 전과는 전혀 다른 사람의 얼굴이 되어 있었다.

"나보다 훨씬 나은 것 같은데요? 내가 저렇게만 된다면 좋을 것 같아."

얼굴의 기본 골격은 나를 따라 했다고는 해도 내 쪽보다는 훨씬 미남인 것 같았다. 부러운 듯이 중얼거리자 정색을 하며 오웬이 말했다.

―무슨 소리야! 지금의 네가 훨씬 낫지.

―역시 영계가 좋다는 거냐?

―부인은 않겠어.

시온과 오웬의 대화를 한 귀로 흘리며 나는 공작에게 물었다.

"기분은 어때요?"

"별로… 그의 말대로 약간 화끈거렸을 뿐이야."

공작은 거울이 없는 탓에 근처 유리창에 얼굴을 비추어보며 그렇게 말했다. 자신의 얼굴이 변했다는 것을 확인하고는 놀랍다는 듯이 트레스를 쳐다보는 것을, 트레스는 고개를 돌려 버렸다. 다른 종속자들도 그렇지만, 다들 나 이외의 사람들에게는 필요 이상으로 말을 하지 않았다. 싫어하는 것 같다고나 할까.

"트레스는 어제 일로도 밖으로 나가지 않았잖아요. 지금 갈래요?"

내가 묻자 트레스는 약간 곤혹스러운 표정으로 나를 쳐다보았다.

"괜찮으시겠습니까?"

"필요하게 되면 다시 부를 수도 있으니까요. 어제 트레스 혼자만 미루어져서 좀 그랬잖아요."

내 말에 트레스는 잠시 생각하는 듯하더니 천천히 고개를 끄덕였다.

"다른 사람에게는 피해가 가지 않는 선에서 하고 싶은 일을 하면 되는 거겠지요?"

"그렇겠죠."

—그렇겠죠가 뭐냐? 확실하게 좀 말해!

시온이 당장 내 말에 토를 달았지만 이미 이런 상황에는 익숙해진 터였다. 한 귀로 흘리며 트레스에게 말했다.

"내일 같은 시간에 봐요."

"예."

트레스는 슬쩍 내 곁에 있던 공작을 쳐다보고는 사라졌다. 지난번에도 자유 시간을 가진 적이 있었을 텐데 트레스는 오늘따라 묘한 것을 확인하려고 드는 것 같았다. 대체 무슨 생각을 하고 있는 걸까.

트레스의 행동이 조금 걸리기는 했지만 필요하면 펜던트의 동공을 통해 그를 주시할 수 있을 터였다. 나는 공작에게로 돌아서며 말했다.

"우선은 백작가로 가요. 그 집의 주변에 쳐진 결계를 해체해야 할 테니까."

내 말에 공작은 고개를 끄덕였다.

브릴런트 백작가의 저택이 있는 거리는 이미 많은 사람들로 북적거리고 있었다. 따로 물어볼 것도 없이 백작가의 저택을 구경하기 위해 몰려드는 것이다. 이미 성에서 경비대가 나와 저택 주변을 에워싸고는 있었지만, 밀려드는 인파를 돌려보낼 수는 없었다.

나와 공작은 멀찍이 떨어진 곳에서 백작의 저택을 바라보고 있었다. 아리시네스가 쳐놓은 결계는 겉으로 보아서는 다른 점이 나타나지 않기 때문에 평범한 저택으로만 보였다. 하지만 저택을 살피기 위해 마법사가 일단의 주문을 저택의 결계로 발할 때마다 결계의 겉 표면이 흔들렸다.

저택의 모습이 물결처럼 흔들릴 때마다 구경꾼들의 입에서 비명과 같은 감탄사가 토해졌다. 나는 구경꾼들의 목소리를 들으며 말했다.

"그냥 들어가기는 힘들 것 같은데요. 아리시네스, 저 결계 꼭 안으로 들어가야지만 없앨 수 있는 거예요?"

작은 목소리로 펜던트를 내려다보며 묻자 곧바로 아리시네스의 탁한 목소리가 들려왔다.

─그런 건 아니야. 일단 꺼내주기만 하면⋯⋯.

'어째 미리 짜인 각본 같다는 생각이 자꾸 드는데⋯⋯.'

나는 미심쩍은 얼굴로 아리시네스가 있는 펜던트를 내려다보기는 했지만 일단은 결계를 파해시켜야만 했다. 좀 더 인적이 드문 골목으로 들어가서 아리시네스를 꺼내놓자 공작은 묘한 시선으로 그를 쳐다보았다.

"저자도 계약자인가?"

나지막한 목소리로 묻자 아리시네스는 공작을 쳐다보며 히죽 웃었다.

'아리시네스가 좀 특이한 인상이기는 하지.'

나는 공작을 돌아보며 말했다.

"미리 말하지만, 결계가 없어진다고 해서 저 저택 안으로 들어갈 생각은 절대로 하지 말아요. 알았지요?"

"경비대가 있으니 괜찮은 것이 아닌가? 게다가 나는 이런 모습이고 말이야."

"어차피 당신이 가지 않아도 경비대가 어떻게 되었는지를 알아가지고 나올 거예요. 백작 정도의 거물에게 무슨 일이 생긴다면 틀림없이 소문이 돌 테고요."

내가 말하자 공작은 미간을 찌푸렸다.

"그래 가지고는 이곳으로 온 의미가 없지 않은가."

"백작가가 어떻게 나오는지를 지켜봐야죠. 당신이 끌려가서 본 것은 그들이 보여준 거잖아요. 만약 내가 보았던 그 시체가 백작의 것이 맞다면 백작가를 저렇게 만든 진짜 흑막은 따로 있는 거죠."

생각 같아서는 샘플을 채취해다가 유전자 검사를 해보고 싶지만, 여기서는 절대적인 장비와 인력의 부족이다. 마법만 발달시키지 말고, 제발 과학도 좀 발달시키라고!

공작은 내 말을 듣자 마음이 좀 가라앉은 모양이었다. 그가 무슨 기대를 걸고 있는지는 모르지만, 백작은 이미 죽었다고 생각하는 쪽이 마음이 편할 텐데 말이다. 아리시네스에게 신호를 보내자, 아리시네스는 허리를 굽혀 손을 바닥에 대더니 무언가를 끄집어내 들어 올렸다.

'응?'

예전에 본 적이 있는 아리시네스의 그 구체였다. 그 구체가 아리시네스의 손에 들리자 갑자기 저택 쪽에서 비명이 들려왔다.

결계가 사라진 사실을 모르고 저택 주위에 포진해 있던 마법사들 중

하나가 전격 마법을 발한 것이다. 뇌전의 줄기는 다행스럽게도 정원의 나무 하나를 터뜨리고는 끝이 났다. 불이 붙은 나뭇조각들이 사방으로 퍼지는 가운데 저택에서 사람들이 쏟아져 나왔다.

"오오!"

구경꾼들의 탄성과 함께 진압대로 보이는 일련의 병사들이 저택 안으로 밀고 들어가기 시작했다. 먼저 결계 안으로 들어간 것으로 보이는 몇 명의 병사들이 뒤로 넘어지고, 저택의 문이 열렸다.

"뭘 하려는 거지? 저기에는 그 집 사람들밖에는 없을 텐데."

저택의 정원에는 아리시네스가 만들어놓은 것으로 보이는 핏자국이 가득했던 것이다. 그들이 위험이 있다고 판단한 것이 그리 틀리지는 않다 생각했지만, 역시 괜한 소란이다.

'좋아, 이제 어떻게 움직일 생각인지 지켜보도록 할까?'

나는 근처의 노점상에서 적당히 먹을 만한 것을 사 들고는 저택의 정원이 내려다보이는 전망 좋은 곳으로 올라갔다. 어차피 이 주위는 구경꾼들로 가득한 터라 나와 공작의 행동은 그리 눈에 뜨이는 것이 아니었다. 단, 아리시네스는 예외.

『펜던트』 제3권 끝

종속자 설정

❧ 01. 시온 시에트로 고르도스 〈★종족:마족, ☆형량:209,101,627년〉

죄목은 사소한 말다툼으로 신족을 살해했다⋯ 지만, 사실은 힘도 모자란 것이 자신의 앞에서 깔짝거리는 것이 마음에 들지 않아서 죽여 버린 것이다. 권력욕이나 힘에 대한 추구기보다는 순수하게 파괴를 즐긴다. 강한 자와 싸우는 것을 좋아하며, 힘의 차이가 크면 흥미를 잃고 돌아서 버린다.

검은 머리칼에 사나운 초록색 눈동자를 지닌 장신의 청년(외견 추정 나이는 스물일곱). 무기는 묵빛의 장검.

❧ 02. 칼 리브란 크레드노 〈★종족:마족, ☆형량:1,908,547년〉

자신에게 주어진 무한의 시간에 염증을 느끼고, 이를 탈피하기 위해 죄를 저질렀다. 살아 있는 생명체가 지르는 죽기 직전의 마지막 단말마를 듣기 좋아하며, 자신의 그림자 속에 생명체를 빨아들여 그 생명이 끝날 때까지 죽음의 공포와 고통을 느끼게 한다.

약한 어린아이의 모습으로 인간의 본성을 끌어내는 것을 좋아하기에 대부분은 십대 초반의 어린아이의 모습을 한다.

하늘색 머리칼에 푸른 눈을 지닌 천진한 어린아이의 모습(외견 추정 나이는 열 살).

❧ 03. 오웬 렐라이즈 〈★종족:마족, ☆형량:2,003,742년〉

천족을 유혹하여 타락시키는 것은 전부터 해오던 일이고, 직접적으로는 마신을 죽인 것이 원인이 되었다. 쾌락을 대가로 인간의 생기를 빨아 그것으로 힘을 키운다. 강한 정신력의 소유자가 아니면 그녀의 유혹에서 빠져나가기 힘들고, 그녀가 하는 유혹은 인간의 그것이라기보다는 일종의 정신 공격 쪽에 가깝다. 간혹 환상으로 인간을 괴롭히기도 한다.

타오르는 듯한 붉은 머리칼에 검붉은 눈동자를 지닌 매혹적인 외모의 여자(추정 나이는 스물넷).

⚜ 04. 아리시네스 펠리오카 〈★종족:마족, ☆형량:2,419,885년〉

자신을 거역한 하위신을 비롯, 마족들과 그와 연관된 상위신까지 살해함으로서 마족으로 끌어내려졌다. 폐쇄적이고 비틀린 성격으로 살아 있는 생명을 증오해야 하는… 마신이었지만 실제로는 무슨 생각을 하는지 알 수 없다. 취미는 시체 세공.

긴 보랏빛 머리칼에 자줏빛 눈동자를 지닌 중성적인 청년의 모습. 가느다란 팔다리로 곧잘 여자로 오인받는다(외견 추정 나이는 스물일곱).

⚜ 05. 에레타 에레트레스 〈★종족:천족, ☆형량:1,603,981년〉

살려두어서는 안 되는 인간에게 동정을 느껴, 그를 살려줌으로 한 행성의 멸망이라는 파국을 불러왔다. 살아 있는 것을 죽이는 데에 반감을 가지고, 그에 커다란 죄책감을 느낀다. 정신 계열의 주문과 치유술에 능하다.

금발에 은색 눈동자를 지닌 아름다운 외모를 가지고 있다(외견 추정 나이는 스물하나). 무기는 새하얀색의 활.

✤ 06. 세리나 샤우스 케탈 〈★종족:천족, ☆형량:780,502년〉

에레타에 대한 판결에 크게 반발하여 천족의 권위를 부정하고 극소 종족을 멸절시키는 죄를 지었다. 본래 공간을 관장하는 천족으로 공간 이동에 관한 마법에 능하다.

물빛의 푸른 머리칼에 황금빛이 도는 검은 눈동자를 가진 청초한 외모의 여자(외견 추정 나이는 열아홉). 무기는 창, 곤, 건틀릿(타격 계열은 거의 다 사용할 수 있다).

✤ 07. 헤레스 카르마이드 〈★종족:천족, ☆형량:995,436년〉

힘에 있어 자신보다 아래인 자들이 자신보다 위에 있음을 이해하지 못하고 결국 반발하였다. 태생이 천족이나 신족이 아닌 자들이 천계에 오르는 것을 마땅찮게 생각하여 이들을 해하려 했다. 인간이나 마족, 타 종족들을 경멸하고, 같은 천족이어도 죄를 저질렀다는 이유로 에레타와 세리나를 적대하고 있다. 오웬에게 유혹당하여 일을 저지를 뻔한 적이 있어서 오웬을 제일 무서워한다.

구불거리는 금발에 푸른 눈을 지닌 인간이 생각하는 전형적인 천사의 모습을 갖추고 있다(외견 추정 나이는 스물다섯). 무기는 날이 얇고 투명한 검.

✤ 08. 레스트레온 〈★종족:드래곤, ☆형량:1,015,623년〉

한 차원에서의 용족의 멸절이라는 신족의 결정에 반발하여 용족을 멸절시키기로 되어 있던 천족과 성기사를 살해했다. 신의 반열에서는 끌어내려졌으나 그 마법적인 힘은 여전하다. 드래곤으로서는 드물게 타 종족에 대한 이해심이 많다.

골드 드래곤의 전형적인 모습. 인간의 모습일 때에는 그리 길지 않은 금발 머리의 미남자(외견 추정 나이는 스물여섯).

❦ 09. 이플리트 ⟨★종족:정령, ☆형량:1,680,117년⟩

정령은 인간계에 영향을 끼쳐서는 안 된다는 규칙을 어기고 균형을 무너뜨려, 하나의 행성을 파멸로 이끌었다. 종속자들 중에서는 그나마 죄를 인정하고 반성하고 있지만, 그것 역시 그나마다.

불길로 이루어진 인간의 모습. 온전한 인간의 형태일 때는 빨간 머리칼에 푸른 눈의 훤칠한 청년이다(외견 추정 나이는 스물다섯).

❦ 10. 샤이시스 ⟨★종족:환수, ☆형량:4,971,512년⟩

자신의 계약자를 처벌한 신족을 물어 죽였다. 유일했던 계약자를 잃은 슬픔으로 천족을 죽이고, 신족을 말살하려다 봉인되었다. 종속자들 중에서 가장 인간에게 우호적이고, 펜던트의 계약자를 아낀다.

시베리안 허스키와 사자를 섞어놓은 듯한 은빛 환수. 인간의 모습일 때는 실버 블론드에 황금색 눈을 가진 청년(외견 추정 나이는 스물넷).

❧ 11. 트레스 파월 〈★종족:인간, ☆형량:1,274,601년〉

타락이 극에 달했던 왕국의 출신으로 인간 혐오와 불신으로 세계를 원점으로 돌린 다음 다시 시작하려 했다. 신의 권위를 부정하고, 인간이라는 존재에 대해 의문을 가지고 있다. 타고난 마력과 재능으로 인간이 도달할 수 있는 최고의 마력을 손에 넣었다. 마력만으로 따지자면 종속자들 중에서 가장 강하다.

갈색 머리칼에 음울한 회색 눈동자를 가졌다. 지적인 이미지를 풍기는 청년(외견 추정 나이는 스물셋). 무기는 지팡이.

❧ 12. 류드 드레인 〈★종족:인간, ☆형량:198,750,598년〉

신족과 인간의 혼혈. 그 태생으로 신의 반열에 올랐으나 신녀였던 어머니의 비참한 죽음으로 아버지를 살해하여 그 힘을 흡수했다. 신과 천족, 마족을 경멸하고 인간, 특히 신관들을 싫어한다. 지금의 이름은 신족인 아버지가 지은 것이 아니라 자신을 길러주었던 약제사의 이름이다.

붉은 금발에 검푸른 눈동자를 지닌 청년의 모습(외견 추정 나이는 스물둘). 무기는 따로 가리는 것이 없다.